KB058614

…그때, 나에게 미처 하지 못한 말…

마음속에 새기고 싶은 인생의 키워드 20

그때, 나에게 미처 하지 못한 말

정여울 지음
이승원 사진

arte

"자기 자신을 포기한 삶에서 벗어나라."

— 시몬 드 보부아르Simone de Beauvoir

…그래도 눈부신
그대에게…

나의 20대가 인생이 망가질까 봐 두려워 좌충우돌하던 시기였다면, 30대에는 망가진 인생조차 수리할 수 있는 마음의 기술을 터득할 수 있었다. 망가질까 봐 살얼음판을 딛듯 조심하는 인생보다는, 텅 빈 폐허에서조차 과감하게 인생의 주춧돌을 처음부터 다시 세우는 삶이 훨씬 아름답다는 것을, 이제 막 떠나보낸 나의 30대는 내게 가르쳐주었다.

　우리 시대의 20대들을 위한 책이었던 『그때 알았더라면 좋았을 것들』을 통해 잊을 수 없는 소중한 독자들을 참 많이 만났다. 그 책은 내 안의 단단한 벽을 무너뜨렸다. '결코 그 사람들과는 제대로 소통할 수 없을 거야'라고 여겼던 마음의 장벽을. '20대는 가장 말을 걸기 힘든 존재'라고 생각했던 내게, 그들은 먼저 다가와 말을 걸어주었다. 강연회에 찾아와 쑥스러운 표정으로 이런저런 질문을 하는 친구들, 또박또박 손편지를 써서 고민을 이야기하는 친구들, 내가 쓴 책을 통해 위로받았다고 고백하는 친구들, 자신은 40대이긴 하지만 이 책이 꼭 자신의 이야기인 것 같아 참 좋았다는 분도 있었다.

그 책을 통해 나는 골방에 들어앉아 혼자만의 외로운 투쟁을 하는 작가가 아니라 독자들과 더욱 활발하게 교감하는 작가, 열린 공간에서 독자들의 이야기를 듣는 게 때로는 혼자만의 글쓰기보다 행복할 수도 있다는 것을 처음으로 알게 됐다. 그것은 내가 이전까지 경험해보지 못한 충만한 희열이었다. 그 희열은 나 혼자만의 행복이 아니라 '우리'일 수 있기에 더욱 눈부셨다.

이제 40대의 문턱에 들어선 지금, 두려움과 설렘이 동시에 밀려든다. '그때는 겁났지만 지금은 괜찮다'고 여겨지는 것들이 참으로 많아졌다. 20대에는 견딜 수 없었던 아픔을, 이제는 견딜 줄 아는 노하우가 생겼다. 20대에는 순수하지만 편협했던 내가, 30대에는 무척 산만하지만 믿을 수 없을 만큼 여유로워졌다. 30대를 거치면서 온몸으로 부딪치며 배운 것들, 20대에는 불가능했지만 30대에는 가능해진 수많은 것들을 독자들과 나누고 싶었다.

문득 나의 30대를 차분히 정리해보고 싶다는 생각과 함께, 내가 힘들게 깨친 삶의 지혜를 나의 독자들은 좀 덜 힘들게, 외롭지 않게 배웠으면 좋겠다는 생각으로 이 책을 만들었다. 그러니 이 책은 『그때 알았더라면 좋았을 것들』을 사랑해준 독자들에게 보내는 내 수줍은 연애편지다. 너무 외로워서 글이라도 써야겠다고 다짐했던 나의 파란만장한 30대를 향한 이별의 편지이기도 하면서.

30대에 결정적으로 달라진 세 가지 마음 자세는 바로 이것이었다. 첫 번째, 먼 훗날의 대단한 내가 아니라 지금의 '나'가 참으로 소중하다는 생각. 이런 생각을 30대에 처음으로 했다. '나'라는 존재에 너무 매달릴 필요가 없다는 생각도 처음이다. '나는 이런 사람이야, 적어도 이 정도는 해내야 해'라는 강박관념에 덜 시달리게 된 것도 30대부터였다. 나라는 존재가 대단해서가 아니라 서툴고 불완전한 나조차도 있는 그대로 보듬어 안을 수 있는 또 하나의 나를 만나는 시기. 그것이 바로 30대였다.

30대에 달라진 두 번째 마음 자세. 그전과는 달리 내 어두운 면을 사랑하고 인정하게 되었다는 점이다. 예전에는 그림자도 상처도 콤플렉스도 피하고 싶었지만 이제는 그 모든 아픔들이 누구에게도 빼앗길 수 없는 소중한 자산처럼 느껴진다. 그 상처들이 없었더라면 나는 지금의 내가 될 수 없었을 것이다.

나는 30대의 좌충우돌을 통해 나의 가장 환한 면조차도 나의 가장 어두운 면이 받쳐주었기에 빛날 수 있음을 깨달았다. 나의 재능, 나의 행복, 나의 사랑 이면에는 나의 그림자, 나의 슬픔, 나의 어둠이 있었다. 나의 부정적인 면까지도 진심으로 '내 것'으로 인정하자 놀라운 자유가 찾아왔다. 가끔은 많이 모자란 나, 비틀거리는 나, 갈팡질팡하는 나를 있는 그대로 받아들일 수 있었다. 더 이상 자책하지도 않고, 비틀거리는 나를 다독여주는 내 안의 또 다른 나를 단련시킬 줄도 알게 됐다. 아플 때는 그저 묵묵히 끙끙 앓는 게 최고일 때도 있다. 급하게 마음의 진통제를 쓰거나 항생제를 썼다가는 건강한 마음의 세포까지 죽일 수도 있으니.

이제는 내 가슴을 찌르고 달아나는 슬픔과 분노를 조금 멀리 떨어져서 바라볼 수 있다. 아픔이 스쳐갈 때마다 칼날 같은 눈빛으로 그 아픔을 노려보는 뾰족한 자아를 누그러뜨릴 줄도 알게 됐다. 내 슬픔조차 검열하고, 자신에게 회초리를 드는 자아를 향해 이렇게 말한다. '너무 애써 아픈 곳을 치료하려 하지 마. 왜 아픈지를 찬찬히 살펴봐. 자신의 아픔을 꿰뚫어보는 차분한 눈을 뜨는 것, 그게 진통제보다 나은 처방이야.'

30대에 달라진 세 번째 마음 자세. 그것은 '더 커다란 우리'를 생각하는 마음이 없다면, 인생은 결코 달라질 수 없다는 사실이다. 남들과 함께 행복을 나누지 않고 나 혼자 좋은 것은 별로 기쁘지 않다는 사실을 매순간 깨달아가는 중이다. 홀로 떨어져 각자의 휴대전화에만 달라붙어 있지만 사실 우리는 더 커다란 우리, 더 확장된 우리의 네트워크를 상상해야만 한다는 것을.

우리는 사회 속에서 더 나은 선택을 해야 하는 책임이 있다. 투표를 할 때, 자잘한 물건 하나를 고를 때, 무심코 쓰레기를 버릴 때조차도 '더 커다란 우리'를 생각하며 살아야겠다는 생각이 지친 나를 일으켜주었다. '나'를 있게 해준 모든 인연들에 감사하는 마음이야말로 대단한 인내나 엄청난 용기보다 훨씬 더 소중한 마음가짐이다.

정신없이 질주하던 30대를 거쳐오면서 예전보다 또렷한 목표가 생겼다. 사회가 우리에게 강요하는 '성과주의적 자아'와 투쟁

해야 한다는 것이다. 더욱 생산성 높은 인간, 더욱 효율적인 인간을 추구하는 사회는 결국 시스템의 필요에 맞게, 힘센 권력자들에게 순응하는 사람들을 길러낼 뿐이다. 전보다 대단한 성과를 바라는 마음, 더 뚜렷한 성취를 남에게 보여야 한다는 마음이 내게도 있었다. 아무리 열심히 일을 해도 만족을 모르는 끔찍한 괴물이 마음속에서 끝없이 자라나는 것 같았다.

하지만 그런 내 안의 괴물과 싸우면서 절실히 깨달은 게 있다. 사회가 원하는 삶, 남들이 좋다고 하는 삶, 미디어가 선전하는 돈 많고 성공적이며 유명한 사람들이 설파하는 삶의 가치를 따르다가는 결코 진정한 '나' 자신이 될 수 없다는 것을. '진정한 나 자신에게 이르는 길'은 그 어떤 성공보다, 심지어 사랑보다도 중요하기 때문이다.

사랑은 때때로 실패해도 되지만 진정한 나 자신에게 이르는 길은 결코 실패해서는 안 된다. 그것은 단지 우리를 '생존'이 아닌 '인간다운 삶'으로 이끄는 마음의 보물이기 때문이다. '진정한 나 자신에게 이르는 길'은 세상이 아무리 우리를 괴롭히고 가로막아도 절대로 빼앗겨서는 안 되는 마지막 자산이다.

30대를 떠나보내는 것은 20대가 끝나는 순간보다 백만 배쯤 더 쓰라렸다. 20대보다 30대에 훨씬 행복한 일들이 많았기 때문에 못 견디게 아쉬웠다. 하지만 인생에서 가장 찬란했던 30대를 영원히 떠나보낸다는 아쉬움이 없었다면 이 책은 태어날 수 없었을 것이다. 20대가 늘 무언가를 준비하는 기간이었다면, 30대에는 무언가를 진짜로 해낼 수 있는 시간들이었다. 누군가 시켜서 하는 게 아니라 처음부터 끝까지 스스로 주체가 되어 준비하고 성취해내는 경험을 30대에 처음으로 해낼 수 있었다. 20대에는 늘 내 능력을 시험당하는 기분이었지만 30대에는 거꾸로 내가 세상을 시험하는 것 같은 쾌감을 맛볼 수 있었다.

30대는 내게 찬찬히 가르쳐주었다. 나이 들수록 책임이 커지는 것은 부담감만 커지는 게 아니라 능력, 관계, 인격, 나아가 내 인생의 울타리가 커지는 것을 의미한다는 것을. 책임은 늘 무겁고 어려운 것이라고 두려워하던 내가, 지금은 더 많은 책임을 기꺼이 떠맡는 삶을 꿈꾼다. 더 많은 책임이란 더 많은 사랑을, 더 깊은 우정을, 더 뜨거운 믿음을 실천하는 것이다.

내 책과 함께 어여쁘게 나이 들어가는 편집자 양으녕 씨는 『그때 알았더라면 좋았을 것들』을 기획했을 당시 20대였고, 지금은 어엿한 30대가 됐다. 이제 30대가 된 그녀의 간절한 질문과 해맑은 눈빛이 이 책을 만드는 데 큰 힘이 되었다.

부디 이 책이 '왜 인생이 이토록 풀리지 않는 것일까', '인생에서 가장 중요한 것을 놓치고 있는 것은 아닐까'를 고민하는 이들에게 뜨거운 희망의 열쇠가 되기를. 이 책이 '우리의 30대는 왜 이토록 힘든 것일까'를 고민하는 이들에게 외로울 때마다 주머니 속의 다정한 벗이 되어주기를.

2017년 봄의 문턱에서, 정여울

11

차례

PART 1

나, 지금
제대로
살고 있는 걸까

나이

... 세상이 나에게
부여한 숫자 ...

…나이에 맞는
삶이란…

달력을 넘기기가 두려워질 때가 있다. 해가 바뀔 때쯤. 그리고 날씨가 추워질 때쯤. 다가오는 서른이 두려웠던 어느 날. 두려운 건 나이만이 아니었다. 통장 잔고가 딱 0원이었다. 박사과정을 마치기는 했지만 수료만 했을 뿐 논문 준비는 되어 있지 않았고, 과연 계속 공부를 할 수 있을지 불투명하기만 했다.

취직의 가능성 또한 없었다. 늘 아르바이트를 서너 개씩 했지만 매사에 열정을 잃어버렸다. '작가가 되고 싶다'는 열망만이 내게 남은 단 하나의 불꽃이었으나 자신이 없었다. 그러던 어느 날, 여러 군데에서 과외 교사 자리가 들어오고 고등학교 임시 교사 자리를 추천해주는 선생님도 있었다. 드디어 내게도 구원의 동아줄이 내려오는 건가 싶었다.

그때 내 안의 깊은 곳에서 이런 목소리가 들려왔다. '그건 네가 진짜로 원하는 게 아니잖아.' 유혹을 뿌리치긴 어려웠지만, '당장

돈이 없어도, 내가 원하는 걸 결코 포기하지는 말자'라는 생각만
은 필사적으로 붙들었다. 나는 일자리를 거절했다.

　이후 몇 년 동안 나는 가난했지만 글 쓰는 일만은 포기하지 않
았다. 오랜 시간이 흐르고 나서야 깨달은 것은 그때가 내 인생의
결정적인 과도기였다는 사실이다. '나이 서른에 통장 잔고가 0원'
이라는 비참함보다 더 중요한 것은 '나이에 구속받지 않는 삶'이
었음을 비로소 깨달았다. 만약 그때 '꿈'이 아니라 '일자리'를 선
택했더라면, 삶은 전혀 다른 방향으로 흘러갔을 것이다.

　'지금은 할 수 있고 그때는 할 수 없었던 것들'을 생각해보면,
정신이 번쩍 든다. 지금이 정말 좋구나. 이 순간이 내 인생에서
가장 소중하고 성숙하며, 그냥 흘려보내기에는 너무도 안타까운
시간이구나. '나이 먹는 것'을 두려워할 게 아니라 '나잇값을 못
하는 것'을 두려워해야 할 텐데. 어떤 사회적 성취를 쌓아서가 아
니라 그 나이에 맞는 깨달음과 감수성을 지닌 사람, 너무 늙어 보
이지도 너무 어려 보이지도 않는 제 나이의 성숙함을 지닌 사람
들이 진정 아름답게 느껴진다.

　내 안에는 일곱 살 꼬마와 꿈 많은 스무 살 여대생과 이제 좀
인생을 아는 중년 여인과 산전수전 다 겪은 할머니가 함께 살아
간다. 다양한 연령대의 자아들이 어울리는 순간에 제때 튀어나와
주면 좋으련만, 자꾸 결정적인 순간에 엉뚱한 자아가 튀어나와
문제다. 든든하고 믿음직스러운 모습을 보여주어야 할 때 느닷없
이 철딱서니 없는 일곱 살 꼬마가 튀어나와 당황스럽고, 오랜만

에 귀여운 척 애써 연기하고 싶을 때는 세상 다 살아버린 듯한 구수한 노파가 튀어나와 로맨틱한 분위기를 망쳐버린다.

나이에 맞게 사는 법을 배우지 못한 채 항상 지나치게 조숙하거나 때로는 어쩔 수 없이 어떤 무리의 막내 역할을 떠맡으면서 나는 항상 내 나이를 제대로 살아보지 못했다는 서늘한 소외감을 짊어지고 다녔다. 때론 너무 조숙하고, 때론 너무 철없는 내가 걱정스럽다. 제 나이에 맞게 사는 게 왜 이토록 어려울까.

제 나이에 맞게 산다는 것은 과연 어떤 의미일까. 아직도 쉽지 않은 화두이지만 멋있게 나이 드는 이들을 볼 때마다 종종 발견하는 몇 가지 공통점이 있다.

어린 아이들이 예쁜 순간은 '무언가를 잘 모르는 모습'과 '무언가를 어떻게든 알려고 애쓰는 모습'이 절묘하게 조화를 이룰 때다. 내 어린 조카는 작년에는 '백 살까지 살겠다'고 선언하더니, 올해는 '백만 살까지 살겠다'고 호언장담한다. 작년에 알던 가장 큰 숫자는 100이었는데, 올해는 100만을 알았으니 기특하다. 인간의 평균수명을 모르는 천진난만한 모습이 뒤섞여 더욱 귀여운 것이리라.

한창 때의 젊은이가 아름다운 순간은 열정과 수줍음이 충돌해 어찌할 바를 모를 때다. 열정을 표현하려면 필연적으로 자기를 드러내야 하는데, 이럴 때 '내가 남들에게 어떻게 보일까, 너무 나서는 게 아닐까'를 걱정하는 수줍은 마음이 섞이면 그 모습이 참 어여쁘다. 자기만 돋보이려고 하지 않고, 함께하는 사람들의 수고로움을 배려하는 사람, 자신도 힘들면서 어려운 사람을 도우려는 젊은이들을 보면 더욱 멋져 보인다.

중년이 아름다운 순간은 '저 사람은 인생을 즐길 줄 아는 사람이구나' 하는 감흥을 불러일으킬 때다. 일에 빠져 인생의 아름다움을 누릴 줄 모르는 얼굴, 한 살이라도 젊어 보이려 야단법석을 떠는 얼굴보다는 '지금 내가 놓치고 있는 인생의 소중한 순간이 무엇인가'를 성찰하는 사람들의 고뇌 어린 얼굴이 아름답다.

노년이 아름다운 순간은 '자신도 모르게 자신의 지혜를 젊은이에게 전해주는 메신저'의 모습을 보일 때다. 훈계조나 명령조로 젊은이들을 괴롭히는 게 아니라 자신이 살아온 인생 그 자체로 빛나는 모범을 보이는 노년이야말로 세상의 귀감이다.

나이가 들수록 더 중요해지는 것은 '내 삶'과 '내 삶을 바라보는 또 다른 나' 사이의 거리 조절인 것 같다. 나는 제대로 살아가고 있을까. 내 삶이 타인에게 조금이라도 도움이 될까. 내 일이 이 세상에서 어떤 의미가 있을까. 주변 사람들에게 나는 따뜻하고 자비로운 사람일까. 이렇게 질문하는 나, 성찰하는 나, 가끔은 스스로를 마음의 죽비로 칠 수도 있는 나의 냉철함과 성숙함이 스스로를 자아도취나 자기혐오에 빠지지 않게 하는 최고의 멘토다.

어릴 때는 잘 몰랐는데 요즘 들어 소중하게 느껴지는 '삶의 기술'이 하나 있다. 그것은 바로 다른 사람의 노력 앞에 경의를 표할 줄 아는 '감상의 기술'이다.

눈을 감고 귀 기울이는 음악, 한 시간씩 바라보게 하는 그림, 나른한 오후에 펼쳐 읽는 책 한 권, 하늘과 나무와 바다와 별들, 이 모두가 이 세상의 퍼즐을 맞춰가는 아름다운 '감상의 대상'들이다. 내 주변의 모든 것들을 심미적 대상으로 바라볼 줄 아는 마음의 여유와 탐미적인 시선이야말로 '제 나이에 맞는 삶'을 가꾸어갈 수 있는 최고의 비결이 아닐까.

심리학자 카렌 호나이Karen Horney는 이렇게 이야기한다. 환자가 치료자를 찾는 이유는 신경증을 치유하기 위해서가 아니라 스스로를 완성하기 위해서라고. 정말 그렇다. 우리는 스스로를 완성하기 위해, 더 나아가 매순간 새로 태어나기 위해, 매일매일 더 나은 자신과 만나기 위해 끝없이 노력한다. 바로 그 소중한 하루하루가 모여 '나다움'을, '내 나이'를 만들어갈 것이다.

멋진 할머니가
되고 싶다

　　　　　　　　　　노년이 아름다울 수 있는 것은 얼마나 큰 축복
인가. 젊음은 그 자체로 축복이지만 노년이 아름답기 위해서는 끊임없이 더 좋은 삶,
더 따뜻한 삶을 향해 노력해야 하니까. 그 노력마저 너무도 자연스러워야 하니까.

···늙어가는 나를
사랑할 수 있을까···

몇 년 전부터 연말이 되면 꼭 크게 앓아눕곤 했다. '연말'이라는
단어를 듣는 순간 쫓기는 느낌에 사로잡히기 때문이다. '벌써 연
말이구나. 내가 올 한 해 과연 제대로 해놓은 게 있을까' 하는 걱
정과 의심 때문에 스스로를 혹사시키는 것이다.

사람들은 끊임없이 '내 모습이 남에게 어떻게 보일까'를 걱정
하다가 정작 '나 자신이 나를 어떻게 보는가' 하는 문제를 쉽게
잊곤 한다. 아무도 나를 바라보지 않는다면 더 소박한 집, 더 작
은 자동차, 더 검소한 옷차림에 만족하며 지내지 않았을까. 아무
도 나를 바라보지 않는다면 나이나 외모에 집착하기 전에 책을
한 권 더 읽고, 영화를 한 편 더 보고, 일기를 한 장 더 쓰고, 손편
지를 한 통 더 쓰는 마음의 여유가 생기지 않을까.

연말에 꼭 호되게 앓고 나서야 깨닫는 게 바보스럽기는 하지
만 그래도 아프고 나면 정신이 바짝 든다. 평소에는 당연히 '내

것'처럼 느끼던 몸이 더 이상 내 것이 아닐 수도 있겠구나 하는 생각이 드는데, '내 소유물'이라고 생각했던 내 몸이 파업을 일으키는 것이다. 제발 나를 그만 좀 혹사시키라고, 몸의 아우성을 좀 들어달라고 말이다. 호되게 앓고 나서 몸의 소리에 귀 기울이다 보면, 그제야 깨닫는다. 마음이 바빠질수록 그 바쁨에 저항해야 한다는 것을. 오히려 내게 부족한 것은 '바쁜 시간'이 아니라 '나 자신과 대화할 수 있는 여유로운 시간'이라는 것을.

나의 한 해를 이끌어온 원동력은 무엇일까. 나의 한 해를 가장 힘들게 했던 걱정거리의 주범은 무엇일까. 내년에는 조금 덜 걱정하고, 조금 덜 슬퍼하며 지낼 수는 없을까. 슬픔이 밀려오더라도 걱정이 밀려오더라도 좀 더 스스로에게 관대해질 수는 없을까. 이렇게 나만 바라보고, 나만 생각하는 게 과연 나를 사랑하는 것일까. 에고이즘과 나 자신을 향한 사랑은 전혀 다른 게 아닐까.
나는 꽤 오랫동안 '누군가 나를 건드리지 못하게 방어하는 것'이 곧 나를 사랑하는 것이라고 착각해왔다. 그러다 보니 때로는 나를 사랑하기 위해 이기적으로 행동하고, 나를 사랑한다는 명목으로 쓸데없는 소비에 집착하기도 했다. 남들 앞에서 더 잘 보이기 위해 괜스레 마음을 쓰고, 그러는 동안 '진짜 나다움'은 점점 사라져갔다.
나를 사랑한다는 것은 나에게 많이 투자하는 게 아니다. 시간과 돈을 투자한다고 해서 나를 더 사랑할 수 있는 것은 아니다. 나를 사랑할 줄 안다는 것은 아무리 힘든 상황에서도 '내가 소중하게 여기는 가치'를 지키는 일이다. 나만 돋보이려고 애쓰는 게 아니라 '나를 사랑하는 만큼' 다른 사람도 사랑할 수 있도록 노력하는 사람만이 더 깊은 깨달음을 얻을 수 있다. '타인 속의 나', '세상 속의 나', '여러 가지 복잡한 상황 속의 나'를 똑바로 인식하는 게 나 자신을 진정 사랑할 수 있는 길이다.

　사람들에게 더욱 친절하고, 타인에게 더욱 너그럽고, 그가 혹시 불편하거나 힘든 일이 없는지 보살펴주는 이들이야말로 진정 자신을 멋지게 사랑하는 사람들이다. 타인을 내 몸처럼 보살필 줄 아는 사람이야말로 진정 자신을 사랑하는 눈부신 내공의 소유자들이니까. 타인을 진심으로 아끼고 배려함으로써 자기 자신은 저절로 보살펴지니 말이다.

　이제는 가끔이라도 나 자신을 맘껏 칭찬해주고 싶다. '그만 하면 정말 잘한 거야. 한 해 동안 너, 정말 수고했구나.' 타인의 시선에 짓눌리지 않고 싶다. 올해 연말에는 좀 더 나에게 너그러워지고, 타인에게는 더욱 너그러워졌으면 한다. 진정한 나 자신으로 되돌아가는 길은 그리 멀지 않으니까.

영혼의 젊음을
유지하는 비결

　　　　　　　　　나이에 구애받지 않고 젊은이들과 격의 없이
함께하는 노인들에게는 뚜렷한 공통점이 있다. 자기를 과시하지 않고 젊은이들의
말을 경청하며, 자신의 리듬을 젊은이들의 리듬에 맞춘다는 점이다.

…나보다 어린 스승을
모신다는 것…

어릴 적에는 태산처럼 높고 철벽처럼 단단해 보이기만 하던 부모님의 모습이, 어느새 말랑말랑한 찰흙처럼 부드러워진 것을 알고 깜짝 놀랄 때가 있다. "절대로 여자 혼자 여행을 보내면 안 된다"고 강하게 주장하던 어머니가 얼마 전에는 친구에게 딸을 혼자 여행 보내보라고 조언을 해주었다고 한다. "우리 딸이 여행을 다니면서 성격이 많이 밝아졌어. 혼자 여행 다니면서 씩씩해지고, 경험도 풍부해지고, 글도 더 많이 쓰고. 그 집 딸도 한번 멀리 여행을 보내봐."

저분이 정말 매일 딸들의 통금시간을 철저히 체크하던 우리 어머니가 맞나 싶었다. 철옹성처럼 단단하게만 보이던 어머니의 마음이 세월이 지나면서 부드럽고 말랑말랑해진 것이다. 아버지도 마찬가지다. "여자가 ~을 하면 안 된다"는 말을 많이 해서 늘 내 마음을 아프게 했던 아버지. 그러던 아버지가 이제 "여자가 못할

게 무엇이 있냐'고 말하면, 나는 놀라움과 함께 뿌듯함을 느낀다. 나이가 들면서 완고해지는 게 아니라 나이가 들수록 더욱 '열린 마음'을 지니게 되는 것이야말로 나이듦의 아름다움이 아닐까.

　사실 영혼의 젊음을 유지하는 게 몸의 젊음을 관리하는 것보다 훨씬 어려운 일이다. 몸과 마음이 모두 젊어지기 위한 비결은 바로 '회복탄력성resilience'에 달려 있다. 상처가 생겼을 때 빨리 회복할 수 있는 몸과 마음의 힘이야말로 젊음의 지름길인 셈이다.
　마음의 회복탄력성을 어떻게 키울 수 있을까. 그것은 바로 온갖 다채로운 상황과 가능성에 마음의 문을 활짝 열어두는 것이다. '왜 내가 마음먹은 대로 일이 풀리지 않지?', '왜 저 사람은 내 뜻을 따라주지 않지?' 이런 자기중심적인 기대로부터 마음의 고삐를 풀어주어야 한다. '내가 생각하는 것처럼 일이 풀리지 않네. 하지만 그것도 생각보다 괜찮군!' 이렇게 생각할 수 있는 마음의 유연성이 운신의 폭을 넓혀준다.
　'이건 꼭 이렇게 되어야만 해!'라고 믿는 영혼의 경직성이야말로 노화의 지름길이다. 경계해야 할 것은 '늙음'이 아니라 '늙지 않으려는 마음의 집착'이며, 세상의 흐름을 결코 따라갈 수 없으리라는 자격지심이다. 나이 들수록 지혜로워지고 더욱 여유로워지며, 천진난만해지는 노인들의 특징은 바로 '평생 무언가를 배우려는 마음'을 잃지 않는다는 점이다.
　나는 '나보다 어린 스승'을 모심으로써 나이에 대한 편견에서 벗어나고 싶다. '후생가외後生可畏'라는 사자성어에는 어린 사람을 향한 존중과 배려가 담겨 있다. 공자는 다음과 같이 말하며 후학을 향한 경계심을 늦추지 않았다.

젊은 후진을 두려워해야 한다. 앞으로 올 사람들이 지금 사람들보다 못하다고 할 수 있겠는가?

나는 어린 사람을 향한 두려움이 '공포'가 아니라 '경외감'이라고 생각한다. 윗사람을 향한 강요된 존경만을 강조하는 한국 문화에서 꼭 필요한, 더욱 어른다운 마음가짐이다.

어린 사람을 훈계하려고만 하지도 말고, 나보다 뛰어날까 봐 미리부터 찍어 누르지도 말고, 그의 재능과 진심이 세상 속으로 잘 스며들 수 있도록 돕는 것이야말로 어른의 할 일이 아닐까. 어린 사람들 속에서 놀라운 점, 배울 점, 아름다운 점을 발견하는 것이야말로 어른이 되어가는 즐거움이다.

어린 사람으로부터 무언가를 배우는 것은 정신 건강을 위해서도 좋은 일이다. 윗사람으로부터 무언가를 배울 때의 압박감이 없을 뿐 아니라 '친구 같은 스승'을 만드는 최고의 방안이기도 하다. 중국의 철학자 이탁오는 스승이면서 친구가 될 수 없다면 진정한 스승이 아니고, 친구이면서 스승이 될 수 없다면 그 또한 진정한 친구가 아니라고 했다.

하지만 갑을관계의 대립이 날로 심각해지고, 윗사람을 향해 충언은커녕 사소한 불만도 털어놓을 수 없는 사회에서 이런 스승 같은 친구, 친구 같은 스승을 찾는다는 것은 하늘의 별따기이다.

나는 시간이 지날수록 '연장자와 소통하는 것'에서 어쩔 수 없는 권력관계를 발견하고 실망했다. 대신 나보다 어린 사람을 스승으로 삼음으로써 갑을관계로 찌든 스승과 제자의 파워게임에서 벗어날 수 있는 작은 출구를 찾았다.

나는 나보다 여덟 살이나 어린 선생님으로부터 첼로를 배우고 있다. 일주일에 딱 두 시간이지만 그 시간만큼은 온갖 걱정의 실타래로부터 잠시나마 놓여날 수 있다. 나는 연주에는 젬병이지만 '첼로를 배우는 행위'로부터는 무한한 영감을 얻는다.

나는 갖은 핑계를 대면서 어린 선생님에게 온갖 시시콜콜한 것들을 물어보고, "선생님이 직접 연주해주시면 이 곡이 훨씬 잘 이해될 것 같다"는 감언이설로 첼리스트의 아름다운 연주를 집에서 듣는 호사를 누리기도 한다.

가끔은 악기를 내려놓고 서로의 걱정거리를 나누며 수다삼매경에 빠지기도 하고, 내가 그토록 꿈꿨던 '음악가의 길'을 걸어가는 선생님이 부러워 '그쪽 세계'의 온갖 비화들을 물어보며 콩닥콩닥 가슴이 뛰기도 한다.

처음에는 '이렇다 할 취미 하나 없는 건조한 인생'이 싫어서 시작했지만, 지금은 첼로를 배우는 시간이야말로 내 인생의 눈부신 오아시스다. 무엇보다도 첼로 선생님은 기상천외한 칭찬 제조기의 재능을 보여준다. 내 연주가 저번 주나 이번 주나 큰 차이가 없을 때도, "이제 훨씬 활을 편안하게 쓰시네요", "음정이 훨씬 정확해지셨어요", "이제 이 곡을 완전히 이해하신 것 같아요"라는 식의 칭찬을 늘어놓는다.

스승으로부터 따스한 위로보다는 질책과 비난을 훨씬 많이 들었던 나로서는, '재능이 없다는 걸 알면서도 늘 칭찬을 듣는 제자'의 마음을 처음으로 경험하고 있다. 스승이 나를 포기하지 않음으로써 나 또한 이 배움을 포기하지 않을 수 있는 것이다.

이토록 사랑스러운 나의 첼로 선생님이 얼마 전 손가락을 다쳤다. 그녀의 남편과 시댁 어른들이 '네 연주를 듣고 싶다'고 여러 번 청을 넣자 선생님이 심한 스트레스를 받아 요리를 하다가 손가락을 베어버린 것이다. 그녀가 남편에게도 좀처럼 들려주지 않는 첼로 연주를 나에게 그토록 아낌없이 들려주었다는 사실을 알게 되자 더욱 마음이 애틋해졌다. 그 귀여운 수줍음과 강렬한 자의식이 더욱 아프게 마음을 울렸다.

거실에 울려 퍼지는 선생님의 첼로 소리가 너무 아름다워 눈물이 차오를 때가 있다. 그럴 때면 선생님에게 고백하고 싶어진다. 수없이 첼로를 포기하고 싶었지만 나보다 어린 선생님이 나를 '진심으로 아낀다'는 것을 알기에, 첼로를 더욱 사랑하게 되었다고. 스승은 항상 두려운 존재, 날 아프게 하는 존재였지만 당신으로 인해 처음으로 '나를 아프게 하지 않는 스승'을 발견했다고.

소개

… 나라는 존재를
스스로 증명하는 시간 …

…세상에서 가장 어려운 글쓰기,
자기소개서…

이상하게도 '나는 누구인가'라는 질문을 받으면 가장 먼저 떠오르는 감정이 부끄러움이다. 내가 누구인지를 온갖 숫자를 통해 증명하기를 요구받을 때, 자존감에 상처를 입는다. 내가 누구인가를 증명하기 위해 왜 주소와 주민등록번호와 전화번호와 신용카드번호를 내밀어야 할까.

존재의 자기증명을 숫자로 요구받는 생물은 지구상에서 인간뿐이지 않을까. 입학할 때, 입주할 때, 입사할 때, 입국할 때, 그 모든 '출입'의 순간에 우리는 존재의 뚜렷한 자기증명을 요구받는다.

평소에는 내가 누구인지 심각하게 묻지도 않다가 어떤 경계나 문턱을 넘을 때마다 우리는 '나는 누구인가'에 대한 대답을 느닷없이 생각해내야 한다. 자기소개서를 써야 하는 순간이야말로 내가 나의 존재를 증명해야 하는 가장 어려운 순간일 것이다.

얼마 전, 수능보다도 '자기소개서' 쓰기가 더 고민이라는 고등학생들의 이야기를 들었다. 수능에는 정답이라도 있지만 자기소개서에는 모범 답안이 없으니, '세상에 하나뿐인 나'를 한 편의 글로 표현하는 게 어찌 쉬운 일이겠는가. 인생에서 아직 굵직굵직한 경험이 없는 나이임에도 사소한 동아리 활동 등에 어떤 엄청난 의미부여를 해야 하니, 자기소개서가 아니라 '소설'을 쓰는 것 같다고 하소연하는 아이들도 있다.

무언가 대단한 이야기를 억지로 꾸며내서라도 대학에 합격해야 한다는 압박감이 아이들의 여린 가슴에 쓰라린 상처를 남긴다. 자소서(자기소개서)가 아니라 '자소설自小說'이라고 푸념하는 학생들의 고민이 결코 남의 일 같지 않다. 어른이 되어서도 자기소개서나 이력서를 쓸 일은 여전히 많기 때문이다.

글쓰기가 직업인 나조차도 자기소개서는 세상에서 가장 힘든 일로 다가온다. 책을 낼 때마다 책날개에 '프로필'을 어떻게 쓸까 고민하는 일이 본문을 채우는 것보다 더 어렵게 느껴지곤 한다. 내 마음이 이미 책 속에 구구절절 드러나는데, '나'를 프로필이라는 형식에 맞춰 또다시 표현하는 게 불필요한 동어반복처럼 느껴졌다. 너무 멋들어지게 쓰면 나를 속이는 일 같아 죄책감이 들 것 같았다. 강의를 할 때마다 매번 이력서를 요구하는 곳도 많다. 지금은 불가피하게 이력서나 프로필을 쓸 때마다 최대한 소박하게 '내가 지금 무엇을 하고 있는지'만 쓴다.

하지만 이렇게 되기까지 엄청난 자기분열이 있었다. 글을 통해 나를 멋지게 포장하고 싶은 유혹도 있었고, 글을 통해 '내 마음에 들지 않는 내 모습'을 성공적으로 감춰야 한다는 압박감도 있었다. 글은 이렇듯 나를 드러내면서 동시에 감추는 것이기에, 차마 길들이지 못한 나 자신의 어두운 그림자는 좀처럼 표현하기가 어렵다. 하지만 바로 그 표현하기 어려운 그림자야말로 진정한 나 자신에 가까운 모습이 아닐까.

오은 시인은 「이력서」라는 시에서 "밥을 먹고 쓰는 것. / 밥을 먹기 위해 쓰는 것. / 한 줄씩 쓸 때마다 한숨 나는 것."이 바로 이력서라고 했다. 밥을 벌어먹기 위해 나 자신의 노동력을 팔아야 하는 순간, 그때 세상을 향해 내밀어야 하는 통행증 같은 것이 바로 이력서이기에. 내 자랑을 하되 아주 겸손하고 은근해야 해서, 이력서에는 "나는 잘났고 / 나는 둥글둥글하고 / 나는 예의 바르다는 사실을 / 최대한 은밀하게 말해야" 한다고 시인은 이야기한다. "오늘밤에도 / 내 자랑을 겸손하게 해야 한다. / 혼자 추는 왈츠처럼, 시끄러운 팬터마임처럼"이라는 구절을 읽으니, '나만 그런 게 아니었구나' 하는 안도감이 밀려온다. 이력서는 과연 혼자 추는 왈츠처럼 쓸쓸하고, 시끄러운 팬터마임처럼 어불성설의 몸부림이 아니겠는가.

나 자신을 소개하는 글을 쓰는 것은 왜 이토록 힘이 들까. 이력서를 제출해야 하는 대상은 '외부'에 있지만 이력서를 쓰면서 정작 만나야 하는 대상은 바로 '나 자신'이기 때문이다. 그리하여 이력서를 쓴다는 것은 자신의 부끄러움과 마주하는 일이며, 피할수 없는 외로움과 맞닥뜨리는 일이기도 하다.

나는 이력서나 프로필을 쓸 때마다 내 안의 일부가 조금씩 무너지고 부서지는 것을 느낀다. 무너지는 것은 자존감이고, 부서지는 것은 자신감이다. 무엇보다도 '내가 생각하는 내 모습이 이리도 초라하고 작은가'라는 생각 때문에 괴롭다.

그런데 그 자괴감 속에는 뜻밖의 자존감도 깃들어 있다. 바로 '나'라는 존재는 결코 이력서나 프로필로는 요약될 수 없다는 내 안의 외침이 들려오기 때문이다. 결코 몇 줄의 이력서에 나를 온전히 담을 수 없다는 믿음이야말로 내가 이력서를 쉽게 쓰지 못하는 진짜 이유다.

요즘은 '나를 굳이 포장하지 않아도, 변함없이 나를 사랑해주는 사람들'의 소중함을 알아버렸기에, 나를 표현하는 일의 강박에서 점점 해방되고 있는 중이다. 당신이 살아온 발자취를 정직하게 꾸밈없이 기록하는 것, 그것이 이력서다. 주눅 들지 말자. 두려워하지 말자. 이력서나 자기소개서보다 더 중요한 것은 '그 무엇으로도 요약하거나 대신할 수 없는, 있는 그대로의 나'이니까.

마그리트의
얼굴

　　　　　　　마그리트는 왜 자신의 얼굴을 손으로 가리고
사진을 찍었을까? 그의 작품 세계와 닮아 있는 이 사진이야말로 마그리트답다고
생각했다. '나'란 때로는 얼굴이라는 시각적 이미지를 지워야 진정으로 보이는 무
엇이 아닐까.

나도 모르게 나다워지는
순간이 있다

　　　　　　　춤이라곤 출 줄 모르는 뻣뻣한 내가, 추운 겨울
영국 여행 중 뜻하지 않게 발견한 아름다운 항구 도시 던디에서 너무 기분이 좋아
막춤을 추고 말았다. 내가 가장 좋아하는 '얼굴 없는 프로필 사진'이다.

…나의 가면이 나의 진심을
짓누를 때…

왜 하기 싫은 일을 억지로 하면 꼭 티가 날까. 어른들은 약속 시간에 늦는다든지 다른 사람 앞에서 실수를 한다든지 표정 관리가 안 되는 사람들을 곧잘 훈계한다.

하지만 어떤 상황에서도 안정된 표정과 모범적인 몸짓을 연기하는 사람들이 꼭 바람직한 것은 아니다. 오히려 표정을 못 숨기는 사람들이 정신적으로는 훨씬 건강하다고 볼 수 있다. 그들은 '내적 부정직함'을 견딜 수 없기 때문에 아첨하는 표정이나 괜찮은 척하기가 안 되는 것이다.

타인에게 보여줄 수 있는 내 마음의 표정이 바로 페르소나 persona다. 페르소나는 성격과 동의어가 아니라 오히려 '남에게 보여줄 수 있는 내 모습의 한계'다. 자기 안에 도사린 수많은 그림자들을 철저히 억압하고 겉으로만 말끔한 페르소나를 보여주는 사람들을 우리는 '포커페이스'라 부른다. 그림자가 내면의 주인공이라면 페르소나는 외면의 주인공인 셈이다.

심리적으로 건강한 사람들은 페르소나와 그림자 사이를 자유롭게 오간다. 내 상처를 남들에게 들키더라도 노발대발하지 않는다. 반대로 자신의 그림자를 꽁꽁 숨기는 사람들은 외면의 페르소나가 곧 '자기 자신'이라고 생각한다.

길리언 플린Gillian Flynn의 소설『나를 찾아줘』에서처럼, 남들에게 보여주는 '완벽한 자신'의 모습을 오히려 '현실의 자아'가 따라가지 못하자 현실의 자아를 완전히 말살해버리는 경우가 있다. 오스카 와일드Oscar Wilde의『도리언 그레이의 초상』은 바로 그 '이상적 자아'의 환상을 위해 '가장 나다운 나 자신'을 기꺼이 희생함으로써 파국을 맞는 한 남자의 비극적인 이야기다.

도리언 그레이는 남성의 미모가 그다지 환대받지 못하던 19세기 말 런던에서, 아름답지만 개성 없는 부잣집 도련님으로 살아간다. 그런 그레이에게 자신의 미모가 얼마나 커다란 재산인지를 일깨워주는 사건이 발생한다. 천재 화가 바질이 그를 모델로 초상화를 그리고, 초상화를 본 탐미주의자 헨리 경이 그의 미모를 불후의 명작쯤으로 찬미한 것이다.

부모를 일찍 여읜 그레이에게는 '나는 누구인가'를 성찰하게 해줄 믿음직한 조언자가 없었다. 태어나 처음으로 그런 과찬을 듣자 그레이는 마치 자신의 아름다움을 처음으로 발견한 나르키소스처럼 스스로에게 열광한다. 자신의 초상화에 스스로 매혹 당한 그레이는 그 순간 말도 안 되는 소원을 외친다.

얼마나 슬픈가! 나는 늙어 무섭고 흉측한 모습으로 변하겠지. 그런데 이 그림은 항상 젊은 상태로 남을 것이 아닌가.

거꾸로 된다면 얼마나 좋을까! 나는 영원히 젊은 상태로 있고, 그림이 늙어간다면!

그레이의 이 말도 안 되는 소원은 거짓말처럼 현실이 되어버리고 만다. 초상화의 얼굴이 흉측하게 변해가는 동안, 그레이는 변함없이 완벽한 미모를 과시하며 런던 사교계를 쾌락의 도가니로 만든다. 가는 곳마다 염문과 추문이 끊이지 않고, 그가 색욕과 주색잡기로 타락시킨 젊은이들이 자살하는 일까지 벌어진다.

오래전에 나는 『도리언 그레이의 초상』이 일종의 환상소설이라고 생각했다. 하지만 다시 읽어 보니 리얼리티가 넘쳐난다. 그레이는 환상적인 자아의 이미지, 남들에게 전시되는 외적인 이미지만 신경 쓰느라 정작 내 마음의 안부를 묻지 못하는 현대인들의 어리석음을 풍자적으로 보여주고 있었다.

외부 일정이 없을 때는 거의 은둔하며 글만 쓰다시피 하는 나조차도, 누군가를 만나 오랜만에 '사회생활'을 한 뒤 집에 돌아오면 '친절의 가면' 혹은 '뭐든지 괜찮은 척하는 가면'을 쓰고 돌아다닌 것은 아닌가 하는 자괴감에 빠져든다. 수많은 소셜미디어에 전시되는 자아의 멋진 이미지를 가꾸고 수집하느라 정작 우리에게는 내 마음의 안부를 물을 여유가 사라지고 있는 것은 아닐까.

…나를 둘러싼 모든
존재의 축복이 곧 '나'다…

그 사람이 거기 있다는 것만으로도 왠지 안심이 되는 순간이 있
다. 아파트를 매일 반짝반짝 윤이 나게 청소해주시는 아주머니와
마주칠 때마다 반갑게 인사하게 되고, 해마다 부지런히 신간을
내며 잊지 않고 책을 보내주는 작가들에게 뜨거운 동지애를 느낀
다. 부모님 댁에 찾아갈 때마다 어린 시절 자주 드나들던 문방구
가 아직 남아 있음에 안도하고, 배탈이 나거나 머리가 아플 때마
다 찾아가던 오래된 약국이 아직 건재함에 가슴이 따뜻해진다.

　이렇듯 익숙한 자리를 묵묵히 지켜나가는 오랜 이웃들은, 매일
볼 수는 없지만 나도 모르는 사이에 내 삶을 지탱해주는 기억의
주춧돌이다. 그가 사라지고 나서야 그의 소중함을 깨달을 때도
많다. 생선구이와 청국장이 참 맛깔스럽던 홍대 근처 밥집이 사
라졌을 때 오랫동안 가슴이 허전했고, 파스타와 리소토가 일품이
었던 이탈리아 레스토랑이 없어졌을 때는 요리사 아저씨의 슬픈

얼굴이 꿈에 나타날 정도로 그곳이 그리웠다.

얼마 전에는 단골 미용실의 헤어 디자이너가 갑자기 사라졌다. 몇 년간 정들어버린 그녀가 없어지자 가슴 한구석이 시려왔다. 언제나 말이 없던 그녀가 참 좋았는데, 막상 그녀가 사라지자 '이 야기라도 좀 나눠볼걸' 하는 후회가 밀려왔다. 어린 시절 정든 골 목길을 떠난 후 '이제 나는 이웃이 없어졌구나' 하고 생각했는데, 그렇지 않았다. 매일 볼 수는 없지만 '마음속 인연의 별자리'를 이루고 있는 모든 이들이 내게는 소중한 이웃이었다.

몇 달이 지나 다시 미용실에 가보니 놀랍게도 그녀가 돌아와 있었다. 나는 얼굴 가득 반가움을 숨기지 못했고, 내 머리를 다듬 어주는 그녀의 따스한 손길을 다시 느낄 수 있었다. "그동안 어디 계셨어요? 보고 싶었어요!" 나의 갑작스럽고 격한 애정 표현에 그녀는 깜짝 놀라며 흥미로운 모험담을 들려주었다.

고교 시절부터 가위를 잡아 또래보다 일찍 헤어 디자이너가 된 그녀는 10여 년 일하면서 한 번도 긴 휴가를 가져본 적이 없다고 했다. 생애 처음으로 석 달의 휴식기를 갖는 동안 그녀는 필리핀 에서 다이빙 자격증을 땄고, 함께 간 친구는 아예 다이빙 트레이 너가 되어 필리핀에 눌러앉았다는 것이다. 그녀도 살짝 유혹을 느꼈지만 결국 자신이 가장 원하는 것은 이 길임을 깨달았다고 한다.

그녀는 처음으로 천직이라 믿었던 일을 놓아봄으로써, 백 번을 생각해도 그 일이 진정으로 자신의 천직임을 깨달은 것이다. 나

는 그녀가 예전보다 훨씬 밝아지고, 활기차고, 씩씩해진 게 좋았
다. 무엇보다 그저 그녀가 돌아와주었다는 사실이 기뻤다. 그녀
는 내게 '익숙해져버린 존재들에 대한 감사'를 다시금 일깨워주
었다.

  그저 늘 거기 있을 것만 같은 정든 사람이 사라져버렸을 때,
우리는 깊은 상실감을 느낀다. 상실감이라는 질병에 대비하기 위
한 최고의 예방접종은 바로 '감사'다. 평소에 더 많이, 더 깊이 감
사할수록 우리는 갑작스러운 상실감에 시달리지 않을 수 있다.
감사는 당연하다고 믿었던 존재들에 스민 무한한 축복을 일깨워
준다.
  옛사람들과 현대인의 가장 큰 차이도 바로 '감사의 의례'일 것
이다. 비가 오면 비가 와서 감사하고, 해가 뜨면 해가 떠서 감사
하고, 한가위에는 '오늘만 같아라'라고 감사했던 옛사람들과 달
리, 우리는 끝없이 '더 잘난 남들'과 비교하며 불평과 불만에 휩
싸인다.
  무언가 대박이라도 터져야 감사를 느끼고, 대박이 터져도 더
큰 대박에 투자하느라 감사할 겨를이 없는 현대인들과 달리, 옛
사람들은 그저 살아 있는 오늘 자체에 감사하는 마음 챙김의 기
술을 지니고 있었다.
  늘 '더 나은 내일을 향해' 미친 듯이 질주하는 삶에는 감사의
여백이 깃들지 않는다. '더 높이, 더 빨리'만 외치는 삶에서는 사
소한 불상사도 치명적인 장애물이 되거나 우울증의 근원이 된다.

차라리 '인생은 고_苦'임을 꾸밈없이 긍정하는 것이 아주 작은 기쁨에도 감사할 수 있는 길이다.

오늘도 나는 '그저 거기 있는 것만으로도 눈부신 존재들'에 대해 생각해본다. 감사는 평범한 식사를 위대한 만찬으로 만들고, '지긋지긋한 집구석'을 천상의 쉼터로 만들며, 쳇바퀴처럼 똑같은 일상을 단 한 번의 눈부신 기적으로 만든다. '나'를 멋지게 소개하는 것보다 더 중요한 것은, '나를 둘러싼 모든 존재들의 축복'을 기억하고 감사하는 일임을 깨닫는 이 시간이 참으로 소중하다.

포기

…내가 진정 원하는 것을
찾을 수 있는 기회…

…무엇을 취하고
무엇을 버릴 것인가…

20대 시절에는 '포기하는 것은 나쁜 것, 세상에 지는 것'이라는 생각이 가슴 한구석에 깊이 자리 잡고 있었다. 많은 것들을 포기할 수밖에 없는 상황에서도 '이렇게 포기하는 내가 참 못났다'는 생각 때문에 나는 괴로웠다.

'포기해도 괜찮다'고 생각하기 시작한 것, '때로는 포기하는 것이 더 나은 지혜'라는 것을 처음으로 알게 된 것은 30대가 되어서다. 사실 30대에는 20대 때보다 더 크고 중요한 것들을 포기했다. 든든한 직장을 얻는 것도 포기했고, 아이를 낳는 것도 포기했고, 안정된 삶을 꾸리기 위한 수많은 조건들을 포기했다.

20대에는 솔직히 내가 그 모든 것들을 다 가질 수 있으리라고 믿었다. 그랬기에 20대의 모든 포기는 잠정적이었고, 아직 희망이 있었기에 진짜 포기는 아니었다. 하지만 30대의 포기는 진지하고 심각하며 결정적인 것이었다. 돌이킬 수 없는 포기, 후회하

포기 · 내가 진정 원하는 것을 찾을 수 있는 기회

53

면 너무 늦은 포기였다. 하지만 바로 그런 뼈아픈 포기를 통해 나는 '꼭 이런 삶을 살아야 한다'는 평생 동안의 강박관념으로부터 마침내 자유로워졌다. 비로소 나는 이전까지 느껴본 적이 없던 엄청난 후련함과 자유를 느꼈다.

물론 내가 포기한 모든 것들이 아직도 내 어깨를 짓누르는 밤이 있다. 아직도 '내가 원하는 것을 얻기 위해 엄청난 노력을 했는데 왜 그 모든 것들을 얻지 못했을까' 하고 자책하는 때도 많다. 하지만 '그럼에도 불구하고 내가 얻은 자유'에 비하면 후회의 아픔은 얼마든지 감당할 수 있다.

20대에는 이런 담담한 포기가 불가능했다. 내가 진정으로 원하는 삶에 대한 큰 그림이 확실하지 않았기에. 하지만 30대에는 내가 무엇을 포기할 수 있는지 알게 됐다. 그 수많은 포기의 아픔에도 불구하고 '나는 나다울 수 있다'는 자신감도 생겼다.

어떤 특정한 대상을 포기하는 것이지 내 인생을 포기하는 것이 아니다. 여러분도 내 은밀한 포기의 역사를 통해 '나는 무엇을 포기할 수 있는지'를 비춰볼 수 있는 시간을 가졌으면 좋겠다. 내가 거쳐 온 포기의 역사 중 가장 뼈아픈 포기의 대상은 세 가지다.

첫 번째 포기. 나는 휴일과 기념일 그리고 숙면을 포기했다. 남들 일할 때 일하고, 남들 쉴 때 쉬는 정상적인 삶을 포기했다. 휴일을 너무 멋지게 보내려고 애쓰지도 않고, 생일이나 기념일에 대단한 일을 기획하지도 않는다. 생일이나 기념일에도 열심히 일할 때가 많다. 하지만 전혀 억울하지 않다. 글을 쓰는 것을 업業으로 선택한 이상, 잠을 잘 때도 긴장 상태에서 벗어나기가 힘들다. 꿈속에서도 글을 구상하거나 마감 독촉에 시달리는 나 자신을 볼 때 측은하기도 하지만 '아직 내가 진짜로 쓰고 싶은 글을 미처 쓰지 못했다'는 생각이 들 때면 정신이 번쩍 든다.

며칠 밤잠을 설쳐 힘겹게 글을 썼지만 한 줄도 써먹지 못하고 원고 전체를 버릴 때도 많다. 내 마음에 들지 않는다는 이유로. 하지만 그것보다 더 속상한 것은 나 때문에 덩달아 휴일을 제대로 즐기지 못하는 가족에 대한 미안함이다. 일요일은 물론 크리스마스에도 아침부터 일어나 글을 쓰고, 자다가도 벌떡 일어나 '아이디어가 떠올랐다'며 부산스럽게 노트북을 켜고, 여행을 떠나 그 아름다운 경치 속에서도 글을 쓰는 나를 군말 없이 받아들여주고 늘 응원해주는 남편에게 고마움을 느낀다.

이토록 이상한 나를, 그럼에도 불구하고 받아주는 사람이 있기에 나는 오늘도 밤잠을 설치며 글을 쓰는 나 자신을 원망하지 않을 수 있다. 우리가 어떤 삶의 방식을 선택했다면, 그 선택에 따르는 모든 기회비용과 상실감까지도 책임져야 한다. 그 책임을 회피하지 않을 때, 더 커다란 자유가 찾아온다.

나는 남보다 빨리
걷기를 포기했다

늘 남들에게 뒤처져 걷다 보니, 남들에게는 보
이지 않는 것들이 보인다. 나는 이 사진을 찍으면서 내게 소중한 사람들의 뒷모습
이 얼마나 아름다운지를 깨달았다. 고흐의 무덤이 있는, 오베르 쉬르 우아즈에서.

…기대와 희망으로부터
벗어날 용기…

두 번째 포기. 그것은 안정된 직장을 포기하는 것이었다. 이것이 내게는 가장 어려운 포기였다. 얼마 전까지도 사실 내 마음 한구석에는 '일정한 월급, 일정한 출퇴근 시간, 일정한 인간관계'를 유지하는 직장에 대한 갈망이 있었다. 하지만 몇 번의 도전 끝에 참담한 실패를 맛본 뒤, 나는 깨끗이 구직을 포기했다. 현실적인 장벽과 함께 '내가 진짜로 원하는 것'이 무엇인지를 스스로에게 간절히 물었다. 그런 뒤 나는 이런 결론을 내렸다.

취직은 물론 중요하다. 하지만 지금 내가 하고 있는 일들만으로도 365일 24시간이 턱없이 부족하다. 박사학위를 받았다는 것은 곧 대학에서 일자리를 얻는 필수 요건이지만 그렇다고 해서 꼭 교수가 되어야 한다는 생각은 버리자. 내가 진정으로 원했던 것은 이 세상을 조금이라도 더 따뜻하게 만드는 공부와 글쓰기 였으니, 학교 밖에서라도 그런 실천을 하면 된다. 더 열심히 글을 쓰고, 더 열정적으로 강의를 하자.

이런 결론에 다다르고 나니 '왜 이 나이가 되도록 취직을 못했을까'라는 자괴감이 눈 녹듯 사라졌다. 취직보다 더 나다운 일, 구직보다 더 소중한 책임을 위해 1분 1초가 아까운 삶을 살아가는 중이라는 것을 깨닫자 비로소 정신이 들었다. 문제의 본질을 깨달으면 무엇을 포기할지는 저절로 드러난다.

내가 직장을 포기하자 가장 힘들어한 사람은 정작 내가 아니라 어머니였다. 포기하자마자 나는 자유로워졌지만 박사학위를 받기까지 내가 기울인 온갖 노력을 어머니는 나보다 더 아까워했다. 게다가 경제적 여유가 없어서 나를 제대로 뒷바라지하지 못했다고 자책하며, 내가 공부를 계속하기 위해 감당해야 했던 온갖 비정규직 노동에 대해 안쓰러워하는 기색이 역력했다. 어머니는 왜 내가 취직하지 못한 것을 당신 탓이라고 생각할까. 어머니는 여러 번 이런 말을 했다. "여울아, 그래도 너는 학위도 있는데, 그동안 그렇게 고생한 게 아깝지도 않냐."

고생은 했지만 아깝지는 않았다. 공부하는 과정이 즐거웠고, 그 공부를 통해 나는 더욱 책임감 있는 어른이 됐다. 공부가 고생스러운 게 아니라 공부를 포기하지 않기 위해 견뎌야 하는 온갖 아르바이트와 원치 않는 인간관계에서 발생하는 감정 노동이 고생스러웠을 뿐이다. 어머니는 언젠가는 내가 꼭 교수가 되리라 믿으며, 그 기대와 희망을 포기하지 못했다. 이제는 어머니가 그런 기대를 완전히 내려놓을 수 있도록, 내가 결단해야 했다.

포기─내가 진정 원하는 것을 찾을 수 있는 기회

어머니는 얼마 전, 또다시 이런 넋두리를 늘어놓았다. "여울아, 취직은 완전히 포기한 거냐. 네가 뭐가 모자라서 이 고생을 한다냐. 네가 그동안 얼마나 고생했는데, 아까워서 어쩐다냐."

오장육부에서 불길이 확 치솟았다. 나는 더 이상 미루지 않고 내 진심을 확고하게 말했다. "엄마, 그건 엄마가 원하는 거잖아. 내가 진짜로 원하는 건 교수가 아냐. 나는 그냥 글이 쓰고 싶어. 작가로 사는 게 좋아. 꼭 교수가 되어야만 행복해지는 건 아니잖아."

내 단호한 일갈에 어머니의 얼굴이 새하얗게 질렸다. 나는 조금은 냉정해 보일지도 모르지만 최대한 침착하게 설명했다. "엄마, 난 일곱 살 때부터 엄마한테 '사당오락四當五落'이라는 말을 들어야 했어. 이제 엄마가 기대하는 대로 살진 않을 거야. 하고 싶은 일만 하고 살아도 인생은 너무 짧아. 이젠 내가 진짜로 원하는 삶을 살아볼게."

어머니는 한동안 침묵했다. 하지만 놀랍게도 금세 밝아진 얼굴로 이렇게 말씀하셨다. "그래, 네 마음대로 해라. 네가 어련히 알아서 잘하겠지, 뭐."

어머니의 엄청난 반발과 질기고도 힘겨운 신경전을 예상했는데, 어머니는 의외로 쿨하게 상황을 인정했다. 물론 하루에도 몇 번씩 다투던 우리 모녀가 이런 뜻밖의 평화를 얻기까지는 지난한 갈등이 있었다. 하지만 늘 어머니에게 반대할 준비가 되어 있던 내가 간과한 게 있었다. 그 수많은 갈등과 반목을 겪는 동안 나뿐만 아니라 어머니도 변했다는 것을.

나는 끝내 어머니가 원하는 딸이 되지 못했다. 어머니는 그토록 꿈꾸던 '교수 딸'을 갖지 못하게 된 것이다. 하지만 엄마는 지금 있는 그대로의 딸을 변함없이 자랑스러워한다. 예전의 엄마라면 노발대발했을 일이지만.

우리 모녀의 이 불안한 평화가 참으로 소중하다. 내일이면 또 "그래도 여울아, 너무 아깝지 않냐?" 하고 전화를 걸어올지도 모르지만 이제는 괜찮다. 나는 더 이상 무조건 어머니의 말에 반대할 준비가 되어 있는 반항기 충만한 20대가 아니기에. 나는 어머니와 협상할 줄 아는 딸, 때로는 어머니의 아픔을 보듬어줄 준비가 되어 있는 딸, 때로는 친구처럼 어머니의 어깨를 토닥거릴 수 있는 능청스러운 딸이 되어버렸으니 말이다.

상황이 바뀌어야 인생이 바뀌는 게 아니다. 사람과 세상을 바라보는 내 관점이 바뀌어야 진정으로 삶을 바꿀 수 있다.

화려한 겉모습을
포기한 나무처럼

런던의 햄스테드 히스에서 뿌리가 거의 말라버린 나뭇둥걸을 만났다. 하지만 그 나무는 완전히 죽은 게 아니었다. 살아 있는 존재들과 무언의 교감을 나누며, 여전히 눈부시게 살아 있었다. 이 나무의 조용함을 닮고 싶다. 화려한 겉모습을 포기하고 꾸밈없는 삶 그 자체를 선택한 나무의 용기를 닮고 싶다.

…철없는 희망보다
허심탄회한 포기가 빛나는 순간…

세 번째 포기. 그것은 '예전의 아버지, 건강하고 멋진 아버지'를 다시 되찾으려는 희망이다. 사실 나는 어머니보다도 아버지와 더 친한 딸이었다. 우리 둘은 통하는 게 많았다. 아버지는 책을 좋아했고, 학자로 살고 싶어 했지만 자식들 먹여 살리느라 그 길을 포기했다. 그리고 우리 세 딸을 세상 무엇보다 아꼈다.

그토록 다정했던 아버지가 10여 년째 뇌경색을 앓고 있고, 성격도 가치관도 돌변해버렸다. 병이란 게 정말 무서운 것은 몸만이 아니라 마음과 성격까지 바꿔버린다는 것이다. 아버지는 이제 예전처럼 타인에게 많은 관심을 기울이지 않는다. 자신의 몸과 건강에만 관심이 있고, 주변 사람들이 어떻게 생각하는지는 좀처럼 눈치 채지 못하는 아버지의 모습을 볼 때마다 당황스럽다. 다정하고 사려 깊고 친절한 우리 아버지는 도대체 어디로 가고, 저토록 낯선 노인이 우리 집 안방에 앉아 있는 것일까.

너무 기가 막혀 한참동안 망연자실한 적도 있다. 길에서 아버지의 옛 모습을 닮은 노인을 만나면, '혹시 잃어버린 우리 아버지가 아닐까' 싶어 나도 모르게 쫓아가다 가슴이 미어진 적도 있다. 영화나 드라마에서 '힘들게 살아가지만 자애롭고 다정한 아버지'의 모습을 볼 때면 꼭 잃어버린 나의 아버지 같아 느닷없이 눈시울이 뜨거워진 적도 있다.

하지만 이제는 아버지가 '예전으로 돌아올까, 돌아오지 못할까'를 걱정하지 않는다. 이제는 '예전의 아버지를 반드시 되찾아야 한다'는 열망을 포기했기에, 아직 낯설고 가끔은 섭섭한 아버지의 모습도 천천히 받아들이고 있다.

오늘 아버지가 살아 있다는 것, 아직은 아버지가 혼자 힘으로 걸을 수 있다는 것에 감사하기로 했다. 너무 많이 걱정하는 것도, 너무 많이 기대하는 것만큼이나 당사자에게는 부담이 된다는 것을 알게 됐다. '조심해라'라는 어머니의 조언이 때로는 부담으로 다가오는 것처럼. 항상 조심만 하다가는 새로운 모험을 할 수 없으니까. 항상 걱정만 하다가는 인생을 제대로 즐길 수 없으니까. 부모님이 살아계신 오늘, 걷고 말하고 듣고 볼 수 있는 오늘을 사랑하고 즐기자.

이런 생각을 하고 나니 더 이상 '내가 그토록 사랑했던 우리 아버지는 도대체 어디로 갔을까'라는 절망적인 물음으로부터 해방될 수 있었다. 걱정의 범위를 좁히고, 기대의 범위를 좁히자. 대신 살아 있는 오늘, 아직 사랑할 수 있는 기회, 아직 서로를 보살필 수 있는 축복에 감사하자.

'포기할 수 있는 지혜'를 배우고 나니 인생은 더 크고 넓고 다정해졌다. 눈부신 희망보다는 허심탄회한 포기가 차라리 나을 때가 있다. 아주 가끔은 포기가 희망보다 더 아름다울 때도 있다. 그때 우리는 비로소 철들기 시작한다. 나는 무엇보다도 '완벽해야 한다는 강박, 남보다 뛰어나야 한다는 강박'을 버릴 때 진정한 만족감이 찾아온다는 것을 알게 됐다.

물론 결코 포기해서는 안 되는 것들도 있다. 인간답게 살아갈 권리, 새로운 모험에 도전할 수 있는 용기, 누군가를 간절히 그리워할 수 있는 마음 같은 것들은 결코 포기해서는 안 된다. 하지만 당신이 무언가를 포기하지 못하는 이유가 '타인의 시선' 때문이라면, 다시 한 번 생각해보자. 포기하지 못하고 붙들고 있는 그것이 정말로 나를 나답게 만들어주는 것인지를.

'자유를 위해 포기할 수 있는 것'과 '어떤 상황에서도 결코 포기해서는 안 되는 것'을 분별할 수 있는 지혜. 그것이 우리의 남은 삶을 결정할 것이다.

선택

··· 인생은
객관식이 아니다 ···

…마음의 질병,
선택중독증…

어린 시절에는 '선택을 잘하면 좋은 결과가 따라온다'고 생각했다. 객관식 문항의 정답을 고르듯이, 인생에는 '정답'까지는 아닐지라도 '가장 나은 해답'은 있을 거라 믿었다. 그 가장 좋은 해답을 찾는 것은 '나 자신의 선택'이라고 믿었다. 하지만 돌이켜보면 '어떤 길을 선택하느냐에 따라 우리 삶이 전혀 달라질 수 있다'는 생각은 절반만 맞다.

　개인적인 선택에서는 그 말이 맞을 수 있지만 사회적인 선택에 있어서는 '나만의 선택'으로 해결되는 것이 아니기 때문이다. 예컨대 자신이 선택한 후보가 대통령이 되지 않았을 때, 우리는 최소 5년 동안 숨죽이고 살아야 하는가. 군대를 가고 싶지 않지만 '국방의 의무'를 짊어져야만 하는 나라에 산다는 것은 개인의 주체적인 선택이 아니지 않은가.

　사실 개인의 선택에 있어서도 '고를 수 있는 것'보다는 '고를 수 없는 것'이 더욱 결정적일 때가 있다. 우리는 가족이나 국적을 고를 수 없고, 성별과 생김새와 이름마저 고를 수 없다. '결정할 수 있는 것들'보다는 '결정할 수 없는 것들'이 우리를 짓누르고 있다는 것을 깨닫는 순간, 우리는 조금씩 어른이 된다.

우리가 '사소한 선택'을 제멋대로 자유롭게 하는 순간에도, 많은 것들이 결정되고 있다. '가격이 싸다'는 이유로 '패스트 패션' 브랜드의 옷을 살 때, 그 옷들은 대부분 개발도상국의 극단적인 저임금노동으로 만들어진 것일 때가 많다. '편리하다'는 이유로 대형 마트에서 물건을 살 때, 동네 상권이 죽어갈 수도 있다. '개인적인 선택'이라고 믿었으나 알고 보니 '사회적인 선택'인 경우도 많은 것이다.

식당에서 메뉴를 고를 때 5분 이상 고민한 적이 있는가. 무심코 텔레비전의 채널을 돌리다가 영 마음에 드는 채널이 없어서 차라리 텔레비전을 꺼버린 적이 있는가. 필요한 물건을 인터넷을 통해 구매하려 했다가 유사한 물건들이 너무 많아서 제대로 고르지도 못하고 구매를 포기한 적이 있는가. 내가 산 옷이 다른 매장에서 훨씬 저렴한 가격에 팔리고 있는 것을 발견한 적이 있는가.

이런 일을 여러 번 경험했다면 당신은 '선택중독증'이라는 병 아닌 병에 걸렸을지도 모른다. 불치병은 아니지만 난치병임에는 분명한 이 선택중독증은 현대인이라면 누구나 한번쯤 감염될 수 있는 마음의 질병이다.

선택중독의 뿌리에는 강력한 환상이 자리하고 있다. 바로 선택이 우리를 자유롭게 하리라는 망상, 철저히 합리적인 선택을 하면 그에 따른 만족스러운 결과가 보상으로 따라줄 것이라는 계산이다.

하지만 소비를 통해 인생 자체를 바꾸기는 어렵다. '그때 그 사람을 선택했더라면, 내 인생은 180도 달라졌을 텐데!'라는 식의 낭만적 환상도 부질없다. 아무리 멋진 사람을 선택해도 이 세상 모든 불행의 '경우의 수'를 비껴갈 수는 없다.

인생은 수많은 선택들의 기계적인 모자이크라기보다는 예측 불능의 변수들과 통제 불능의 욕망, 그럼에도 그 모든 우연을 뛰어넘는 의지와 노력의 화학반응으로 이루어지는 미지의 화합물에 가깝다. 인간은 A와 B 중 하나를 선택할 수는 있지만 그로 인한 '결과'까지 선택할 수는 없다.

이 끝없는 선택의 스트레스에서 해방되는 방법은 무엇일까. 완전한 해결책은 없지만 나 역시 지극히 귀가 얇아 오랫동안 선택 중독증을 앓아온 사람이기에 소박한 노하우를 지니게 됐다.

첫 번째, '순간의 선택이 평생을 좌우한다'는 환상을 버려야 한다. 이런 피곤한 환상과 '인생 한 방'이라는 식의 한탕주의가 결합하면, 그 끝에는 '선택의 도미노적 타락'이 기다리고 있다. 소비나 투자를 향한 선택에 자기 인생이라는 소중한 담보물을 내걸고 끝없는 도박을 벌이며, 지칠 줄도 모르고 실패하게 되는 것이다.

두 번째, 유명인이나 성공한 사람들의 가치관을 답습할 게 아니라 '내가 직접 만들고, 나에게 어울리며, 내가 실천할 수 있는 가치관'을 정립해나가야 한다. 예컨대 '성공하는 사람들의 100가지 습관'보다는 '타인의 신의를 한 번도 저버리지 않은 사람들의 신뢰감'을 삶의 지표로 삼는 것이다. 이런 삶은 우리를 선택중독으로 인한 만성 두통에 시달리게 하지 않는다. 내 삶의 결정권을 '나' 아닌 다른 무엇에서도 찾지 않아야 진짜 해방이 시작된다.

세 번째, '나'라는 존재를 투자의 대상이나 수확의 대상으로 상품화하지 않는다. '미래를 위해 현재를 투자하라'는 식의 상술에 '나'를 내주어서는 안 된다. 'N포 세대'나 '흙수저' 같은 자조적인 명명법에 휘둘려서는 안 된다. 누구도 함부로 우리 삶을 그런 식으로 명명할 수 없도록 단단히 마음의 무장을 해야 한다. '무언가가 있어야 행복한 삶'이 아니라 '그것이 없어도 괜찮은 나'를 단련해나가야 한다.

재산이나 권력으로 자신을 증명하는 행태야말로 '빈약하고 척박한 자아'의 증명임을 잊지 말아야 한다. 타인에게 잘 보일 게 아니라 '나를 바라보는 나 자신'의 준엄한 눈초리에 촉각을 곤두세워야 한다.

'어떤 옷을 살 것인가'보다는 '오늘 어떤 책을 읽을 것인가'를 고민하고, '어떤 자동차나 주택을 구매할 것인가'보다는 '누구와 함께, 어떻게 더 나은 세상을 만들어갈 것인가'를 고민해보자. 상품의 소비로 마음의 허기를 채울 게 아니라 경험과 인연의 확장으로 영혼의 결핍을 채워야 한다.

이 길로 가야 할까,
저 길로 가야 할까

　　　　　　　　그녀는 자전거를 세워두고 한참을 고민하는 듯
했다. 하지만 고민하는 순간의 그 망설임조차도 여유로웠다. 어느 쪽으로 가도, 당
신은 결국 당신이 원하는 곳에 언젠가는 도착할 것이므로.

인생의 갈림길 앞에서,
오직 나를 믿자

영국의 도시 요크에서 '인생의 갈림길'을 닮은
골목길을 만났다. 두 길 모두 전혀 아는 바가 없었다. 아무 것도 모르니 차라리 용
감해졌다. 이 길로 가보지 뭐, 헤매기밖에 더 하겠나. 그 순간 선택의 고통으로부터
자유로워졌다. 선택의 결과를 조종할 수 없기에, 어떤 선택이든 내가 온전히 받아
들일 수 있기에.

…주저하고 망설이다
놓쳐버리는 것들…

라면 하나 고르는 데 몇십 분을 허비하고, 치즈 하나 고르는 데 인터넷 검색을 하고, 신발 한 켤레 고르는 데 페이스북이나 카톡 친구들의 안목까지 동원하며 우리는 힘겹게 쇼핑을 한다. 그렇게 심사숙고한 결과물에 대해서도 안심하지 못해 물건을 산 뒤에도 이리저리 구매후기를 검색하는 현대인들.

철학자 레나타 살레츨Renata Salecl은 이렇게 '합리적인 선택으로 내 삶을 바꿀 수 있다'고 생각하는 현대인의 의식구조를 탐구한다. 『선택이라는 이데올로기』에서 그녀는 '내 삶을 내가 선택하고, 결정하고, 통제할 수 있다'고 생각하는 현대인의 믿음이 얼마나 빈약한 환상 위에 축조된 것인지를 해부한다. '내 삶이 이 모양 이 꼴인 것은 내가 지난날 잘못된 선택을 했기 때문이야'라고 생각하는 현대인의 죄책감이야말로 무엇이든 선택을 강요하는 사회의 비극적인 결과물이다.

신속하고 합리적이고 효율적인 선택을 강요하는 현대 사회에서 주저하고 망설이는 행동은 '쓸모없는 낭비'로 전락한다. '당신의 삶에 가장 어울리는 자동차를, 커피를, 심지어 집을 얼마든지 선택할 수 있는데, 왜 우물쭈물하고 있냐'는 식의 광고를 볼 때마다 좌절한다. 누가 선택하고 싶지 않아서 못하느냐 말이다.

우리에게는 입맛대로, 기분대로, 내 열망이 시키는 대로 무언가를 선택할 만한 여유가 없다. 1퍼센트의 기득권층도 '선택이라는 이데올로기'에서 자유롭지 못하다. 그들 또한 '혹시 더 좋은 선택이 있지 않을까', '더 합리적인 선택을 한 사람이 있지 않을까' 하는 두려움을 안고 살아간다. 삶의 중요한 것들을 얼마든지 스스로 선택할 수 있다는 환상을 심어주는 제도와 광고의 홍수 속에서 우리는 삶의 모든 불운이 내 잘못된 선택 때문이라는 죄책감에 빠진다.

'당신의 모든 삶은 당신이 선택한 것'이라는 이데올로기 뒤에 숨은 환상. 그 뒤에는 더욱 무서운 베일이 깔려 있다. 우리 삶이 어떻게 구성되는지, 우리 삶이 어떻게 체계적으로 강자들의 시스템에 길들여지는지를 의식하지 못하게 되는 것이다.

'어쩔 수 없지, 뭐', '남들도 다 그렇게 생각할 거야'라는 식의 믿음 때문에 사회는 불의를 무릅쓰고 굴러간다. 이 사회가 '바꿀 수 없는 것'으로 상상되는 순간, 우리는 '개인의 선택만이 가능하고, 사회의 선택은 불가능한 공동체'의 일원이 되어버리는 것이다. 정말로 바꿔야 할 것은 바로 그 사회인데 말이다.

사실 어떤 선택도 진정으로 개인적이지 않다. 우리는 무심코 옷과 신발과 라면과 커피를 고르지만, 그 선택 뒤에는 더 '광고가 많이 되는 브랜드', 더 '사회적으로 인지도가 높은 브랜드', '이것이 대세야, 이것이 유행이야'라고 회자되는 사회의 분위기가 버티고 있다. 우리는 개인적으로 선택하는 것 같지만 그 선택들 대부분이 사회적 영향력 안에서 발동하고 있는 것이다.

우리는 합리적인 선택을 통해 삶을 바꿀 수 있다는 환상과 싸워야 한다. 아메리카노를 마실지 라테를 마실지 마키아토를 마실지 고민하는 동안, 개인의 소비를 통한 선택이 아니라 좀 더 공동체적인 문제에 눈을 돌려보면 안 될까. 커피의 종류를, 점심 메뉴를, 구두 브랜드를 바꾸는 선택으로는 삶을 바꿀 수 없다.

우리는 매일 아침 눈을 뜰 때 삶의 가장 우선순위에 놓는 가치를 다시 선택해야 하고, 최상의 정치인이 아니더라도 '가장 나쁜 정치인을 낙선시키는' 선택이라도 해야 하며, 아이들의 안전을 위협하는 어른들의 잘못된 선택들을 깨우치는 또 다른 선택을 해야 한다. 상품을 소비하는 지극히 개인적인 선택이 아니라 삶의 가치와 사회의 제도와 생활의 습관을 바꾸는 진정한 공동체적 선택을 꿈꾸어야 한다.

소비로 귀결되는 선택이 아니라 당신과 내가 머무는 장소와 시간의 빛깔을 바꾸는 선택. 내 취향만 만족시키는 쇼핑이 아니라 내 주변 사람들의 입가에 미소를 번지게 하는 삶의 방식을 선택할 수는 없을까.

···인생을 바꾸는 선택은
의외로 간단하다···

어려운 환경 속에서 운명을 개척하는 사람들의 특징은 '좀 더 쉬운 길'을 찾지 않는다는 것이다. 그들은 쉽고 빠른 길이 아니라 힘들지만 '옳은 길'을 향해 자신을 던진다. 20세기 최고의 남극 탐험가로 알려진 어니스트 섀클턴Ernest Henry Shackleton은 남극 탐험선의 이름을 '인듀어런스Endurance', 인내라고 지었다. 인생에서 가장 중요하게 여기는 가치가 바로 인내심이었기 때문이다. 그가 남극 탐험을 함께할 동료들을 뽑기 위해 신문에 광고를 내자 무려 5000명이 신청서를 보내왔다. 그 광고문은 바로 이런 내용이었다.

> 위험한 여행에 함께할 사람을 찾습니다. 급료는 적고 뼈가 으스러지도록 추울 것이며 오랫동안 칠흑 같은 어둠 속에 있어야 합니다. 항상 위험이 도사리고 있으며 무사히 돌아오리란 보장도 없습니다. 성공할 경우 대가는 명예와 인정뿐입니다.

거의 협박조로 들리는 이 무시무시한 광고문에 많은 사람들이 매혹된 이유는 무엇일까. 이 탐험가의 운명을 향한 순수한 도전 정신에 감명받았던 게 아닐까. 이렇게 힘든 길임에도 '함께 가자'고 손을 내밀 수밖에 없는 그 절실함을, 이 오싹한 광고문 뒤에 숨은 용감한 탐험가의 진심을 읽어낸 게 아닐까.

운명을 개척한 사람들은 고난과 역경 뒤에 숨은 진정한 보상이 무엇인지를 알고 있다. 그것은 바로 '그 일을 해냈다는 뿌듯함' 자체다. 남극 탐험대의 보수는 쥐꼬리만 했고, 누군가 칭찬을 해주는 것도 아니었다. '남극 탐험대의 일원'이라는 명예와 인정만이 그들이 원한 자부심이었다. 그렇게 순수하게 자신의 꿈을 향해 달려가는 사람들이 운명을 바꾸는 용기를 지닌 이들이다.

프랑스의 작가 라퐁텐은 운명에 대해 이렇게 말한다. 인간은 가끔 자신이 피하려고 했던 바로 그 길 위에서 운명을 만난다고. '정말 이것만은 하고 싶지 않았는데'라고 생각하던 그 일을 천직으로 삼게 되었다는 사람들 또한 많다.

나 역시 그랬다. 글쓰기는 내가 너무 좋아하는 일이었기에 직업으로 삼기는 싫었다. 아무리 좋아하는 일이라도 직업이 되어버리면 그 열정과 순수가 퇴색될까 봐 두려웠다. 하지만 인생은 너무 짧아서 '좋아하는 일에 집중할 시간'조차 부족했다. '좋아하는 일 따로, 직업 따로'가 되어버리면 좋아하는 일에 집중할 수 있는 시간이 그만큼 소모되는 것이다. 지금은 너무도 잘 안다. 내가 그토록 피하고 싶은 운명이었던 '작가의 길'이 내게는 너무도 소중한 운명이자, 내가 선택한 길이라는 것을.

나도 20대에는 가끔 사주를 봤다. 도대체 내가 가는 길이 맞는지, 잘할 수 있는지, 혹시 내 '운'이 너무 나쁜 것은 아닌지 궁금하고, 불안하고, 두려웠기에. 하지만 '정말 이것이 내 이야기다'라고 느낀 적이 한 번도 없어서 사주는 더 이상 보지 않기로 했다. 대신 내가 좋아하는 것들을 두려움 없이, 의심 없이, 후회 없이 추구하는 법을 배웠다.

'내게 뭔가 좋은 일이 일어나기를' 막연하게 기다리는 마음은 운명을 개척하는 데 도움이 되지 않는다. 남들이 나를 선택해주기를 기다리는 것은 결국 '타인의 스케줄', '타인의 프로젝트'에 나를 맞추는 일이 되어버린다.

세상에서 가장 멋진 소식은 저 바깥에서 들려오지 않는다. 가장 아름다운 소식은 바로 내 안에서 들려온다. 진정으로 자신의 운명을 사랑한다면, 언젠가 자신의 마음속에서 들려오는 가장 상서로운 소식을 들을 수 있을 것이다. 나는 이 길을 갈 거야. 나는 후회 없이, 미련 없이, 두려움 없이 내 길을 걸어갈 거야.

비스마르크의 말처럼 운명을 두려워하는 사람은 운명에 먹히고, 운명에 도전하는 사람은 운명이 길을 비켜줄 것이다. 당신이 운명과의 한판 승부를 벌이기로 마음먹는다면, 그 결심을 진정으로 가로막는 것은 오직 당신 안의 두려움뿐일지니. 진정 용감한 사람은 자신에게 불리한 환경조차 자신에게 유리한 환경으로 바꿀 줄 안다.

이 세상이 우리에게 부여하는 선택지는 매우 복잡해 보인다. 수백 가지 상품 중에 한 개를 고르라고 부추기는 것 같고, 수없이 많은 사람들 중에 '딱 한 사람'을 골라 사랑하라고 독촉하는 것 같다. 하지만 선택의 깊은 본질은 의외로 이분법적이다. 계속 이렇게 살 것인가, 아니면 전혀 다른 방식으로 살 것인가. 타인의 기대를 충족시키며 살 것인가, 내 안의 깊은 열망의 길을 따를 것인가.

우리가 이런 본질적인 선택을 망설이는 이유는 그 선택의 책임을 온전히 우리 자신이 짊어져야 하기 때문이다. 하지만 책임을 진다는 것은 곧 진정한 주체가 된다는 뜻이 아닌가. 그 선택의 길 위에서 발생하는 모든 결과를 내가 감당할 수 있는 자유가 생기는 것이다. 내가 선택한 길 위에서 느낄 기쁨도, 슬픔도, 희망도, 절망까지도 온전히 내 것이기에 오히려 더욱 자유로워진다.

내가 느낀 깊은 행복은 하나같이 '쉽게 얻은 성취'가 아니라 '아주 어렵게, 천신만고 끝에 간신히 얻은 것들'이 주는 지극히 복잡하고 미묘한 희열이었다. 어렵게 얻은 행복의 바로 앞에는 항상 엄청난 고통이 버티고 있었다.

우리의 인생을 바꾸는 선택은 의외로 간단하다. 계속 지금처럼 살아갈 것인가, 아니면 더 나은 길을 향해 나를 온전히 던져버릴 것인가. 그 질문에 온힘을 다해 망설임 없이 대답할 수 있을 때, 진정한 자유가 찾아올 것이다.

독립

··· 경제적 독립을 넘어
정서적 독립으로 ···

…우리 마음엔 영원히 자라지 않는
내면아이가 있다…

새로운 사람을 만났을 때, 문득 이런 질문을 받고 당황할 때가 있다. "패밀리가 누구예요?", "문단에서 주로 친하게 지내는 사람들이 누구예요?" 사람들은 '누가 누구와 친한가'를 그 사람의 판단 준거로 삼으려 한다. 여기서 패밀리란 혈연상의 가족이 아니라 '항상 의견을 나누고 친하게 지내는 사람들'을 말한다.

그런데 나는 '패밀리'라 할 만한 사람이 없다. 나는 이럴 때 당황하지만 솔직하게 대답한다. 개인적으로 좋아하는 사람들은 많지만 패밀리는 없다고. 그러면 상대방은 '참 이상한 사람이다'라는 표정을 짓는다. 내가 '판단하기 어려운 사람이다'라는 인상을 주는지도 모르겠다.

그래도 나는 괜찮다. 어떤 거대한 전체 속의 부분이 되고 싶었던 때도 있었다. 나보다 더 멋진 사람들, 더 훌륭한 사람들과 어울리고 싶은 욕구도 있었고, '누군가와 패밀리가 되어야 하지 않을까' 하는 조바심도 느꼈다. 하지만 지금은 '관계'란 오직 일대 일로 맺는 것이지 어떤 모임이든 '조직적'으로 움직여서는 안 된다고 생각한다. '저 사람은 누구 패밀리야, 그 사람들이랑 어울려 다녀'라는 평가를 듣고 싶지 않다.

    나는 누군가를 많이 좋아하더라도, 그 감정을 굳이 내비치지 않으려고 노력한다. 어디선가 내비쳤다면, 내가 미성숙해서다. 좋아하는 감정을 숨기는 데 서툴기 때문이다. 나는 누군가의 후배나 친구나 선배일 수도 있지만 그런 관계 때문에 판단을 그르치지 않기 위해 조심한다. 그를 좋아한다는 이유로 공정하지 못한 판단을 내리지 않도록 신중해야 하기 때문이다.

    가족에게 모든 것을 상의할 수도 없다. 가족들은 나와 전혀 다른 삶을 살아가고 있기에. 그러다 보니 어떤 중요한 일을 결정해야 할 때 무척 외로워진다. 어려운 선택이 있을 때 상의하기 위해 전화할 사람도 없다. 전화하고 싶은 사람이 있어도, 일부러 참는다. 오직 내 판단을 믿는다. 그러다 보니 처절한 외로움을 느낄 때가 하루에도 수십 번이다.

    때로는 혼자 결정을 내려놓고 나중에 다른 사람에게 이런 핀잔을 듣기도 한다. "그때 나한테 좀 물어보지 그랬냐. 내가 잘 코치해줬을 텐데." 그럴 때 나는 활짝 웃으며 혼잣말로 속삭인다. '그럼 다른 사람에게 의지하는 거잖아요. 누군가의 코칭 없이도 혼자 결정하고 싶어요'.

    이 상태를 오래 지속하다 보니 나를 믿는 힘과 판단력이 생겼다. 언젠가 내가 그 누구의 판단에도 휘둘리지 않을 정도로 단단해지면, 그땐 누군가와 상의하는 일을 두려워하지 않을 것 같다. 하지만 아직 나는 매일 '마음'이라는 것을 만들어가는 중이다. '나'라는 존재가 촉촉한 찰흙덩이처럼 매일 빚어지는 존재라는 것을 매번 느끼는 요즘이다.

이렇게 '혼자 결정하는 연습'을 하면서 나는 점점 나다워지고 있다. 가끔은 실수해도 괜찮다. 실수를 통해 무언가 깨닫는 점이 훨씬 많음을 이제는 알기에. 신앙이나 미신이나 친분관계에 의지하지 않고, 오직 자신의 지성과 의지로 어려운 일을 결정할 수 있는 사람이 되고 싶다.

물론 그런 결정을 내리기 위해 수많은 자료를 참고하고, 나 자신의 과거, 현재, 미래를 차분히 성찰한다. 혼자 고민하고, 혼자 방황하고, 혼자 결정하는 날들을 통해 점점 담담하고 차분한 사람이 되어가는 게 좋다. '아무도 없다'고 생각될 때, 오히려 진정 강해지는 나를 발견할 수 있기에.

헬리콥터맘, 캥거루족이라는 유행어는 '성인이 된 자식에게 여전히 집착하는 엄마'와 '성인이 되어서도 독립하지 못하는 자식'의 대명사가 됐다. 그런데 이것은 단지 경제적인 독립을 하지 못한 자녀들의 문제에 그치지 않는다. 자기 문제를 스스로 해결하지 못하고 점집을 드나들거나 '감 놓아라 배 놓아라' 하는 주변 사람들의 참견에 의존하는 사람은 평생 '자기 자신'이 되지 못한다. 그런 사람들은 고독을 견디지 못하는 나약함으로 평생 정신

독립…경제적 독립을 넘어 정서적 독립으로

의 독립을 이루지 못하고 끊임없이 물의를 일으킨다. 그렇다면 우리는 어떻게 정신의 독립, 정서적 독립을 이룰 수 있을까.

처음으로 '나만의 방'을 구해 부모로부터 독립한 날. 나는 '드디어 해방되었다'는 생각과 함께 '앞으로 어떻게 살아야 하나' 하는 걱정이 밀려들었다. 그리고 그날, 마치 약속이라도 한 것처럼 '정전'이 됐다. 내가 얻은 월세방만이 아니라 거리 전체가 정전이었다. 촛불도 없고 랜턴도 없었다.

나는 일단 무서움을 무릅쓰고 터벅터벅 밖으로 나갔다. 거리가 온통 어두우니 내가 마치 '이상한 나라의 폴'이 된 것 같았다. 시간이 멈춘 느낌마저 들었다. 멀리 큰길 건너편을 바라보니 다행히 불빛이 보였다. 나는 길을 건너 불이 켜진 첫 번째 편의점에 들어가 양초를 샀다. 단지 '양초'가 아니라 마치 '어둠을 밝히는 희망'을 구하는 느낌이었다.

버지니아 울프가 여성의 진정한 독립을 위해 필요하다고 말한 '자기만의 방'을 드디어 얻은 첫날, 내게 가장 필요한 것은 어떤 화려한 인테리어 소품도 아닌 소박한 '촛불'이었다. 촛불을 켜놓고 방 안에 들어앉으니 외로움을 오래오래 참을 수 있을 것 같았다.

홀로 있어도 더없이 기쁜 곳. 홀로 있어도 무한한 행복을 느끼는 곳. 이제 다시는 되돌아 나와 '속세의 즐거움' 속으로 내려오기 힘든 곳. 누구에게나 그런 마음의 쉼터가 필요하다. 마음 깊은 곳의 고독이 쉴 수 있는 곳. 외로움을 참고 자신만의 작은 세계를 창조할 수 있는 고즈넉한 내면의 장소가 필요하다.

항상 자신의 일을 모두가 대리해서 처리해주는 사람들은 겉으로는 엄청난 권력자로 보이지만 정작 자신의 일을 스스로 해내지 못하는 꼭두각시에 불과하다. 갑의 위치에 있지만 을보다도 못한 사람들이 이 세상을 너무 많이 망치고 있다. 그들에게 고독할 수 있는 자유, 고독을 통해 진짜 성인이 되는 시간을 보내주고 싶다.

막상 혼자가 되었을 때 가장 먼저 밀려드는 감정은 무력함이다. 그토록 원하던 혼자가 되었으나 두려움이 앞설 것이다. 하지만 그 순간이 바로 위기이자 기회다. 우리 마음속에 영원히 자라지 않는 내면아이와 작별할 시간인 것이다.

혼자일 때 더욱 멋진
사람이 되고 싶다

돈키호테의 도시 콘수에그라에서 만난 그는 혼
자 있었지만 전혀 외로워 보이지 않았다. 어른이 된다는 것은 혼자 있을 때조차 누
군가와 함께 있는 듯한 '꽉 찬 느낌'이 드는 것이 아닐까.

…타인과 같이 있을 때도 '혼자'를 즐기는 법…

얼마 전에 편의점에서 도시락을 고르다가 광고 문구를 보고 까르 륵 웃음이 터졌다. '프로혼밥러를 위한 완벽한 도시락'이라는 문 구 때문이었다. '혼밥러'는 혼자 밥 먹는 사람들의 줄임말인데, 거기에 '프로'를 붙이니 '혼자 먹기의 달인'이라는 의미가 성립됐 다. 얼마나 혼자 밥 먹는 사람들이 많으면 이런 광고가 통할까 싶 어 웃음 끝으로 쓸쓸함이 찾아왔다.

항상 누군가와 같이 밥을 먹을 수 있는 사람들이 얼마나 되겠는 가. 독립한다는 것은 우선 혼자 밥을 먹을 수 있는 마음의 준비가 아닐까. 혼자서도 밥을 척척 해먹을 수 있다면 진짜 '프로혼밥러' 라고 할 수 있겠지만 차선책은 음식점이나 편의점에서 간단히 한 끼를 먹을 때도 혼자 있음을 두려워하거나 불편해하지 않는 것이 다. 다른 사람들이 뭘 먹는지 신경 쓰지 않으면서, 내가 먹고 싶은 것을 마음대로 먹을 수 있는 소박한 기쁨을 마음껏 누리는 것도 혼자 밥을 먹는 즐거움을 만끽하는 비결이다.

어릴 때는 버지니아 울프처럼 '자기만의 방'을 갖게 되면 '독립'이 저절로 되는 줄 알았다. 그러나 경제적 독립을 넘어 정서적 독립으로 가는 길은 어려웠다. 또한 혼자 잘 지낸다고 해서 독립심이 강한 것은 아니라는 것도 알았다.

독립심은 강하기만 해서는 안 되고, 부드럽고 유연해야 한다. 즉 다른 사람들과 함께 잘 지내는 게 독립심의 필수 요소다. 그저 혼자 있음에 편해지기만 한다면 진정한 독립이라기보다는 '혼자 있는 상태를 좋아하는 것'이다. 그런 상태가 오래 지속되면 극도로 이기적인 사람으로 변해갈 수 있다.

진정으로 독립적인 사람은 타인과 함께 있을 때조차도 편안히 '혼자임'을 즐길 수 있다. 또한 타인과 함께 있을 때 굳이 강력하게 자신을 표현하지 않아도 좋다. 그저 나의 나다움이 있는 그대로 전해지기만 한다면, '나를 표현해야 한다'는 강박은 갖지 않는 게 좋다. 요컨대 독립은 경제적 독립을 넘어 정서적 독립을 향해야 하며, '나 혼자 있음'을 즐기는 것을 넘어 '함께 있을 때도 홀로 있을 수 있어야' 하는 것이다.

독립적인 삶을 꾸리면서도 동시에 외로움에 지치지 않을 수 있는 최고의 트레이닝은 바로 혼자 여행하기다. 혼자 여행을 떠나면 일단 내 몸의 안전과 생존을 오롯이 스스로 책임져야 한다. 자신의 모든 소지품과 여권과 신체의 안전을 항상 신경 써야 하고, 위급한 상황이나 평소의 영어 실력으로는 해결할 수 없는 복잡한 상황에도 맞닥뜨리게 된다.

하지만 이 모든 어려움을 홀로 겪어내고 나면 엄청난 해방감이 밀려든다. 길치이자 방향치이며, 비행기 공포증까지 있던 내가 지금은 어딜 가도 주눅 들지 않고 그저 '모자란 그대로의 나'를 받아들이며 즐겁게 지낼 수 있게 된 힘은 바로 지난 10여 년간의 배낭여행에서 비롯됐다.

여행을 통해 나는 일상과 노동을 더욱 소중하게 여기게 되었고, 아무리 바빠도 '내 마음이 온전히 쉬는 시간'은 꼭 마련해야만 지치거나 병들지 않을 수 있다는 것을 깨달았다. 여행으로 인해 나를 보살피는 기술, 나를 지키는 기술, 나를 단련하는 기술을 배운 것이다.

여행하는 동안에는 내 최고의 무기인 '한국어'를 쓸 수 없다. 한국어로 소통하고 한국어 글쓰기로 독자를 만나는 나의 강점을 전혀 발휘할 수 없다. 하지만 이런 '무력감'이 때로는 기분 좋게 느껴지기까지 했다. 나의 장점이 전혀 통하지 않는 곳에서 살아도 그렇게 힘들거나 외롭지만은 않았다. 낯선 장소, 낯선 사람들, 알 수 없는 다음 행선지에 대한 설렘으로 나는 '익숙한 것들과의 조용한 이별 연습'을 할 수 있었다. 나의 재능, 나의 미래에 대한 지나친 집착으로부터 잠시나마 벗어날 수 있었던 것이다. 그런 해방감이야말로 진정한 자립심의 필수 요소다.

'나에게 관심을 기울여주는 사람은 아무도 없어'라고 생각하기 위해 혼자 있는 게 아니라 내가 먼저 타인에게 관심을 기울이고,

내가 먼저 누군가와 함께하고자 적극적으로 나서기 위해 '더 멋진 혼자'가 되어야 한다. 최고의 자립심은 '언젠가는 누군가와 함께 하고 싶다'는 의지와 열정이 동반될 때 비로소 완성되지 않을까.

그리하여 혼자 밥 먹기, 혼자 술 먹기, 혼자 살림하기보다 더 중요한 것은, '누군가와 함께하려는 노력'을 포기하지 않는 것이다. 단지 혼자 있는 것보다 더 아름다운 자립심은 누군가와 함께 할 때조차도 '자기다움'을 잃지 않는 것, 그리고 혼자 있음의 편안함에 도취해 '함께 있음'을 포기하지 않는 것이다.

자립심과 협동심은 반대되는 가치가 아니다. 혼자 있을 때 강인한 사람이 함께 있을 때도 강인할 수 있다. 우리는 '1인 가구 시대'에 적응하기 위해 자립심을 배우는 게 아니라 언젠가는 반드시 누군가와 함께하기 위해, 그리고 아무리 불편한 사람과도 잘 지내는 길을 찾기 위해 자립심을 배워야 한다.

우리는 타인을 통해 위로받고, 타인을 사랑함으로써 용기를 얻으며, 힘들 때 수다를 떨 수 있는 단 한 명의 친구가 있다는 것만으로도 삶을 포기하지 않을 수 있다. 다만 혼자 있기 위한 독립심이 아니라 언젠가는 누군가와 진정으로 함께하기 위한 독립심을 꿈꾸는 요즘이다.

고독과 자유의
상관관계

　　　　　　　　프랑스 리옹에서 만난 '어린 왕자'의 동상. 생
텍쥐페리는 홀로 비행하는 고독한 시간 속에서 비로소 최고의 자유, 그리고 최고
의 친구 어린 왕자를 동시에 얻어냈다.

···'어른스러움'과
진짜 '어른'의 차이···

학창 시절 '한 끗 차이로 전혀 뜻이 달라지는 영단어'에 대해 배
운 적이 있다. 'considerable(컨시더러블)'은 '중요한, 상당한'이라는
뜻이지만, 'considerate(컨시더레이트)'는 '사려 깊은'이라는 뜻이며,
'industrial(인더스트리얼)'은 '산업의'라는 뜻이지만 'industrious(인더
스트리어스)'는 '성실한'이라는 뜻임을 외우고 또 외웠다.

　특히 가장 눈길을 끄는 낱말 쌍은 'childish(차일디시)'와 'childlike
(차일드라이크)'였다. 두 단어 모두 '차일드child'에서 파생되었지만 그
뜻은 천양지차다. '차일디시'는 '유치한'이라는 뜻으로 어린아이
의 나쁜 면을, '차일드라이크'는 '순진한'이라는 뜻으로 어린아이
의 좋은 면을 부각시킨 단어다. '차일디시'라는 단어를 어른에게
쓰면 모욕적인 뉘앙스를 풍긴다는 이야기도 들었다. 그 단어를
외우면서 나는 '차일디시한 어른'이 되지 말고 '차일드라이크한
어른'이 되어야겠다고 다짐까지 했다.

하지만 시간이 지날수록 의문이 든다. 유치함이 그렇게 나쁜 건가? 유치함을 어느 정도는 간직해야 건강한 어른이 되는 것은 아닐까. 마이클 잭슨의 여동생 자넷 잭슨은 너무 일찍 스타가 되어버려 어린 시절을 통째로 잃어버린 자신과 오빠의 삶을 안타까워하며 이런 말을 했다. "너무 어린 나이에 일을 시작한 사람들은 결코 제대로 된 어른이 되지 못한다. 그들은 한 번도 어린아이가 될 기회를 누리지 못했기 때문이다."

'억압된 것은 반드시 귀환한다'는 프로이트식 주장처럼, 제 나이에 맞게 살아갈 기회를 잃어버린 사람은 끝없이 놓쳐버린 유년 시절을 아쉬워하며 뒤늦게 유치한 행동에 집착한다. 어린 시절에는 '조숙하다'는 칭찬을 듣고 싶어 어른스러움을 연기했는데, 지금은 '그때 내 나이답게 살아볼 걸', '어른들이 원하는 답이 아니라 내 느낌을 거침없이 말하며 살아볼 걸' 하는 후회가 밀려온다.

그렇다면 어른스러움이 주는 고통은 무엇일까. 첫 번째는 타인의 평가에 지나치게 민감해지는 것이다. 어른들이 뭐라든 아랑곳없이 춤추고 노래하던 아이가 어느 날 갑자기 쑥스러워하며 낯을 가린다면, 아이다움을 잃어가는 징후다. 춤추고 노래하는 기쁨보다 '어른들이 날 어떻게 볼까' 하는 고민에 빠지기 시작한 것이다. 돌이켜보면 '남이 나를 어떻게 생각할까'라는 고민 때문에 잠 못 이룬 시간이 인생에서 가장 아까운 시간이라는 생각이 든다.

어른스러움의 두 번째 고통은 자꾸만 과거를 되새김질하는 것이다. 좋은 되새김질은 반성이나 성찰이 되지만 나쁜 되새김질은 집착과 강박이 되어 '과거의 나'라는 포승줄이 '현재의 나'는 물론 '미래의 나'까지 친친 옭아맨다.

어른스러움의 세 번째 고통은 미래에 대한 막연한 두려움이다. '내일은 또 뭘 하고 놀까'가 유일한 고민거리인 아이들과 달리, 어른들은 미래에 대한 고민 때문에 잠시도 현재를 순수하게 그리고 온전히 살지 못한다. 아이들은 '쓸데없는 생각'과 '쓸데 있는 생각'을 나누지 않는다. 어린 시절 나는 모든 일에 흥분했고, 모든 것에 호기심을 느꼈으며, 어떤 것도 쓸데없다는 이유로 버려두지 못했다. 지금은 생각이 피어오르기도 전에 이미 생각 자체를 검열하는 '어른의 시선'이 나의 '소중한 유치함'을 잔뜩 짓누르고 있다.

어른이 되어서 가장 안 좋은 점 중 하나는 상처받기 싫어서 아예 새로운 도전을 회피하는 것이다. 꿈은 어차피 이루어지지 않을 거라 비관하고, '어차피 나는 이런 사람이니까'라고 자책하고, 열심히 노력해봤자 어차피 제자리걸음이라고 생각한다. 바로 그 '어차피'가 어른스러움의 본질이다. 피카소는 이미 열다섯 살 때 벨라스케스처럼 그릴 수 있었지만 '아이처럼' 그릴 수 있게 되기까지는 60년이 걸렸다고 한다. 어른 되기보다 아이 되기가 훨씬 어려운 일이라는 것을 피카소는 온몸으로 느낀 셈이다. 내 안의 어린아이를 달래고 다독이고 때로는 야단을 쳐서 '어른스럽게' 만드는 게 심리학의 기본 과제라고 하지만 때로는 그런 심리학의 전형적인 해법에 염증을 느낀다. 우리는 '무조건 어른스러워져야 한다'는 지상명령에 가려져 '어린아이다움을 간직하는 법'이 바로 행복의 지름길이라는 것을 잊고 사는 게 아닐까.

PART 2

외로움 앞에
우리는 모두
평등하다

관계

…멀리서 바라만 보아도
그저 좋은 사람…

…친한 사람을 멀리,
싫어하는 사람을 가까이할 수 있을까…

어느 날 스님 한 분을 만났다. 세상 사는 이야기를 도란도란 나누다가 문득 스님께 이런 질문을 했다. "스님, 요즘처럼 각박한 세상을 살아가면서 좋은 인간관계를 맺는 게 참 힘든 것 같아요. 스님은 인간관계를 어떻게 맺으세요?" 스님은 해맑은 미소를 얼굴 가득 띠운 채 이렇게 이야기했다. "친한 사람을 멀리하고, 어렵고 불편하고 친하지 않은 사람을 가까이해요."

마치 선문답 같았다. 친한 사람을 멀리하라니. 가까이하고 싶어서 아주 어렵게 친해진 사람들인데, 구태여 그들을 멀리해야 하다니. 불편한 사람, 미운 사람, 마음에 들지 않는 사람을 가까이 하라니. 웬만한 일에 놀라지 않는 나의 무뎌진 심장이 두근거리기 시작했다.

'에이, 싫어하는 사람을 어떻게 가까이 해. 그 사람의 뒤통수만 봐도 얼른 숨어버리고 싶은 걸'. 내 마음속에서 시끄러운 투덜

거림이 시작됐다. 나는 도저히 그렇게는 못하겠다고 투정을 부렸다. 스님은 웃으며 이렇게 말했다.

"싫어하는 사람을 가까이하는 것은 의외로 쉬워요. 가까운 사람을 멀리하는 게 훨씬 더 어렵거든요. 보고 싶은 사람을 못 보는 게 훨씬 어렵기 때문에 싫어하는 사람을 가까이하는 것은 오히려 쉽게 느껴져요."

마음속에서 잔잔한 파문이 일었다. 친한 사람, 좋아하는 사람, 보고 싶은 사람을 멀리하는 게 훨씬 더 어렵구나. 못 견디게 그리운 사람을 멀리하는 게 훨씬 어렵기 때문에 싫어하는 사람을 가까이하는 것은 오히려 쉬운 일이겠구나.

스님의 말씀과 눈빛을 가슴에 하나하나 새기는 동안, 스님이 그동안 견뎌왔을 그 오랜 외로움의 시간이 내 가슴속에 노을처럼 물들었다. 어려서부터 부모님과 떨어져서 자란 스님을 자식처럼 자매처럼 사랑해주신 큰스님을 비롯한 다른 도반들을 멀리하는 일이 얼마나 어려웠을까.

'어버이날'에 어머니보다 더 큰 사랑을 주신 큰스님을 챙기고 싶지만, 그렇게 하면 그리운 사람을 너무 가까이 두는 것이니 일부러 '스승의 날'에 큰스님을 챙긴다는 말씀을 듣고 나는 눈시울이 뜨거워지고 말았다. 스님은 너무 많이 사랑하지 않기 위해, 아니 너무 많은 사랑으로 사랑하는 이에게 부담을 주지 않기 위해 자신의 깊은 사랑조차 숨기는 게 아닐까.

그날 스님과 나는 처음 만났지만 깊은 자매애를 느꼈다. 처음

뵙는 스님을 향해 '우리'라는 단어를 쓸 수 있을 줄은 몰랐다. 며칠 후 스님은 나에게 무려 '카톡'을 보내셨다. "제가 아는 분이 여울 씨 책을 소개해줘서 읽고 있는데, 참 좋네요. 왜 이제야 알았을까 싶습니다."

나는 얼굴이 빨개지고 말았다. 그 이후로 스님을 아주 오래오래 그리워하고 있다. 그리워하는 사람을 너무 가까이하지 말라고 하셔서, 마음대로 연락도 못하고 말이다.

그러던 중 『무비 스님 직지 강설』이라는 책을 만났다. 한 페이지 한 페이지가 스님의 다정다감한 말씀 같았다. 그러고 보니 스님은 내게 화두를 던져준 것이다. 사랑하는 사람을 멀리하고, 증오하는 사람을 가까이하라. 그 마음이 너무 크고 깊어서, 그 숨은 뜻이 너무 넓고 아득해서 스님에게 차마 다가갈 수 없었다.

그리운 스님께 연락하는 대신 『무비 스님 직지 강설』을 스님과 대화하듯 아주 조금씩, 가장 달콤한 초콜릿을 아껴 꺼내먹듯 그렇게 한 장 한 장 읽어가고 있다. 예전 같으면 어려워서 벌써 포기했을 책인데 스님의 해맑은 우정을 가슴에 품어 안고 읽으니 천상의 멜로디처럼 그윽하고 달콤하다.

자네가 여기에 온 다음부터 나는 일찍이 그대에게 마음에 대해서 가르쳐주지 않은 적이 없었다. 그대가 차를 가지고 오면 내가 그대를 위하여 받아주었으며, 그대가 밥을 가지고 오면 내가 그대를 위하여 받아주었으며, 그대가 나에게 인사를 할 때는 내가 곧 머리를 숙였으니 어떤 점이 그대에게 마음에 대해서 가르쳐주지 않았다고 하는가?

『무비 스님 직지 강설』 중 위의 구절을 읽으며 마음 한구석이 무척 뜨끔했다. 그 모든 자잘한 행동들 눈빛들 표정들 모두가 '그대를 위해' 지은 것들임을 알게 된다면 어찌 깨닫지 못하겠는가. 글 한 편을 쓸 때도 '되도록이면 아름다운 문장'을 써보겠다고 골머리를 앓는 나 자신이 부끄러웠다.

소중한 가르침은 어떤 눈부신 하이라이트 속에 존재하지 않는다. 사실 인생에는 발단, 전개, 절정, 결말이 없다. 모든 것이 발단이고, 모든 것이 절정이며, 모든 것이 결말이다. 이별은 사랑의 결말이 아니라 새로운 사랑의 시작일 수 있다. 사랑하는 사람이 바뀌어서가 아니라 지금 이별함으로써 그 사람과의 더 큰 인연을 만들어가는 도정의 시작일 수 있다.

생명의 탄생 또한 그렇다. 탄생은 시작처럼 보이지만 그 자체가 이별의 암시다. 우리는 탄생하는 순간 가장 사랑하는 것들과의 이별을 예약해놓는 셈이다. 그 예약은 100퍼센트 지켜진다. 사랑하는 것들과 이별하지 않고 살아가는 법은 없기 때문이다.

내 가슴이 제대로 뛰고 있는가. 이미 오래전에 멈춰버린 것은 아닌가. 내 사랑은 실은 나 자신을 위한 이기심이나 초라한 변명은 아니었던가. 사랑을 시작하는 순간 헤어져야 한다는 것을 한사코 거부하면서 어떻게든 그 사랑의 동아줄을 앙칼지게 틀어쥐려는 소유욕은 아니었던가. 일을 한답시고, 더 좋은 성과를 내어야 한답시고 내 곁의 사람들을 외롭게 하지는 않았는가.

『무비 스님 직지 강설』의 또 한 구절이 내 마음을 흔들었다.

고정간 선사가 초면에 강을 사이에 두고 덕산 선사를 보고는 멀리서 합장하며 말하였다.

"안녕하십니까?"

덕산 선사가 손에 든 부채로써 부르는데 고정간 선사가 홀연히 깨달았다. 그러고는 강을 따라간 후 다시는 돌아보지 않았다.

만나지 않아도 만난 것 같은 사람. 멀리서 그 얼굴만 보아도 좋은 사람이 있다. 내 마음속에 어떤 욕심의 씨앗이 싹트는 순간, 무언가 더 열정적으로 일하고 싶고 더 많은 사람들의 주목을 받고 싶은 욕심이 드는 순간. 아차, 싶다. 그런 욕심의 쇠사슬에 스스로를 결박해버리면, 어떻게 내 의지로 빠져나올 수 있겠는가.

어떻게 하면 '인사' 한 번으로도 모든 깨달음을 능히 얻을 수 있을까. "나를 만나려면 삼천 배를 하라"는 성철 스님의 말을 듣고 진짜 삼천 배를 하고 나면, '굳이 스님을 만나지 않아도 좋겠다'는 생각이 들었다는 사람들의 증언처럼 말이다.

만남이란 그런 것이다. 내 안에서 진짜 나의 진면목을 만날 수 있다면 굳이 위대한 스승을 만나 설법을 구하지 않아도 좋다. 스님 한 분을 만나기 위해 삼천 배의 고통을 마다하지 않는 그 용기만 있다면.

아, 나는 아직 깨닫지 못했다. 이 글을 쓰는 동안, 그리운 스님의 미소가 너무도 선연하게 눈앞에 아른거려 그만 스님에게 '카톡'을 보내고 말았다. "스님, 보고 싶은 사람일수록 멀리하라 하셔서 참고 또 참았는데, 아무래도 힘들 것 같습니다." 나의 눈부신 스님은 이 덜떨어진 중생의 무리한 부탁을 전혀 거절하지 않는다.

스님의 꿈은 사람들이 언제든 지친 마음을 쉬게 할 수 있는 자그마한 '붓다카페'를 만드는 것이라고 하는데. 나는 그 어디에서 '붓다카페'를 만들어 고운 스님의 미소를 뭇 중생들과 함께 나눌 수 있을까. 아차, 내가 읽고 있는 이 책이야말로 붓다카페였구나. 나처럼 게으른 중생도 『직지』의 이 영롱한 아름드리 그늘 속에서 쉬어갈 수 있으니 말이다. 그렇다면 한 권의 책은 단지 사물에 그치는 것이 아니라 우리 마음이 머물 수 있는 진정한 깨달음의 장소가 아닐까.

관계의 긴장을 푸는 비결은
'말하기'가 아니라 '듣기'

타인을 향한 무조건적인 따스함은 관계의 모든
긴장을 녹여버린다. 저 사진 속의 어른이 아이를 바라보는 눈길처럼, '네가 이야기
하는 것은 무엇이든 들어줄게'라는 마음가짐으로 세상 사람들을 바라본다면, 관계
에서 느끼는 모든 어려움은 눈 녹듯 사라지지 않을까.

…고독, 나에게 주는
최고의 선물…

흔히 '고독과 친구가 되라'는 조언을 많이 듣곤 하지만, 막상 말
처럼 고독을 진정한 벗으로 삼기는 쉽지 않다. '혼술'이나 '혼밥'
이라는 신조어가 유행처럼 번져나가는 사회에서 고독이란 우리
에게 어떤 의미일까. 물론 혼자 밥 먹기와 혼자 술 먹기에는 그
나름의 커다란 매력이 있다. 타인의 시선을 고려하지 않아도 된
다는 것, 오직 나만의 기쁨, 나만의 즐거움을 위해 행동해도 전혀
문제되지 않는다는 게 '혼밥'과 '혼술'의 매력이다.
 하지만 그것이 습관으로 고착화된다면 문제가 있다. 혼자서 무
엇이든 잘해낼 수 있는 것은 좋은 능력이지만 '다른 사람과 함께
하는 것이 싫어서' 혼자만의 세계로 도피를 꿈꾼다면 그것은 '고
독의 위로'라기보다는 '고독을 향한 도피'에 가깝기 때문이다.
 어떻게 하면 혼자 있음에 중독되지 않고, 혼자 있을 때도 함께
있을 때도 '온전히 나다움'을 지킬 수 있을까.

심리학자 앤서니 스토Anthony Storr는 『고독의 위로』에서 '고독을 통해 무엇을 배울 수 있는가'에 주목한다. 그가 주목하는 고독의 첫 번째 효용성은 '나답게 사는 길을 모색할 수 있는 시간'이다.

조직을 강조하면 개인의 창조성이 파괴된다. 오직 조직과 규율만이 최고의 가치로 군림하는 곳에서는 단지 감정만 억압당하는 게 아니라 자아가 파괴되기 때문이다. 자아가 미처 발달하기도 전에 '집단의 자아=개인의 자아'라는 공식이 머릿속에 주입되어 버리는 것이다. '너는 몇 학번이냐?'는 식으로 과하게 선후배관계를 위계질서로 인식하는 폐단도 이렇게 집단적 자아를 강조하는 문화에서 나온다.

우리는 '혼자라도 얼마든지 해낼 수 있다'는 생각을 충분히 체화하지 못한 채로 사회에 내던져진다. '고독을 즐기라'는 조언도 그래서 당혹스럽다. 이렇게 힘든 고독을 도대체 어떻게 즐기라는 것인지. 하지만 고독이란 '개인으로서의 자립'을 지키는 데 필수적인 요소이며, 고독을 얼마나 긍정적으로 인식하느냐에 따라 인생관이 달라질 수 있다.

고독의 두 번째 필요성. 그것은 '감정을 삭이고 다스릴 수 있는 시간의 확보'다. 고독한 시간에 우리는 각자의 공간에서 그동안 '함께 나누었던 시간들'을 되새기고 곱씹을 수 있다. 함께 있는 시간과 혼자 있는 시간의 균형추가 혼자 있는 시간 쪽으로 좀 더 기울어지는 편이 낫다. 혼자 있어도 충분히 잘 지낼 수 있어야 함께 있는 시간도 행복하게 지낼 수 있다.

우리에게는 저마다의 페르소나 뒤로 숨을 시간이 필요하다. 에티켓과 체면을 극도로 중시하던 빅토리아 여왕 시대의 여성들도 매일 일과 시간이 끝나면 조용히 혼자 있는 시간을 가졌다고 한다. 사회생활의 무대 뒤에서 어떻게 잃어버린 자신의 에너지를 충전하고 휴식을 즐기고 다음 행보를 모색하는지에 따라 삶은 달라진다. 하지만 고독을 견디는 것은 어떤 이에게는 형벌처럼 느껴지기도 한다. 어떤 고독은 실제로 질병에 가까운 고통이다.

우울감에 시달리는 예술가의 고독, 예컨대 카프카Franz Kafka의 고독이 그렇다. 카프카는 고독한 것도 두렵고 고독하지 않은 것도 두려워했다. 누군가가 곁에 있으면 자신의 취약한 정신 구조가 무너질까 봐 두려워했고, 누군가가 곁에 없으면 그 텅 빈 고독의 시간을 견딜 수 없어 두려워했다.

연인 펠리체에게 편지를 쓸 때는 세상 누구보다도 아름다운 사랑의 주인공으로 대접하다가 막상 만났을 때는 그녀에게 거리를 두는 기이한 행동을 펠리체는 이해하지 못했다. 만나지 못할 때는 마치 불멸의 연인처럼 애절한 사랑의 편지를 쓰고, 막상 만나면 그녀에게 최선을 다하지 않는 이중성. 그것은 고독을 제대로 다룰 줄 몰랐던 카프카 스스로의 책임이었다.

카프카의 실패한 연애사는 고독을 갈망하면서도 고독을 두려워하는 인간의 이중성을 여실히 보여준다. 카프카에게 가장 필요한 사람이 바로 카프카의 창조성과 정체성을 위협하는 사람이기도 했던 것이다. 누군가와 '가장 가까운 사람'이 되는 순간, 그는 자신의 내면세계가 위협당할지도 모른다는 두려움에 시달렸다.

카프카의 마지막 연인 도라 디아만트는 카프카의 이런 이중성을 이해해주었던 것 같다. 도라는 카프카의 예민함과 변덕스러움마저도 사랑으로 포용했다. 가족에게서도 따뜻함을 느끼지 못했던 카프카에게 도라는 조건 없는 사랑을 베풀었고, 병마에 시달리던 카프카는 그녀와 마지막을 함께했다.

'피터 래빗' 시리즈로 전 세계 어린이들에게 사랑받은 작가 베아트릭스 포터Beatrix Potter도 어렸을 때는 자신만 아는 암호로 일기를 썼을 정도로 고독을 즐기는 소녀였다. 오랜 연구를 거쳐 간신히 그녀의 암호 일기를 해독했을 때, 사람들은 그 속에 특별한 내용이 없어서 실망했다고 한다. 그녀는 '무슨 내용을 일기에 담을까'보다도 '아무도 모르는 암호로 일기를 쓴다'는 사실에 희열을 느꼈던 게 아닐까. 고독을 즐기며 고독의 요새 속에서 자신만의 세계를 만들어가고 싶어 했던 그녀의 꿈은 '피터 래빗 시리즈'를 통해 결국 이루어졌다.

영국의 시인 에드워드 토머스Edward Thomas는 이렇게 말했다. "자신처럼 우울한 순간에 가장 강렬한 감정을 느끼는 사람이라면, 우울증 치료가 바로 이 강렬함까지 파괴해버릴까 봐 두렵다고." 우울증을 겪어본 예술가들은 뼈아픈 우울 속에서 창조적인 아이디어를 얻곤 했다.

고독 속에서 느끼는 우울을 극복하면서도 그 우울 속에서 번져나오는 생각들을 소중히 간직하는 방법은 바로 글쓰기다. 나는 고독 속의 우울을 단번에 없애려고 애쓰지 않고 그 감정을 글로 풀어내려고 노력한다. 그럴 때 신기하게도 조금씩 우울과 함께하는 법, 고독에 익숙해지는 법을 배우게 된다. 감정을 글로 표현하는 행위만으로 그 감정의 고통이 치유되는 느낌이 드는 것이다.

고독의 세 번째 효용성, 그것은 '내면의 부조화를 인식하고 치유하는 시간'으로서 고독이 가진 고유한 힘이다. 내면의 부조화를 인식하고 조정할 시간, 자아와 세계의 갈등을 진단하고 치유할 수 있는 순간은 바로 고독한 시간이다. 타인의 시선 속에서는 정확한 자기인식이 어려울 뿐 아니라 타인의 영향을 받기 쉽기 때문이다.

아서 쾨슬러Arthur Koestler는 완전한 고독이란 내면이 온전히 자유로워지는 느낌, 홀로 있으면서 입출금 내역서 대신 궁극적 실재와 대면하는 느낌이라고 표현한다. 우리는 고독할 때 비로소 삶과 대화를 나누고 죽음과 대화를 나누는 느낌에 다가갈 수 있다. 청력을 잃은 뒤의 베토벤의 음악처럼, 청중의 관심이나 흥미를 끌기 위해 아무런 기교도 부리지 않는 순수한 몰두의 세계는 바로 견딜 수 없는 고독 속에서 우러나온 또 하나의 세상이다.

우리는 고독을 통해 대중이 아닌 바로 나를 위해 존재하기를 배운다. 고독을 견뎌냈을 때 진정으로 자유로워질 수 있다. 우리는 매순간 고독을 견디며 앞으로 나아간다. 타인에 대한 기대도 실망도 접어버리고 오로지 나 자신으로 존재하는 방법을 찾기 위해.

고독을 즐기되 고독의 편안함에
중독되어서는 안 된다

　　　　　　　　　　　　로미오와 줄리엣의 도시 베로나에서 아무 말
없이 아이스크림을 먹는 어여쁜 커플을 만났다. 그들은 각자의 고독을 아이스크림
처럼 달콤하게 즐기면서, '따로, 또 같이' 함께하고 있었다.

···거절의 윤리,
거절의 에티켓···

'타인과의 관계맺음'에서 가장 어려운 게 바로 '거절'이다. 하지
만 거절을 제대로 해내지 못하면 우리는 수없이 쏟아지는 타인들
의 부탁 속에서 정작 '내가 진짜로 해야 할 일'에 집중하지 못할
수 있다. 모든 사람의 부탁을 다 들어주는 사람은 '착한 사람'이
아니라 '거절의 방법을 모르는 사람'이다.

　이렇게 말하는 나도 사실 거절의 노하우를 모르는 사람이었다.
아직도 나는 거절의 에티켓에 능숙하지 못하다. 멋지고 세련되게
거절 의사를 표현하는 사람을 보면 부럽기 그지없다. 부득이하게
거절의 뜻을 표할 때마다 등줄기에 식은땀이 흐른다. 가장 큰 걱
정은 상대방이 나에게 안 좋은 인상을 갖지 않을까 하는 것이다.
하지만 상대방이 섭섭해하거나 나를 싫어할까 봐 어떤 일을 덜컥
떠맡으면 그때부터 더 큰 마음고생이 시작된다.

　진심으로 원하는 일이 아닐 때 우리는 우리가 가진 최고의 모

습을 보여줄 수 없다. 하지만 나이가 들수록 진짜 중요한 것은 거절의 '태도'이지 거절 자체가 아님을 알게 됐다. 상대방에 대한 진심어린 존중을 표현하며 거절 의사를 밝히면, 대부분의 사람들은 이를 무리 없이 받아들인다.

성숙한 사람들은 정중한 거절 앞에서 순순히 물러날 줄 안다. 예의바른 사람들은 어떤 부탁을 할 때 거절당할 가능성을 염두에 두고 상대방에게 결코 부담을 주지 않으려 노력한다. 또 지혜로운 사람들은 기다림의 묘미를 안다. 한 번 거절을 당하더라도 기지를 발휘해 첫 제안보다 훨씬 매력적인 두 번째 제안을 내놓기도 한다. 상대방의 거절에 어떻게 반응하느냐에 따라 그 사람의 교양과 성격이 드러나는 셈이다.

거절당했다는 이유로 상대방을 미워하거나 비방하는 사람들, 거절당했다는 이유로 자기비하를 일삼으며 세상을 탓하는 사람은 스스로 성장을 거부하는 것이다. 거절하는 사람 또한 거절의 윤리를 지켜야 한다. 태도는 정중하되, 의도는 명확하게 밝혀야 한다.

거절을 제대로 정확하게 표현할 수만 있다면, 상대방의 거절을 곧 인생의 실패로 확대 해석하지만 않는다면 우리가 겪고 있는 수많은 감정 노동의 고통을 해결할 수 있다. 특히 남녀관계에서 '여성의 거절'을 '밀고 당기기' 혹은 '수줍은 예스'로 잘못 해석하는 데서 오는 심각한 트러블을 예방할 수 있다. 여성이 '싫다'고 하면 두말없이 물러나는 게 멋진 남자의 에티켓이다. '왜 날 거절하지?' 하고 고민하며 온갖 피해망상에 시달리는 것이야말로 가장 소모적인 감정 노동이다.

거절의 의사소통 과정에서 사회적 합의가 필요한 것도 있다.

첫 번째, 취업의 거절을 비롯한 각종 불합격을 전달하는 사람들은 좀 더 예의와 존중을 갖춰 사람들에게 의사를 전달해야 한다. 상대방이 마치 인생 전체의 기회를 잃어버린 것처럼 깊은 상실감을 느끼지 않도록 단어 선택 하나에도 세심한 배려가 필요하다.

두 번째, 데이트 폭력 같은 심각한 사회 문제가 일어나는 이유는 남성들이 여성의 거절 의사나 이별의 의지를 진심으로 받아들이지 않기 때문이다. 여성의 거절은 다른 무엇의 완곡한 표현이 아니라 '완전한 거부 의사'다. 억지나 완력으로 여성의 거절을 무시한다면, 그런 남성들은 결코 아름다운 인간관계를 맺을 수 없다.

세 번째, '일'을 부탁하는 사람과 거절하는 사람 모두에게 필요한 예의도 있다. 우리가 거절하는 것은 어떤 '제안'이지 그 사람 자체가 아니라는 것이다. 정중한 거절이 뜻밖에도 훗날 더 좋은 인연으로 바뀔 수도 있다. 나도 '책을 내자'는 출판사의 제안을 거절할 때가 있고, 출판사들도 나의 원고를 거절할 때가 있지만 오랜 시간이 흘러 뜻밖에 좋은 인연을 맺은 경우도 많았다.

잊지 말자. 우리는 부탁을 거절하는 것이지 존재 자체를 거부하는 게 아니다. 거절하는 이에게는 '거절의 윤리와 에티켓'이, 거절당하는 이에게는 '거절을 지혜롭게 해석하는 능력과 거절을 극복하는 용기'가 필요하다.

자존감

…나를 지키는 일의
어려움…

…자존감보다 중요한
마음의 기술…

몇 년 전부터 '자존감'이라는 화두가 머릿속에서 떠나지 않는다. 어떻게 내 흔들리는 자존감을 지켜야 할지 알 수 없는 상황이 자꾸 발생하기 때문이다. 자존감이라는 단어가 해를 거듭할수록 더 자주 쓰이는 이유 중 하나는 우리가 직장에서나 조직에서나 그 어떤 인간관계 속에서나 '나의 존엄을 지키는 일이 어렵다'는 상황에 자주 맞닥뜨리기 때문이다.

하지만 이 '자존감'이라는 게 꼭 강할수록 좋은 것은 아니다. 자존감이 너무 강할 경우, 다른 사람의 감정을 좀처럼 배려하지 않을 수도 있고, '내가 최고가 아닌 경우'를 참아내지 못하는 사람도 있다. 자존감은 강할수록 좋다기보다는 유연할수록 좋은 것이 아닐까.

그보다 더 좋은 것은 자존감이라는 단어를 떠올릴 필요가 없을 정도로 '나는 타인으로부터 인정받아야 한다'라는 생각에서 자유로워지는 것이다. '언제 어디서나 내가 중요해야만 한다'는 강박에서 벗어나는 게 더 중요하다.

'나의 자존감이 상처받았다'고 생각하기 이전에, '내가 원하는 것들'이 과연 옳은 것인지를 비판적으로 질문하는 시간이 필요하다. 매일 쉴 새 없이 미디어와 광고의 자극적인 메시지를 흡수하며 살아가는 현대인들은 '진정으로 내가 원하는 것'과 '남들이 좋다고 하는 것, 남들이 원하는 것'을 구분할 만한 마음의 여유가 없다.

자존감에 상처를 입는 경우는 대부분 '타인과의 비교'를 통해서다. '저 사람에게는 당연한 듯 주어진 것들이, 왜 내게는 없을까' 하는 자기파괴적인 질문이 자존감에 상처를 입힌다. '우리가 원하는 것들'이 옳지 않거나 터무니없는 욕심일 때도 있다. 탐욕과 질투와 경쟁의 시선을 내려놓고 보면, 진짜 위협당하는 것은 '자존감'이 아니라 '나는 과연 어떤 사람이 될 것인가'에 대한 성찰 자체임을 아프게 깨닫곤 한다. 나는 '당연히 대접받아야 할 존재'가 아니라 나의 실제 행동과 양심에 따라 매번 평가받는 존재임을 잊지 않을 때, 스스로의 존엄과 품격도 지켜낼 수 있다.

커다란 위기에 처했을 때가 곧 자신의 잠재력을 시험할 수 있는 최고의 실험장임을 잊지 말자. 위기를 무조건 피하려고만 하면 변명과 자기합리화의 길로 빠지게 된다. 하지만 위기를 차라리 절실한 기회로 인식할 수 있다면, '반짝반짝 빛나는 성공의 길'이 아닐지라도 '더 깊은 나 자신과의 만남'이라는 또 하나의 매혹적인 길이 열린다.

헤르만 헤세Hermann Hesse는 조국 독일의 전쟁에 반대했다는 이유로 자국에서 출판을 금지당하자 스위스에서 묵묵히 글쓰기를 계속했다. 아내가 유태인이어서 나치즘의 위협도 만만치 않았다. 그가 '독일의 영광스러운 승리의 길'에 지지를 보냈다면 훨씬 쉽게 성공가도를 달릴 수도 있었을 것이다. 하지만 그는 전쟁에 반대하는 글을 끊임없이 썼고, 나치즘에 동조하는 지인들과도 모조리 인연을 끊었다.

그는 묵묵히 글쓰기에 몰두했고, 마침내 더 크고 깊은 내면의 자아와 만나는 데 성공했다. 그는 자기만의 개인적 존엄을 지키고자 한 게 아니라 고통받는 타인들의 존엄을, 전쟁으로 죄 없이 스러져가는 인류의 존엄을 지키고자 했다. 『데미안』은 그 위대한 존엄성의 기록이다.

나의 자존감은 소중하다. 하지만 '내가 원하는 게 정말 이 세상에 도움이 되는 것일까'를 치열하게 질문하는 비판적 지성은 더더욱 소중하다.

타인의 시선으로부터
자유로워진다는 것

           베를린 장벽의 벽화를 따라하며 즐거워하는 사람들. 이들은 타인의 시선을 두려워하지 않았다. 진정한 자존감은 바로 타인의 시선을 나의 시선으로 착각하지 않는 냉철한 분별력에서 우러나오는 것이 아닐까.

…마음의 맷집을
키우는 연습…

베를린 국립현대미술관에서 조그만 엽서 하나를 발견하고 우뚝
멈춰선 적이 있다.

Protect me from what I want.
내가 원하는 것들로부터 나를 지켜주소서.

엽서에 적힌 이 구절이 그토록 가슴 아팠던 이유는 무엇일까.
내가 가장 원하는 바로 그것 때문에 내가 고통받는다는 것을 알
게 되었기 때문이다. 사랑이 클수록 실망도 크고 희망이 클수록
절망도 크다. 누군가와 함께하고 싶은 마음이 클수록 함께할 수
없는 지금 이 순간이 고통스럽다. 무언가를 성취하려고 노력할수
록 성공하지 못할까 봐 느끼는 두려움도 커진다. 내가 가장 원하
는 것들 때문에 나는 나 스스로를 착취하고 궁지에 몰아넣는다.

바로 이런 나로부터 진정한 나를 지키는 용기야말로 우리에게 절실한 것이 아닐까.

우리는 저마다 '나는 충분히 강하지 못하다'고 생각한다. 하지만 진짜 문제는 '정말 강하지 못해서'라기보다 내가 '무엇과 싸우고 있는가'를 인식하지 못해서다. 나는 요새 '싸움의 타깃'을 분명히 하려는 생각의 실험을 하고 있다.

예컨대 누군가와 갈등을 빚고 있을 때, '그 사람의 존재 전체'와 싸운다고 생각하면 곤란하다. 그 사람과 싸우는 게 아니라 그 사람의 특정한 생각과 싸우는 것이다. 사람을 싫어할 때도 사실 모든 것을 속속들이 싫어할 수는 없다. 그 사람을 싫어하는 게 아니라 그 사람의 주장을 싫어하는 것이다. 두려움을 느낄 때도 마찬가지다. 나는 그 사람을 두려워하는 게 아니라 그 사람이 가진 힘을 두려워하는 것이다.

이렇게 생각하니 갈등 상황에 대처하기가 훨씬 편안해졌다. 무시무시한 적들과도 한 번 맞서볼 만하다는 생각이 든다. 적은 내 안에 있었다. 타인을 원망하는 마음, 두려워하는 마음, 싫어하는 마음의 안쪽에는 '나는 결코 이런 대접을 받을 사람이 아니다'라는 나르시시즘이 도사리고 있었다.

싸움의 타깃을 명확히 하자. 나는 오늘 엄청난 무더위와 끝없이 쌓인 일감과 좋은 뉴스라고는 눈곱만큼도 없는 무정한 세상 전체와 싸운 줄 알았다. 그런데 집에 돌아와 생각해보니 내가 진짜 싸운 대상은 '단 하루라도 일상의 쳇바퀴에서 벗어나고 싶다'

는 탈출의 열망이었다.

문득 이 글을 읽어주는 고마운 당신의 안부가 궁금하다. 당신의 하루는 무엇과의 싸움으로 점철되어 있는지. 오늘 하루 당신의 어깨를 짓누른 모든 슬픔의 구름이 부디 내일은 말끔히 걷히기를. 설령 슬픔이 사라지지 않더라도 슬픔을 견딜 수 있는 당신 '마음의 맷집'만은 두둑해져 있기를.

우리에겐 강한 자존감보다
유연한 자존감이 필요하다

　　　　　　　　힘든 일을 하면서도 얼굴 가득 함박웃음을 짓
는 사람들이 있다. 베를린에서 만난 '현대식 인력거꾼'의 여유로운 미소가 눈부시
다. 자존감은 바로 이런 것이 아닐까. 내가 하고 있는 바로 이 일을 사랑하는 것. 내
가 지금 존재하는 이 순간을 후회 없이 사랑하는 것.

…더 커다란 나를
만나기 위하여…

"태산이 높다 하되 하늘 아래 뫼이로다"라고 할 때, 태산은 불가
능해 보이는 모든 꿈의 은유로 들린다. 돌이켜보니 불가능한 꿈
을 꾸어본 지 참 오래됐다. 실현 가능성을 이리저리 재는 사이 어
느덧 내 꿈에는 낭만의 향기나 열정의 온도가 사라지고 없었다.

태산이 높다 하되 하늘 아래 뫼이로다
오르고 또 오르면 못 오를 리 없건마는
사람이 제 아니 오르고 뫼만 높다 하나니.

우리가 미처 시도하기도 전에 포기하는 태산들은 실제로 얼마
나 높을까. 어쩌다가 태산을 바라보기만 하고 올라갈 생각조차
하지 않게 되었을까.
실제 태산은 그다지 높지 않다. 중국 산둥 성의 태산泰山은 높이

가 1532미터로 한라산(1950미터)보다도 낮고, 백두산(2750미터)보다는 한참 낮다. '갈수록 태산'이라고 치부하며 넘을 엄두도 내지 못했던 산들이 알고 보면 우리가 이미 오른 산들보다 터무니없이 낮은 것이었을지도 모른다.

점점 비대해지는 조직과 기업, 국가와 자본의 힘 앞에서 사람들은 '나 하나의 힘'은 너무 미약하다고 느낄 수 있다. '개인이 아무리 날고 기어봤자 우물 안 개구리'라는 생각이 사람들을 좌절하게 만든다. 하지만 실제 우리의 일상은 한 사람의 기분, 한 사람의 열정, 한 사람의 실천 앞에서 크게 좌지우지된다. 엄마가 행복하면 온 집안이 화목해지는 것처럼, 동료 한 사람의 감정 상태가 조직 전체에 영향을 미칠 수 있다. '사람이 제 아니 오르고 뫼만 높다' 한탄하지 않기 위해서는 '태산과 나'의 관계 설정부터 다시 해야 한다. 태산은 생각보다 높지 않고, '나'는 생각보다 훨씬 크고 깊은 존재다.

전혜린은 「먼 곳에의 그리움」이라는 아름다운 수필에서 이렇게 속삭인다.

모든 플랜은, 그것이 미래의 불확실한 신비에 속해 있을 때만 찬란한 것이 아닐까? 이루어짐 같은 게 무슨 상관 있으리요?

읽을수록 멋진 문장이다. '이 꿈이 이루어질까 말까'를 계산하기에 앞서 그저 미친 듯이 꿈을 꿀 수 있다는 사실이야말로 우리에게 아직 '느낄 수 있는 심장'이 남아 있다는 의미가 아닐까.

자신이 이토록 유명해질 거라고는 상상도 하지 못한 고흐의 편지에는 꿈꾸는 자의 무구한 아름다움이 느껴진다. 그는 동생 테오에게 이렇게 말한다.

자본이 거의 없는 개인의 노력이 미래의 씨앗이 될지 몰라.
아름다움이 주는 즐거움은 마치 사랑할 때처럼 일순간 우리를 무한으로 인도하지.
나를 깊이 움직이는 것은 초상에 대한 전적인 믿음이야. 다른 무엇보다 무한한 것에 가까워진다는 느낌을 주니까.

우리가 정말 '무한'을 느낄 때는 마침내 태산에 올랐을 때의 성취감이 아니라 그 일에 아무런 계산 없이 완전히 푹 빠져 있을 때, 나의 영혼이 무한과 접신하고 있다는 느낌이 들 때일 것이다.

자신이 '영향력 있다'고 뻐기는 사람들은 좀 더 '태산의 높음'을 곱씹는 명상이 필요하고, 자신이 '나약하다'고 느끼는 사람들은 '태산이 생각보다 높지 않음'을 느껴보는 담력 훈련이 필요하다. 현실은 거꾸로다. '자신의 힘'을 겸허하게 반성해야 할 사람들은 힘을 마구 휘두르며 그릇된 쾌감을 느끼고, 자기 안의 힘을 한 번도 제대로 쓰지 못한 사람들은 힘의 존재조차도 느끼려 하지 않는다. '태산이 높기만 하다'고 느끼는 가장 큰 이유는 태산에 오르지 못했을 때의 절망감을 미리부터 상상하기 때문이다.

그러나 '태산의 높이를 가늠만 해보는 것'보다는, 그러다가 태산의 등반조차 시도하지 못하는 것보다는 중도에 돌부리에 걸려 호되게 넘어지더라도 일단 굳세게 올라가보는 게 낫다. 최선을 다했는데 실패로 남은 것은 후회되지 않는다. 스스로에게 최선을 다할 기회조차 주지 않은, '아직 뒤집어보지 않은 패들'만이 뼈아픈 후회로 남는다. 살면서 가장 후회되는 시간은 '잘 안 될 것 같은 이유'만을 상상하다가 '잘될 수 있는 기회'조차 놓쳤다는 것을 뒤늦게 깨달을 때가 아닐까.

키케로Marcus Tullius Cicero는 "성실한 농부는 자신이 결코 그 열매를 보지 못할 씨앗을 심는다"고 말한다. 나는 이 '성실한 농부'를 '위대한 농부'로 바꾸고 싶은 충동을 느낀다. 위대함이란 바로 이런 것이니까. 결코 그 결과를 보장할 수 없을지라도, 그로 인해 눈에 띄는 이득을 얻지 못할지라도 보이지 않는 미래의 씨앗을 심을 수 있는 용기. 그것이야말로 위대함의 본질이니까.

태산의 높이와 등산 장비의 튼실함을 이리저리 재지 않고 오직 '내 마음의 태산이 무엇인가'를 생각할 줄 아는 우리 안의 순수를 되찾자. 태산의 명성에 짓눌려 자신의 뜻을 제대로 펼쳐보지 못한 벗들이여, 당신 안의 힘을 두려워하지 말라. 어깨를 활짝 펴고 천 리 길을 시작하는 '한 걸음'의 무게를 소중히 여기자. 태산과 우리와의 한판 승부는 아직 시작조차 하지 않았다.

소외

…문득, 내가 이방인처럼 느껴질 때…

…누가 뭐라든,
나는 나답게 살아갈 것이다…

인간으로서 가장 견디기 힘든 감정 중 하나가 소외감이 아닐까. 다른 사람들은 다 괜찮아 보이는데 나는 괜찮지 않을 때, 모두 '우리'라는 울타리로 묶여 있는 것 같은데 나만 그 '우리' 안에 속하지 못하는 것처럼 느껴질 때 인간은 깊은 소외감을 느낀다.

　이 소외감을 느끼지 않기 위해 때로 우리는 '가면'을 쓰기도 한다. 실제로 그렇게 느끼지 않으면서도 '그렇다'고 대답하고, 많은 사람들 중에서 혹시 눈에 띄거나 중뿔난 사람처럼 보일까 봐 그저 '무난한 길'을 선택하곤 한다. 다른 사람들이 다 김치찌개나 짜장면 같은 '대표 메뉴'를 고르니 나는 분명 다른 게 먹고 싶은데도 '모두가 고르는 그 메뉴'를 선택하기도 하고, 단체나 조직에 속해 있을 때는 어떻게든 그 모임의 성격에 맞게 '나다움'을 배제하거나 은폐하기도 한다.

　인간은 '어떻게든 튀고 싶은 욕망'과 '절대로 튀고 싶지 않은 욕망' 사이에 끼어 있는 가련한 존재가 아닐까 싶다. 인간은 본능적으로 수많은 사람들 속에서 탁월해 보이고 싶고 특출해 보이고 싶어 하지만 막상 '저 사람은 너무 특이해, 괴짜야'라는 식의 평판을 들을까 봐 '자기다움'을 한껏 깎아내리고 숨기고 움츠러들기도 한다.

여행을 떠났을 때 가장 깊은 '객수客愁'를 느끼는 순간이 바로 이런 '소외감'을 느낄 때다. 여행자나 외국인에게 꼭 눈에 띄는 차별을 하지 않아도 우리 이방인은 언제든지 '외로울 준비'가 되어 있다.

여행자는 작은 친절에도 예민하게 반응하고, 작은 소외에는 더더욱 예민하게 반응할 수밖에 없다. 사소한 친절에도 정말 고맙고, 작은 차별이라도 결코 잊지 못한다. 언어도 문화도 낯선 곳에서 우리는 자신도 모르게 '나는 이방인'이라는 생각에 젖어들기 때문이다.

그런데 재미있는 것은 바로 '나는 이방인이다'라는 느낌이 여행을 더욱 낭만적으로 만든다는 사실이다. 이방인이기에 소외감을 느끼지만 바로 그 소외감으로 인해 다른 사람들과 뜻밖의 소통을 할 수 있는 역설적인 상황이 발생하곤 한다.

프랑스 남부의 도시 몽펠리에서 나는 그런 이방인의 양가감정을 흠뻑 느꼈다. 8월의 몽펠리에에는 해마다 열리는 축제가 한창이었는데 온갖 음식을 파는 사람들, 공연을 하는 사람들, 옷가지나 액세서리를 파는 사람들로 인산인해를 이루었다. 불어를 하지 못하는 나는 그야말로 꿀 먹은 벙어리인 채로 이 모든 광경에 넋을 잃고 있었다.

그러다가 나와 일행은 '우리도 저 사람들처럼 술 한잔 하자'며 작은 와인 잔을 받아들었고, 10유로에 향기로운 그 지방 와인을 네 잔이나 듬뿍 따라주는 그곳 인심에 감동했다. 하지만 잘 마시지도 못하는 술을 왈칵 마시고 나니 '나는 이방인'이라는 느낌이 더욱더 온몸을 감싸며 한층 더 깊은 외로움이 느껴졌다.

그런데 어디선가 "I'm an Englishman in New York(나는 뉴욕의 영국인)"이라는 노래 가사가 희미하게 들려왔다. 원래 좋아하던 노래였지만 외국에서 그토록 외로운 순간에 들으니 더욱 가슴을 후벼 파는 느낌이었다. 가까이 가보니 어떤 가수가 무척이나 구성진 목소리로 이 노래를 부르고 있었다. 중간중간 이런 가사가 들려 마음이 더욱 쓰렸다. "당신은 나의 악센트에서 내가 영국인임을 구별해낼 수 있겠지요. 나는 커피를 마시지 않아요. 홍차를 마시지요."

영어도 통하는 미국에서 느끼는 영국인의 소외감이 이 정도인데, 불어를 모르는 한국인이 프랑스에서 얼마나 커다란 소외감을 느꼈겠는가. 이런 생각을 하는데, 그다음 가사를 누군가 따라 부르는 소리가 들렸다.

Be yourself no matter what they say.
누군가 당신에게 뭐라 하든. 당신은 그저 당신 자신이 되면 돼요.

정말 멋진 이 가사가 그날따라 더욱 감성을 자극해 나도 모르게 코끝이 시큰해졌다. 나는 왜 나 자신이 되지 못하는 걸까. '불어를 좀 공부할 걸, 조금 더 여행지에 대한 공부를 많이 해올 걸' 하는 후회를 늘 떨쳐버리지 못하며 여행을 할 때마다 더욱 깊은 '영혼의 허기'를 느끼는 나 자신이 참 한심하게 느껴졌다. 그런데 "Be yourself no matter what they say"라는 부분을 누군가가 아름다운 화음을 넣어 부르는 목소리가 들려온 것이다.

바로 그 순간 레게 머리를 한 아리따운 흑인 여성이 원곡자인 스팅 못지않게 정말 멋지게 그 노래를 부르는 모습이 보였다. 그녀는 무대 위에 있는 게 아니라 관객석에서 그냥 흥을 돋우며 즉흥에서 화음을 만들어 부르고 있었다.

모르는 사람에게 먼저 말을 잘 걸지 않던 나는, 그녀의 아름다운 화음과 마치 '관객석에서도 무대 위에 있는 것 같은' 멋진 모습에 감동한 나머지 먼저 말을 걸고 말았다. 당신의 목소리가 무척 아름답다고. 그리고 마음속으로 '지금 이 순간 이 노래의 주인공은 바로 당신인 것 같다'는 말을 삼켰다. 그러자 그녀는 환하게 미소 지으며 사실 자신도 유명하지는 않지만 가수라고 말해주었다.

그녀는 아프리카의 한 작은 나라(안타깝게도 그 작은 나라의 이름을 내가 잊어버리고 말았다)에서 가수의 꿈을 안고 프랑스로 왔다고 했다. 말도 잘 통하지 않고, 생계도 팍팍하기 이를 데 없어 보였다. 무척 고생스러운 삶일 텐데, 그녀는 한없이 밝고 건강해 보였다. 그녀도 나처럼 철저한 이방인이었던 것이다. 우리는 둘 다 서툰 영어로 수다를 떨고, 그 노래를 열심히 따라 부르며 '친구'가 됐다.

그녀는 자신이 이방인이라는 사실에 개의치 않았다. 그녀는 이미 '누가 뭐라든 나는 나답게 살아갈 것이다'라는 세계 속에 있었다. 그녀는 나처럼 이방인이었지만 그 이방인의 슬픔을 극복해 점점 더 '나다운 세계'를 향해 차근차근 걸어가고 있었다.

'나'에 대한 자존감이나 정체성은 그냥 나 혼자서는 만들어지지 않는다. 수많은 사람들 속에서 처절한 소외감을 겪어보기도 하고, 위급한 상황에 처해보기도 하면서 자신의 바닥을 경험해보고, 그런 상황에서 박완서 소설의 제목처럼 "나의 가장 나종 지니인 것"을 체험할 때 비로소 나다움이 만들어진다. 인간은 자신을 규정하는 가장 밑바닥의 슬픔, 사랑, 인내를 경험하고 나서야 진정 '나다운 것'을 찾게 되는 게 아닐까.

…'가면 뒤에 숨은 인격'의 위험…

고독에 취약한 사람들은 자신의 일을 홀로 처리하지 못하고 늘 주변에 의존한다. 남에게 의존하는 것도 문제이지만 타인을 '도구' 삼아 자신의 힘을 표현해야만 직성이 풀리는 사람들의 '갑질'은 더욱 문제다. 그렇게 혼자서는 자신의 소임을 다할 수 없는 사람들, 고독할 줄도 모르는 사람들의 병폐가 세상을 망치고 있다.

심리학자 앤서니 스토의 『고독의 위로』는 '혼자 있는 것'이 삶을 살아가는 데 매우 필수적인 능력임을 강조한다. 고독은 상처를 치유하고, 상실을 극복하고, 개개인을 창조적인 삶으로 이끄는 힘을 지녔다. 고독에 맞서는 능력이야말로 이별, 죽음, 스트레스 등을 극복하고, 내면 가장 깊숙한 곳의 자신을 만날 수 있는 축복이다. 카프카, 베토벤, 바흐, 고야, 칸트, 비트겐슈타인, 뉴턴 등 역사를 이끌어간 인물들에게 '고독'이 없었다면, 그들은 그토록 창조적인 작업을 해낼 수 없었을지도 모른다.

고독은 일종의 심리적 능력이다. 남들이 도와주지 않아도 자신이 충분히 '꽉 찬 존재'임을 느낄 수 있는 게 바로 고독할 용기다. 겉치레에 집착하고, 남들 앞에서 무언가 대단한 모습을 보여주려는 사람들은 사실 고독을 두려워하는 이들이다.

앤서니 스토는 이런 사람들을 "페르소나 뒤로 숨는 사람들"이라고 말한다. 모든 행동이 가식적인 연기처럼 느껴지는 사람들의 특징은 타인 앞에서 진짜 자아를 보여줄 수 있는 용기가 부족하다는 것이다.

예컨대 부모가 어떤 상황에서도 자신을 사랑해줄 거라 믿는 아이들은 내면에서 스스로의 가치를 인식한다. 하지만 부모의 조건부 사랑에 익숙해진 아이들, 예컨대 공부를 잘해야 사랑받는다고 느끼는 아이들은 가치관의 기준을 '어른들에게 칭찬받는 것'에 둔다. 성공하거나 타인에게 인정을 받아야만 가치 있는 사람이라고 느끼는 것이다.

자녀가 시험을 잘 봤을 때 부모가 과도하게 기뻐하거나 칭찬하는 모습을 보이면, 아이는 '내가 이렇게 해야만 부모님이 좋아한다'는 생각이 들어 더욱 성적에 집착한다. 돈이 많아야 훌륭한 가장으로 대접받는다는 생각도, 능력이 있어야 자식에게 대접받는다는 생각도 이런 '조건부 사랑'의 비극적인 결과물이다.

가면 뒤에 숨은 자아의 진짜 위험은 거짓 자아를 만들어 진짜 자아를 철저히 숨긴다는 점이다. 자신의 진짜 모습을 숨기면서까지 타인의 인정을 받으려는 이들은 자존감을 느끼기 위해 지속적으로 외부 상황에 의존해야 한다. 그리고 누구나 살아가면서 느끼는 이별, 죽음, 실패 등으로 인한 상실감에 취약해져버린다.

어떤 일에 실패했을 때, 한동안 고독에 빠져 숙고를 마친 사람들은 다시 다른 일에 도전할 용기를 낸다. 하지만 실패 이후의 고독을 견디지 못하는 이들은 '지금 이 순간의 실패'가 인생의 전부인 것처럼 행동하며, 좌절감을 견디지 못한 나머지 극단적인 선택을 하기도 한다.

거짓 자아의 또 다른 위험은 '황당무계한 뻔뻔함'이다. 자신의 이미지를 멋들어지게 치장한 뒤 그 가면 뒤에 숨어 온갖 악독한 흉계를 꾸미는 사람들은 고독 속에서 아무 것도 배우지 못하는 청맹과니들이다.

고독할 수 있는 용기는 역경에 맞설 수 있는 내면의 힘이기도 하다. 고독이란 누가 뭐래도 있는 그대로의 나 자신으로 살아갈 용기다.

내 인생의
속도

　　　　　　　문득 저 신호등처럼 사람들에게 '기다려주세
요!' 하고 외치고 싶을 때가 있다. 세상의 속도를 따라가지 못하겠어요. 저도 이해
할 수 있게 조금만 기다려주시면 안 될까요.

…단순한 소통을 넘어
진심어린 공명에 이르는 길…

저 사람은 왜 내 마음을 몰라줄까. 그렇게 알아듣게 여러 번 이야
기했는데. 이 사람은 왜 가족이면서도 내 마음을 이해해주지 못
할까. 그토록 많이 사랑했는데. 그토록 내 모든 것을 다 퍼주었는
데도. 우리는 소통에 실패할 때마다 이렇게 상대방을 탓한다. 왜
저 사람은 내가 그를 배려하는 것만큼 나를 배려해주지 않는 것
일까.

　소통에 실패하는 대부분의 원인은 이렇게 '나와 상대방의 마음
을 비교하는 시선'에서 시작된다. 상대방은 별로 노력하지 않았
는데 나만 죽도록 애쓴 것만 같은 억울한 마음 때문에 우리는 더
이상 그 소통을 위해 노력하지 않게 된다.

　그런데 조금만 주위를 살펴보면 이런 문제로 고생하는 사람이
나뿐만이 아님을 알게 된다. 모두가 소통 때문에 어려움을 겪고
있다. 일을 진척시키거나 관계를 유지하기 위한 최소한의 소통은

그럭저럭 해내지만 '왜 나는 이토록 늘 외로운 것일까'를 고민하는 사람들이 정말 많다. 그 지독한 외로움은 특별한 게 아니라 현대인의 삶의 조건이 되어버린 것만 같다. 합리적인 소통은 어느 정도 노력으로 가능하지만 상호간의 감정을 교류하는 진정한 공명共鳴은 훨씬 어려운 일이기 때문이다.

소외를 극복하는 방법은 '공감'뿐이다. 나와 가까운 사람들과 공감하는 것은 능히 해낼 수 있지만, 인생에서 '공감'이 정말로 중요한 순간은 바로 '나에게 반대하는 사람들', '나와 일면식도 없는 사람들'과 공감을 이루어야 할 때다.

단순한 소통을 넘어 진심어린 공명에 이르는 길. 그 길은 결코 간단하지 않다. 공명이란 다른 사람의 생각이나 감정, 행동 등에 감명을 받아 자연스럽게 그것을 따르는 것을 말한다. 나는 최근에 남녀노소에게 가장 오랫동안 사랑받는 작품, 가장 광범위하게 사람들의 공감을 얻는 작품을 찾아보다가 그 완벽한 사례가 바로 『어린 왕자』임을 깨달았다.

이 이야기는 생텍쥐페리가 사하라 사막에 불시착해서 며칠 동안 물도 식량도 제대로 섭취하지 못한 채 생사를 오가는 고난을 겪은 뒤에 잉태됐다. 비행 기술이 지금처럼 발달하지 않았던 시절, 조종사가 된다는 것은 엄청난 모험을 대가로 하는 것이었다. 조종사의 사망률은 매우 높은 편이었고, 시체도 찾지 못한 채 그저 '실종'으로 처리되는 일도 많았다.

아버지가 일찍 돌아가시고 장남으로서 막중한 책임을 짊어지고 있던 생텍쥐페리가 조종사가 된다고 하자 가족 모두가 그를 말렸다. 하지만 생텍쥐페리는 자신이 조종사가 되는 것을 강력히 반대했던 약혼녀와 파혼할 정도로 비행을 사랑했다. 자신의 꿈을 지지해주지 않는 사람과는 사랑을 지속해나갈 수 없었던 것이다. 이후 그는 콘수엘로라는 이해심 많은 여인과 결혼하고, 마침내 조종사의 꿈을 실현한다. 그는 작가가 되기 전 우선 훌륭한 조종사가 되어야 했다. 하늘을 나는 비행기를 조종하는 흔치 않은 경험이 그에게는 작가생활의 자양분이 되어주었던 것이다.

그에게는 부양해야 할 가족이 있었고, 사하라 사막은 물론 부에노스아이레스 등 당시로서는 위험천만한 항로를 오가며 수만 통의 우편물을 실어 나르는 막중한 책임을 짊어져야 했다. 그 수만 통의 우편물에는 그가 전달해야 할 수많은 사람들의 애틋한 사연, 중요한 업무, 절절한 마음이 빼곡하게 들어차 있었을 것이다.

그는 누구도 날아오르지 못했던 높이로, 누구도 개척하지 못했던 항로를 뚫고 하늘의 벌판을 모험하는 길을 택했다. 그 위험천만한 모험을 견뎌낸 작가였기에 그토록 아름다운 이야기를 창조해낼 수 있었으리라.

『어린 왕자』에는 타오르는 갈증으로 서서히 삶의 희망을 잃어가던 조종사가 마침내 그토록 찾아 헤매던 '우물'을 찾는 장면이 나온다. 생사를 넘나드는 이 미칠 것 같은 목마름은 생텍쥐페리 스스로의 체험에서 우러나온 것이다. 그는 사막에서 그토록 힘겹게 물을 찾아다니던 뼈아픈 경험을 작품 속에서 아름답게 승화시켰다. 『어린 왕자』 속에서 생텍쥐페리의 분신인 조종사는 어린 왕자와 함께 우물을 찾아 무작정 걷기 시작한다. 말없이 걷다 보니 어느새 사막에는 밤이 찾아왔고 별들이 반짝이기 시작했다. 어린 왕자도 조종사도 이제 거의 탈진해 정신을 차리지 못할 무렵, 두 사람은 사막 한복판에 주저앉아 이야기를 나눈다.

"별이란 보이지 않는 꽃 때문에 아름다운 거야…."
(…)
"사막이 아름다운 건 어딘가에 우물이 숨어 있어서 그래."
어린 왕자가 말했다.
나는 갑자기 모래의 그 신비로운 번쩍거림을 이해하게 됐다. 내가 어린 아이였을 때, 나는 오래된 집에서 살고 있었다. 전설에 따르면 거기에는 보물이 숨겨져 있다는 것이었다. 물론 그 누구도 그것을 발견해내지 못했다. 어쩌면 찾아보지도 않았을 것이다. 그러나 그것 때문에 그 집은 매력이 넘쳤다. 내 집은 가슴 깊숙한 곳에 하나의 비밀을 숨기고 있었던 것이다.
(…)
"집이건 별이건 사막이건, 그것들을 아름답게 하는 것은 눈에 보이지 않는 것들이야."
(…)
어린 왕자가 잠이 들었으므로 나는 그를 품에 안고 길을 걸었다. 가슴이 뭉클했다. 나는 연약한 보물을 안고 걸어가는 것 같았다. 지구상에 그보다 연약한 존재는 없을 것 같았다. 나는 그 창백한 이마와 감긴 눈, 바람

소설…… 문득, 내가 이방인처럼 느껴질 때

에 휘날리는 머리카락을 달빛에 비춰보며 생각했다. '내가 여기 보고 있는 것은 껍질일 뿐이야. 가장 중요한 건 보이지 않는 거야.'

그의 반쯤 벌어진 입이 빙그레 미소를 띠었기에 나는 또 생각했다. '이 잠든 어린 왕자가 진정으로 나를 감동시킨 것은, 꽃에 대한 그의 진심 때문이야. 장미꽃의 영상이 그가 잠자고 있을 때에도 램프의 불꽃처럼 그의 내부에서 빛을 내고 있는 거야…' 그러자 그가 더욱 연약하게 보였다.

'램프를 잘 보호해야지. 바람이 불어 램프가 깨지면 안 되잖아.'

이렇게 걸어가서 동이 틀 무렵 나는 마침내 우물을 발견했다.

어린 왕자는 우물의 지도를 알고 있는 게 아니었다. 조종사도 어디쯤 가야 우물이 있는지 전혀 몰랐다. 하지만 두 사람은 서로의 대화 속에서 '영혼의 우물'을 찾았고, 마침내 걷고 또 걷다 보니 말 그대로 사막의 오아시스가 등장했다.

"집이건 별이건 사막이건, 그것들을 아름답게 하는 것은 눈에 보이지 않는 것들이야." 바로 그것이다. 우리의 소통을 아름답게 하는 것은 차마 말하지 못하는 것들, 결코 눈에는 보이지 않는 것들, 그리고 좀처럼 입을 열어 쉽게 발설할 수 없는 아름다운 마음들이다. 그 '보이지 않는 것들'에 대한 강력한 믿음이 있을 때 우리의 소통은 비로소 아름다워질 수 있다.

모두들 '보이는 게 가장 중요하다'고만 생각한다면 문학도 예술도 철학도 빛을 잃어버릴 것이다. 모두들 눈에 보이는 이윤만을 추구하도록 몰아세우는 세상 속에서는 '보이지 않는 것들'의 소중한 가치를 조금씩 쌓아올리는 사람들의 느리디 느린 열정이 결코 환영받지 못한다. 하지만 바로 그런 느리고 꾸준한 노력을 포기하지 않을 때 『어린 왕자』와 같은 불멸의 걸작이 나올 수 있을 테고, 그 '보이지 않는 노력'을 이해하는 수많은 독자들의 따스한 '공명'도 가능해질 것이다.

다른 사람의 마음에 내 마음의 목소리를 전달해주는 공명을 꿈꾼다면 우리는 세 가지를 고민해야 한다. 첫 번째, '내 마음'을 전달하려는 생각이 정말 절실한 것인가. 그 마음이 진심인가를 스스로에게 물어야 한다.

두 번째, '내 마음'을 전달하고 싶은 그 마음에 혹시 이기심이 섞여 있지는 않은가. 그의 말을 좀 더 들어주고, 그의 상황을 좀 더 이해해야 내 마음을 전할 수도 있는 게 아닐까.

세 번째, 같은 내용이라도 어떻게 전달할 것이냐에 따라 결과는 전혀 달라질 수 있다. 직접 말하는 것보다는 손편지로 전하는 게 나을 수도 있고, 또는 절대로 이메일이나 문자메시지로 대신해서는 안 되고 반드시 만나서 전달해야 하는 이야기일 수도 있다. 어떤 게 더 내 마음을 진실로서 전할 수 있는지, 상대방을 나의 '전달 대상'이 아니라 '감동의 주체'라고 생각한다면 우리들의 인간관계는 훨씬 환하고 따스해질 것이다.

눈에 보이지 않는 것들을 보려는 마음의 눈. 그것이야말로 소외를 극복하는 치유의 에너지다. 따스한 마음의 눈이 없다면 우리는 어떤 속 깊은 소통도, 뜻깊은 공명도 이루어낼 수 없을 것이다.

에든버러의
어두운 밤길

        이 길을 걸으면서 뼈가 시릴 듯한 소외감과 함께 신기한 해방감이 동시에 밀려왔다. 여기서는 '나'를 굳이 설명할 필요가 없구나. 이 소외감을 그저 올올이 느끼기만 하면 되는구나. 가슴 시린 소외 속에서 오히려 잔잔한 내면의 자유가 차올랐다.

상처

…나에게 마음껏
아파할 기회를 주자…

…연약함은 어디서
오는 걸까…

가끔 전혀 생각하지 못했던 이에게서 뜻밖의 위로를 받을 때가 있다. 예컨대 이런 문장을 읽었을 때다. "나는 연약하고, 정말로 연약하고, 정말 말할 수도 없이 최고로 연약했다." 『팔리 경전』에 나오는 문장이다. 나는 이 문장을 여러 번 소리 내어 읽었다. 소리 내어 천천히 읽는 동안 이상하게 마음이 편안해졌다. 이 어처구니없는 자기 고백을 토해낸 사람이 바로 붓다였기 때문이다.

위대한 깨달음을 얻은 존재 붓다가 이토록 자신의 연약함을 강조했던 이유는 무엇일까. 붓다는 자신의 연약함을 굳이 숨기려 하지 않았다. 그 연약함으로부터, 그 연약함을 발판 삼아 그는 깨달음의 광대한 여정을 시작했다. 그리고 그가 그토록 연약했던 이유는 바로 '아버지의 과보호' 때문이었다.

심리학자 마크 엡스타인Mark Epstein은 붓다의 깨달음의 여정을 트라우마의 자기치유 과정으로 본다. 그는 자신의 저서 『트라우마 사용설명서』에서 붓다의 인생에서 가장 원초적인 상실을 어머니의 죽음이라고 여긴다.

붓다의 어머니 마야는 붓다를 낳은 후 겨우 일주일 만에 세상을 떠난다. '우리 아이는 엄마 없이 자라야 한다. 이 얼마나 안타깝고 가여운 일인가'라는 집단적 연민의 분위기가 그의 어린 시절을 지배했다. 붓다의 아버지와 시종들은 모두 붓다가 상처받지 않기를 바랐을 것이다. 어머니가 없다는 이유로 붓다가 그 어떤 아픔도 겪지 않도록 지나치게 조심했던 것 같다. 붓다가 스물아홉 살이 될 때까지 죽음, 질병, 늙음에 노출되지 않았다는 것은 참으로 놀라운 사실이다.

붓다는 고통의 방어막에 둘러싸여 고통의 진짜 얼굴을 본 적이 없었다. 붓다의 아버지 또한 아내의 죽음으로 너무 큰 충격을 받았기에, 그 트라우마의 흔적을 지우기 위해 아들을 완벽하게 살균된 환경에서 키우려 했던 것일까.

고통도 슬픔도 없는 인공의 낙원 속 거대한 인큐베이터처럼 살균된 환경에서 자라난 붓다는 '고난'이 없는 만큼 '경험'도 '지혜'도 부족했다. '세상은 아름답고 행복하고 좋은 곳이야'라고만 가르치는 것도 억압의 일종이다. 인생은 고통으로 가득 차 있다는 사실로부터 도피함으로써 그들은 붓다를 완전무결한 행복의 나라의 통치자로 만들고 싶었던 게 아닐까.

이것을 심리학에서는 '해리'라고 부른다. 트라우마와 직접 대면하지 못하고 트라우마를 상기시키는 모든 상황으로부터 회피하는 것. 트라우마와 자신을 완전히 분리하려는 것이다. 이것은 붓다의 주변인들뿐 아니라 우리 역시 고통과 맞닥트렸을 때 가장 자주 쓰는 방법이다. 붓다의 주변인들은 고통을 해리시킨 후 고통과 동떨어져 살아가는 것처럼 보였지만 내면의 휴화산 아래는 거대한 슬픔의 마그마가 부글부글 끓고 있었다. 삶의 표면에서만은 적어도 평화롭고 행복할 수 있다고 믿었기 때문이다. 붓다의 주변인들은 붓다의 성장 환경을 상처 없는 무균실로 통제한 것이다. 그러나 그들은 정작 중요한 것을 무시했다. 상처가 없는 한 존재는 깊어질 수도 넓어질 수도 없다는 사실을.

해리는 상처로부터의 최선의 방어기제가 될 수 없다. 방어기제는 일시적 위안일 뿐 문제 해결에는 도움이 되지 않는다. 고통은 필연적으로 분출의 비상구를 필요로 한다. '나는 아프다'고 말하는 것은 결코 '나는 못났다'고 고백하는 게 아니다. 상처받았다는 사실을 겸허히 받아들이는 것이다. 그것은 치유의 시작이 될 수 있다. 아픔을 표현하지도 인정하지도 않는 쿨한 태도가 오히려 상처를 키운다.

고통 자체로부터 차단된 환경에서 살았던 붓다는 극도의 연약한 마음을 지닌 젊은이로 성장할 수밖에 없었다. 항상 평화로운 분위기에서 생활했지만 그것은 강요된 평화, 조작된 행복이었다. 붓다는 마침내 가족은 물론 지금까지 자신을 지켜주었던 모든 안락함을 송두리째 버린다. 주변의 과잉보호 속에서 '거짓 자아false self'로 살아온 스스로의 뼈아픈 트라우마를 깨닫고는 출가를 결심한다. 궁 밖에서 노인, 병자, 죽은 사람, 숲속의 수행자를 만난 후 깊은 충격을 받은 그는 생로병사의 고통을 해결하기 위해 출가를 결심한 것이다.

붓다의 깨달음을 상징적으로 보여주는 에피소드 중 하나가 바로 아잔 차 스님의 유리잔 이야기다. 마크 엡스타인은 태국의 유명한 수행자 아잔 차를 만났던 경험을 소개한다. 아잔 차는 자신이 애지중지하는 아름다운 유리잔을 보여주면서 이렇게 말한다.

나는 이 잔을 사랑합니다. 햇빛이 유리잔에 비치면 그 햇빛을 아름답게 반사합니다. 내가 이 잔을 두드리면 아름다운 소리를 냅니다. 그렇지만 나에게 이 유리잔은 이미 부서진 것입니다. 바람이 불어 넘어뜨리거나 내 팔꿈치에 맞아 선반에서 바닥으로 떨어지면 유리잔은 부서져버립니다. 나는 그것을 당연한 일이라고 말합니다. 내가 이 유리잔이 이미 부서졌다는 것을 이해할 때 이 유리잔과 함께하는 일분일초는 소중해집니다.

이 대목을 읽는 순간 내 마음 깊은 곳의 거대한 제방 하나가 와르르 무너지는 소리가 들렸다. 섬광 같은 깨달음의 빛이 내 마음을 가득 채웠다. 이것이 바로 '무상성無常性'의 본질이 아닐까 싶었다. 무상성을 '모든 것이 덧없다, 그래서 허무하다'는 의미로 오해하는 경우가 많다. 그러나 무상성이란 바로 '이 세상 그 무엇도 영원하지 않음을 깨달음으로써 지금 내 곁에 있는 모든 것들을 소중히 여기는 마음'이라는 것을, 나는 그제야 알게 된 것이다.

유리잔이 찬란하게 빛나는 순간을 예찬하면서도 동시에 '이 유리잔은 이미 부서져 있다'고 인식하는 것. 이렇게 가장 긍정적인 극단은 물론 가장 부정적인 극단까지 모두 끌어안는 '열림'의 자세가 바로 무상성이었다.

나는 이 이야기를 읽으며 깨달았다. 소멸에 대한 공포로 떨지만 말고 소멸 자체를 내 친구로, 아군으로 받아들여야 한다는 것을. 소멸에 대한 공포를 내 편으로, 내 친구로 만들어버리는 자에게 상실의 공포는 오히려 마음을 성장시켜주는 촉진제가 되어줄 것이다.

상처를 치유하는
힘은 무엇일까

　　　　　　　　　　누군가 내 곁에서 나를 한없이 걱정하고 있다
는 것을 자각하는 순간, 우리는 아픔의 굴레에서 조금씩 벗어나기 시작하는 게 아
닌지. 조심조심, 행여나 아이가 다칠까 지극히 보살피는 엄마의 마음으로 타인의
상처를 돌본다면, 그 어떤 상처도 아물 수 있을 텐데.

···트라우마와
스트레스의 차이···

"이 혼란스러운 시대에 어떻게 하면 마음의 평정을 찾을 수 있을까요?"라는 질문을 자주 받는다. 내가 가장 큰 효험을 본 마음 챙김 연습은 '스트레스와 트라우마를 구분하는 것'이다. 예컨대 강의가 여러 개 몰려 있는 날에 느끼는 압박감은 '스트레스'다. 시험에 대한 공포나 교통 체증에 대한 짜증도 그렇다. 시험이 끝나고 교통 체증이 끝나면 스트레스는 사라진다. 그러나 트라우마는 마치 영원히 끝나지 않는 시시포스의 형벌처럼 사라질 기미를 보이지 않는 아픔이다.

스트레스는 우리의 힘으로 얼마든지 이겨낼 수 있다. 교통 체증이 일어나기 훨씬 전에 출발한다든지, 시험 준비를 미리 열심히 해놓는 것으로도 스트레스는 대폭 줄어든다. 하지만 트라우마는 노력만으로 치유되지 않는다. 사랑하는 이의 죽음, 총격이나 테러 같은 심각한 사건이 바로 트라우마가 된다.

트라우마는 '이전의 삶'과 '이후의 삶'을 완전히 다르게 구별 짓는 치명적인 상처다. 스트레스가 국소 부위 통증이라면 트라우마는 뇌혈관 질환인 셈이다. 스트레스는 일시적 기분이지만 트라우마는 인생 전체에 영향을 끼친다.

관건은 자신의 상처가 스트레스인지 트라우마인지 차분히 성찰해보는 것이다. 상처를 과대평가하면 스트레스를 트라우마로 착각해서 엄살을 부리게 되고, 상처를 과소평가하면 트라우마를 스트레스로 생각해서 대수롭지 않게 여기다가 나중에 큰코다치게 된다.

습관적으로 '나 우울증인가봐'라고 말하는 사람들은 실은 '우울한 기분'과 '우울증'을 혼동할 때가 많다. 우울증에는 전문적 치료가 필요하지만 우울한 기분은 산책을 하거나 수다를 떠는 것처럼 평범한 기분 전환만으로도 충분히 떨쳐낼 수 있다.

미디어를 통해 들리는 정신 질환의 가짓수가 급격히 늘어난 현대 사회에서는 일시적 기분과 심각한 증상을 혼동할 가능성이 높다. 몸이 많이 피곤한 상태를 '번아웃증후군'이라고 착각하고, 기분 변화가 심한 상태를 '조울증'이라고 착각할 위험이 늘어난다.

심각한 트라우마를 별 것 아닌 스트레스로 착각하고 가볍게 여기는 경우도 많다. '약한 모습을 보여서는 안 된다'는 자기암시를 자주 하는 사람들이 특히 그렇다. 사실 나도 이런 쪽이다. 나는 강의를 할 때 사람들이 잠깐 졸거나 차가운 눈빛으로 쳐다보기만 해도 며칠 동안 벙어리냉가슴을 앓는다. 강의에 대해 비판받으면 좀처럼 회복될 기미가 보이지 않는다. 나는 내 상처를 과소평가한 것이다.

돌이켜보니 초등학교 시절 무슨 발표를 하다가 크게 망신을 당한 적이 있었는데, 그때 '등줄기에 식은땀이 흐르던 그 소름끼치는 느낌'이 생생히 살아남아 여지껏 나를 괴롭혔던 것이다. 그 상처는 무려 30년이 지나서도 아직도 내 '말하기 습관'의 어디엔가 떼어낼 수 없는 거대한 혹처럼 매달려 있다.

나는 '남들 앞에서 말하기'에 엄청난 공포를 느꼈던 내 안의 내면아이와 화해하지 못하고 있었다. '그건 너무 하찮은 일이야'라고 생각했던 의식의 통제가 문제였던 것이다.

심리학자 융Carl Gustav Jung은 말한다. 무의식은 괴물이 아니라고. 의식이 무의식의 문제를 깨닫기 시작하는 순간, 무의식은 더 이상 '보일 듯 보일 듯 보이지 않는 조스Jaws' 같은 괴물이기를 멈춘다. 우리가 억누를수록 무의식의 위험은 더 커진다.

무의식 깊숙이 가라앉아 있던 내 공포가 의식화되자 비로소 두려움이 가라앉았다. 이제 나는 속 시원하게 고백해버린다. "제가 무대공포증이 있어서요." 그럼 거짓말처럼 두려움이 완화된다.

상처 없이 살 수는 없다. 그러나 상처와 더불어 공생하는 방법은 얼마든지 있다. 내 상처를 부끄러워하지 않을 때, 그 상처와의 평화로운 동고동락은 시작된다.

독서, 내 마음의 무늬를
느끼는 시간

책 읽는 사람의 주위에는 보이지 않는 보호막
이 드리우는 것 같다. 책 속의 이야기에 푹 빠지는 순간, 세상 모든 걱정과 두려움
이 사라질 수 있으니.

···마음속 화를 피하는
나만의 공간···

남들보다 빨리 걷고, 남들보다 빨리 말하고, 남들보다 무엇이든
빨리 해내는 게 좋은 것일까. 심리학자들은 이런 속성 성장을 건
강하다고 판단하지 않는다. 마크 엡스타인은 '빨리 걷는 아이'를
예로 들어, "부모는 아직 아이가 준비되지 않았는데도 계속 아이
를 재촉함으로써 아이가 마음속으로 그리고 신체적으로 준비를
할 수 있는 기회를 박탈해버리는 것"이라고 설명한다.

아이는 자신을 사랑하는 부모에게 기쁨을 주기 위해 어떻게든
더 빨리 일어서고 더 빨리 걸으려고 분투한다. 그 결과 몸이 준비
되었을 때 스스로 몸을 일으켜 세우고 걷는 진정한 기쁨과 즐거
움의 기회를 박탈당하는 것이다.

무엇이든지 빨리 배우는 아이, 부모에게 쉽게 순종하는 아이들
이 심리적으로 '건강하다'고 보기는 어렵다. "무언가 안정되지 못
한 내면의 불안감이 그런 순종하는 인격의 소유자에게 늘 붙어다

닌다"는 것이다. 성장의 고통은 본인이 겪어내는 수밖에 없다. 지나친 순종도 극성스러운 조기 교육도 이이에게 '스스로 느끼고 성장할 수 있는 기회'를 빼앗는 것이다.

상실의 아픔, 성장의 고통을 스스로 겪는 지혜로움은 삶의 어려움을 있는 그대로 받아들이는 겸허함에서 우러나온다. 우리가 자신의 상처를 돌보면서도 동시에 그 상처에 지나친 자기연민을 기울이지 않을 수 있는 방법은 무엇일까.

우선은 자기 마음을 좋건 싫건 있는 그대로 보는 능력이 필요하다. 마음의 평정이 시작되는 시간은 트라우마를 '치료할 수 있다는 믿음'을 갖는 순간이 아니라 '트라우마 따위는 없는 척하기'를 멈출 때다.

불교심리학에서는 이렇게 순전히 관찰하는 태도를 '순수한 주의 기울이기'라고 부른다. 어떤 미화도 과장도 없이 자기 마음의 추이를 있는 그대로 관찰하는 것이다. 이것은 말처럼 쉽지가 않다. 우리는 자꾸 자기 마음을 '판단'하거나 '과장'하거나 '해석'하는 데 길들여져 있기 때문이다. 그 익숙한 습관이나 관습의 중력을 거부하고, 마음의 천변만화한 움직임을 그저 흘러가는 대로 바라보는 훈련이 필요하다. 마크 엡스타인은 이렇게 조언한다. 즐거운 것에도 집착하지 말고 즐겁지 않은 것을 거부하지도 말라. 단순히 있는 그대로 거기 머물러서 '마음의 바람'을 느껴야 한다.

티베트 불교 전통에서는 이것을 '스파이 의식'이라고 부른다.

'스파이 의식'이라는 명칭이 무척 흥미롭다. 내 마음이면서도 내 마음이 아닌 제3의 눈, 그것이야말로 스파이의 시선이니까. 내 마음 내부에서 나왔지만 때로는 내 마음 외부인 양 전혀 모르는 사람처럼 내 마음을 망원경으로 혹은 현미경으로도 관찰할 수 있는 기술, 그것이야말로 마음 챙김의 핵심 기술이다.

심리학자 하비 슈바르츠는 마음은 고통을 대피시키기 위해 자신의 주체성을 버린다고 말한다. 아픔이 덮쳐오는 그 수많은 순간, 우리는 '내가 내 아픔의 주체가 되는 것'을 포기하곤 한다. 상처를 한 올 한 올 느끼는 것은 너무도 고통스럽기에. 하지만 아픔의 한가운데서도 '다른 사람이 아닌 바로 내가 아프기를' 포기하지 않는 게 치유의 시작이자 성장의 시작이라는 것을 깨달으면, 삶은 또 다른 미소로 새로운 길을 열어줄 것이다.

나는 중학교 때부터 지금까지 거의 매일 '소리 내어 읽기'를 하고 있다. 시간이 없을 때는 단 몇 줄이라도 책에서 좋은 문장을 골라 소리 내어 읽곤 한다. 사실 처음에는 '졸음을 몰아내기 위해서'였다. 어느 날 벼락치기로 시험공부를 하는데 새벽이 되자 너무 졸려서 교과서를 천천히 낭독해보았다. 머리가 맑아지고, 기분도 좋아지고, 공부를 조금 더 하고 싶다는 의욕이 샘솟았다.

그때부터 기분이 안 좋을 때마다, 많이 힘들 때마다, 잡념을 몰아내고 싶을 때마다 소리 내어 읽기를 한다. 많은 사람들에게 낭독해주지 않아도 좋다. 그냥 나 자신에게 내 목소리를 들려준다. 그러면 '머나먼 풍경'처럼 느껴지던 문학 작품 속의 이야기가 마치 내 이야기처럼, 바로 지금 겪고 있는 내 인생의 문제인 것처럼 느껴진다.

소리 내어 읽기는 아주 쉬운 것이지만 놀랍게도 삶을 바라보는 우리의 시각을 근본적으로 바꿔놓는다. 타인의 삶 속으로 더 깊이 들어갈 수 있고, 타인의 삶을 바라보는 시각으로 내 삶을 바라볼 수도 있다. 소리 내어 글을 읽는 시간은 '나 자신의 목소리'를 들어보는 시간, 내 마음 깊은 곳에 숨겨진 나만의 목소리를 듣는 시간이다.

고전 소설 『박씨전』에 '피화당'이라는 장소가 나온다. 말 그대로 '화를 피하는 공간'이다. '못생겼다'는 이유만으로 신혼 첫날 밤부터 남편에게 버려진 박 씨 부인이, 병자호란 때 나라님도 벼슬아치들도 심지어 가족조차도 지켜주지 못했던 수많은 여성들을, 전쟁의 포화와 남성들의 위협으로부터 지켜주던 공간이 바로 피화당이다. 세상이 지켜주지 않는 여인들을, 가장 고통받고 가장 핍박받은 또 다른 여인이 지켜주는 곳. 그곳이 바로 피화당이었다.

남편에게 사랑받지 못하고, 시댁 식구들은 물론 하인들에게까지 무시당하던 박 씨에게 피화당은 처음에는 개인적인 아픔을 잠시나마 잊을 수 있는 공간이었다. 피화당 주위로 나무를 가득 심어 그곳을 감싸게 한 박 씨 부인의 지혜는 지금 읽어도 놀랍다. "이후 불행한 때를 만나면 저 나무로 화를 면하기 위해서"였다. 그녀의 예감대로 전쟁이 일어났고, 박 씨는 남자들도 당해내지

상처…… 나에게 말을 걸어 치유를 거부하는 주체

못한 청나라 장수 용골대를 피화당 주변의 거대한 숲을 이용해 화공 작전을 펼쳐 무찔러버린다. 개인적 슬픔을 망각하는 피화당이라는 공간이 집단의 상처를 치유하는 공간으로 변신한 것이다.

나에게는 소리 내어 읽기가 바로 피화당이 아닐까 싶다. 아무리 시끄러운 곳이라도 오직 나만이 들을 수 있는 작은 목소리로 낭독을 시작하면, 그곳이 곧 세상 무엇과도 바꿀 수 없는 피화당이 된다. 내게 낭독의 시간은 '내 목소리, 내 마음의 무늬를 알게 되는 시간'이며 내가 나로 돌아오는 시간이다.

도시 속에서 미디어와 함께 살아가다 보면 '나'를 자꾸만 '타인의 시선'으로 바라보게 된다. 미디어나 타인의 시선에 길들지 않은 상태에서 있는 그대로의 나를 바라본다는 게 더 어려워질 때 소리 내어 글을 읽으면, 내가 나로 돌아가는 느낌이 든다. 삐걱거리고, 덜컹거리면서도 내가 나 자신으로 돌아가는 느낌, 내 마음의 아픈 그림자를 만지는 느낌이 드는 시간. 소리 내어 책을 읽는 시간은 내가 나의 피화당이 되는 시간이다.

걱정

··· 고민의 질량을 숫자로
따질 수만 있다면 ···

…우리의 마음이
늘 불안한 이유…

나는 자타가 공인하는 '걱정 인형'이다. 내가 걱정하지 않아도 될 일도 우선 열심히 걱정부터 하고 본다. 이런 성격 때문에 곤란을 겪을 때가 한두 번이 아니지만 걱정 많은 성격은 아무리 노력해도 쉽게 고쳐지지 않는다.

얼마 전 친구와 대화를 나누다가 살짝 얼굴을 붉힌 적이 있다. 오래도록 서로를 잘 알아온 관계가 아니었다면 큰 싸움으로 번질 수도 있는 분위기였다. 나는 평소처럼 친구에게 이런저런 걱정을 토로했고, 친구는 열심히 들어주면서도 곧잘 훈수를 두었다. 걱정거리와 미래의 계획을 토로하는 내게 친구가 갑자기 물었다. "너 요새 왜 이렇게 불안증이 심해졌어?" 나는 그런 건 아니라고, 연말연시가 다가오니 부쩍 더 나이 드는 것에 대한 두려움을 실감하는 것뿐이라고 대답했다.

하지만 친구는 내가 요새 특히 더 불안해 보인다고 명쾌하게 진단했고, 내가 오랫동안 계획하고 꿈꾸는 모든 것들이 실패할 가능성이 높다고 충고해주었다. '무조건 다 잘될 거야'라는 식의 듣기 좋은 빈 말은 절대 하지 않는 친구라 그 냉정함을 이해하기는 했지만 그래도 '이건 필패必敗로구나' 하는 생각이 드니 기분이 좋지 않았다.

내가 10년이 넘도록 꿈꿔왔던 것들이었기에 내 꿈이 그렇게 쉽게, 마치 도마 위에서 무 잘리듯 무참히 도륙되는 게 더욱 가슴 아팠다. 그것이 그 친구의 목적이 아니라는 것을 알면서도, 현실감을 일깨워주고 문제의 본질을 직시하라는 뜻임을 알면서도 나는 친구의 냉정함이 못내 야속했다. 나도 모르게 화가 나서 나는 지극히 정상이며, 네가 생각하는 것처럼 그렇게 심각하게 불안한 사람은 아니라고 말해버렸고, 친구도 마음이 상한 표정이 역력했다.

그때부터는 대화다운 대화가 이루어지지 않았고, 우리 중 가장 침착한 성격을 지닌 친구의 남편이 나를 밖으로 따로 불러내 마음을 가라앉히는 지경에 이르렀다. 친구의 남편도 다행히 나의 친구인지라 편안하게 이야기를 나눌 수 있었다.

그가 내게 물었다. 지금은 미래 계획을 이야기하기보다는, 네가 네 인생에 대해 지속적인 불만을 느끼고 있는 근본적인 이유를 물어야 하지 않겠냐고. 그가 보기에도 나는 항상 내 인생에 끝없이 불만을 느끼는 사람처럼 느껴졌던 모양이다. 나를 진단하는 두 사람의 키워드를 합쳐보니 '불안'과 '불만'이었다.

돌이켜보니 그 두 사람을 만나면 나도 모르게 불안한 내 심정,

불만스러운 내 마음을 다른 곳에서보다 훨씬 솔직하게 많이 보여주었던 것 같다. 그런 내 모습이 싫고, 그걸 알면서도 고치지 못하는 내 자신이 미워서 방금 전까지는 '화'에 가까웠던 감정이 이제는 '설움'으로 바뀌었다. 나는 눈물이 터져 나올 것 같은 감정을 억누르고, 내가 무슨 말을 하는지도 제대로 인지하지 못한 채 계속해서 횡설수설했다. 나는 내 아픔을 이야기하기 싫어 교묘하게 화제를 돌리면서 요새 너희는 예전보다 참 많이 안정되어 보인다고, 비결이 무엇이냐고 물었다.

친구는 내가 상처받기 싫어 화제를 돌리려고 한다는 것을 알면서도 선선히 대답해주었다. 우리가 특별히 안정되었다기보다는 우리는 그저 지금 우리가 처한 상황을 천천히 받아들이고 있다고. 문제는 여전히 예전처럼 많고 많지만 그런 상황을 담담하게 받아들이다 보니 밖에서 볼 땐 편안해보일 수도 있다고. 나는 두 사람의 그 안정감이 부러웠다. 부러움을 넘어 질투를 느끼기도 했다.

걱정의 질량을 숫자로 따질 수만 있다면, 오히려 그 친구들이 나보다 훨씬 더 많은 분량의 걱정을 짊어져야 하는 상황인지도 모른다. 그러나 인생의 레이스를 받아들이는 태도가 두 사람은 나에 비해 훨씬 성숙했다. 나는 불안을 숨기지 못하는 성격이고, 그 부부는 불안조차도 세련되게 웃어넘기는 눈부신 재능이 있었다. 조금 전에 나와 얼굴을 붉힌 친구는 어떤 난감한 상황이 와도 능수능란하고 세련되게 상황에서 벗어날 줄 알았고, 그 친구의 남편은 주변 사람들 모두가 놀랄 만한 강한 인내심과 뚜렷한 책임감을 지니고 있었다. 어쩌면 두 사람의 그 안정된 하모니가 나로 하여금 다른 데서는 할 수 없는 유치한 응석을 부리게 만들었는지도 모른다.

바로 그것이었다. 나는 절대로 가질 수 없을 것만 같은 기이한 평온함. 나는 결코 따라갈 수 없을 것만 같은 모종의 세련됨. 그것을 그들은 가지고 있었다.

무엇보다도 나는 그들의 냉정함과 판단력이 부러웠다. 항상 100℃ 근처에서 부글부글 끓어오르느라 좀처럼 차가워지지 않는 내 마음과는 달리, 그들은 대부분의 상황에서 냉정함과 침착함을 유지했다. 어쩌면 '그들은 그걸 가지고 있고, 나에게는 없다'고 생각하는 이 '시선'이야말로 나의 문제점이 아닐까.

나는 이런 식으로 '나에게는 없고, 남에게는 있는 것'만을 날카롭게 발견해내려고 한다. 그러다 보니 마음이 쉴 틈이 없다. 항상 나에 대한 평가에 지독하게 인색해진다. 다른 사람에게는 있고 내게는 없는 것을 찾느라 혈안이 된 나머지 나 자신을 칭찬해본 일이 없다. 잠시 나 스스로가 '기특하다'는 생각이 들 때도 애써 그 생각을 잔인하게 짓밟아버린다. '넌 바로 그 우쭐하는 마음이 문제야!' 이런 식으로 말이다.

지금 이 글을 쓰면서 나는 두 가지 감정을 동시에 느낀다. '지독한 부끄러움'과 '희미한 해방감'을. 내가 결코 사람들에게 보이고 싶지 않았던 마음의 치부를 들켜버린 느낌, 스스로 누설해버린 느낌은 정말 부끄럽다.

하지만 바로 이런 수치스러운 그림자를 스스로 토해냈다는 생각이 나를 조금은 자유롭게 해준다. 털어놓고 보니 내 마음이 더 잘 보인다. 나의 어리석음과 나의 콤플렉스와 내 불안의 근원이 더욱 잘 보인다. 나는 '나의 바깥'에서 나를 찾고 있었고, 세상에 인정받으려 하고, 사람들에게 좋은 모습만 보이려 하는 가망 없는 싸움에서 점점 더 '나다움'을 잃어가고 있었던 것이다.

이 부서진 마음을 언제쯤 치유할 수 있을까. 아직 갈 길은 요원하지만 나는 오늘 그 첫 발걸음을 뗐다. 내 문제를 처음으로 인정하기 시작한 것이다. 나는 항상 불안하다. 나는 항상 주변을 불안한 시선으로 두리번거린다. 내 불안을 결코 인정하지 못했다는 게 내 불안의 시초였던 것이다.

이제 한 걸음을 뗐으니 30대를 마감한 지금은 두 번째 발걸음을 떼려 한다. 한 번도 제대로 칭찬해주지 못했던 나 자신을 조금씩 칭찬해주는 것이다. 앞으로 내가 어떤 일을 하게 될지 전혀 모르더라도, 그럼에도 불구하고 넌 지금까지 잘해왔다고. 네 인생은 결과가 아니라 과정으로서 눈부셨다고. 아무도 네 인생에 대해 함부로 평가할 수 없을 거라고.

내 안에 잃어버린 자아를 찾는 세 번째 걸음은 아마도 '비틀거리는 나를 있는 그대로 받아들이고, 보듬어주고, 쓰다듬어주는 일'이 아닐까. 넌 반드시 괜찮아질 거라고. 네 불안보다 너는 훨씬 크다고. 네 두려움보다 너는 훨씬 깊고, 넓고, 환한 존재라고. 나는 나에게 속삭이고 싶다.

2부 · 고민의 질량을 숫자로 바꿀 수만 있다면

타인의 아픔은 때로
치유의 선물이 된다

　　　　　　　고흐가 고갱과의 갈등 끝에 스스로 귀를 자르
고 입원했던 아를의 요양원. 고흐의 아픔이 머물렀던 자리에서 우리는 오히려 마
음의 안식을 찾는다. 그의 지독했던 아픔이 우리에게 치유의 선물이 될 수도 있다
는 생각이 들자 가슴 한편이 저려왔다.

…마주하기 싫은 그림자와
대면한다는 것…

며칠 전 한 출판사 사장님의 깊은 고민을 들었다. 몇 년 동안 애지중지하던 직원이 아무런 상의도 없이 하루 사이에 회사를 그만뒀다는 것이다. 불과 몇 달 전에 "사장님은 저의 영원한 멘토이자 정신적 지주세요"라는 구구절절한 편지를 보냈던 직원이 어떻게 상의 한마디 없이 사직서를 내고, 그 다음 날 다른 곳으로 출근할 수 있는지 모르겠다고. 순간, 그 직원에게 사장님은 일종의 '밝은 그림자, 하얀 그림자'일 수 있었겠구나 하는 생각이 퍼뜩 들었다.

『지킬 박사와 하이드 씨』처럼 내 마음의 어둠을 반영하는 인물만이 그림자는 아니다. 내 마음의 밝은 그림자, 그러니까 나의 동경과 부러움의 대상이 되는 롤모델이야말로 '하얀 그림자'다. 자신에게 가장 부족한 것을 갖고 있는 대상에게 우리의 밝은 그림자를 투사하는 것이다.

동경은 쉽게 질투로 변색되고, 아주 작은 실수만으로도 '엄청난 존경'이 '돌이킬 수 없는 실망'으로 변질된다. 당신이 그를 열정적으로 동경할수록 그에게 한순간 실망해버릴 가능성은 높아진다. 심리학에서는 이를 '투사projection의 철회'라고 부른다. 그 사람을 향한 무조건적인 호감과 동경의 콩깍지가 벗겨져버리는 것, 그 사람에 대한 낭만적 환상을 걷어내고 그 사람의 실체를 객관적으로 바라보게 되는 것이다.

누군가의 멘토나 롤모델이 된다는 것은 그를 존경하는 사람에게 자신도 모르게 '부담'을 주는 것이기도 하다. '꼭 저 사람처럼 되어야 해', '저 사람처럼 할 수 없다면 실패하거나 낙오되는 게 아닐까' 하는 두려움. 이것이 하얀 그림자다.

고혜경 작가의 『나의 꿈 사용법』은 이런 내면의 그림자로부터 도망치지 않는 법, 그림자로부터 무의식의 메시지를 읽어내는 법, 그림자와 마침내 친구가 되어 그림자를 통해 스스로 성장하는 법을 가르쳐준다.

저자의 조언 중 하나는 '밝음'을 편애하지 말라는 것이다. "착하게 살기보다 온전하게 살아라. 이보다 해방감을 주는 표현이 있을까." '치유heal'라는 말은 '온전하다whole'와 같은 뿌리에서 나왔다고 한다. 치유란 좋은 것은 쏙 빼먹고 나쁜 것은 배제하는 방식이 아니라 내면의 어두움과 그림자까지 끌어안는 너른 사유의 품속에서 완성된다.

삶의 운전대가 제대로 작동하지 않는 순간, 무언가에 실패했거나 뜻대로 일이 풀리지 않을 때 그림자는 우리에게 섬뜩한 모습으로 본색을 드러낸다. 그림자의 얼굴은 결코 단순하지 않다. 온갖 콤플렉스와 트라우마가 복잡하게 얽혀서 마음에 맺힌 그 그림자의 모호성과 복잡성을 수용하는 힘이 곧 성숙의 지표다. '그릇이 크다'는 것은 곧 이질성, 불합리, 모순조차도 견뎌내는 힘이다.

피상적인 긍정, '다 잘될 거야'라는 무조건적인 긍정의 자기암시는 사태 해결에 도움이 되지 않는다. 그 사람이 내 마음대로 따라와주지 않는 게 그림자가 아니라 그 사람이 내 마음대로 해주기를 바라는 바로 그 마음이 그림자다.

좀처럼 마음대로 되지 않는 것들에게 말을 걸고, 때로는 말없이 소통하고 구슬리면서 우리는 더 깊고 넓게 세상 속에 어울릴 수 있는 길을 모색하게 된다. 그림자와 대면한다는 것은 평생 성장의 통과의례를 멈추지 않겠다는 다짐이다.

인간은 마음대로 되지 않는 것들을 통해서만 진정으로 성장할 수 있다. 거기 우리 자신이 감당하지 못한 어둠이 있으니까. 거기 우리 자신의 뼈아픈 그림자가 투영되어 있으니까.

…그림자의 목소리에
귀 기울이는 법…

얼마 전 '내 안의 그림자를 돌보는 법'이라는 주제로 강연을 했는
데, 내 책의 독자들은 나를 닮았는지 좀처럼 자신 있게 손을 들어
질문을 하지 않았다. 지나치게 얌전히 강의를 듣던 독자들은 강
의가 끝나자 조용히 내게 다가와 개인적으로 질문했다. 기탄없이
남들 앞에서 질문하고, 모두가 그 질문과 대답을 함께 나누고 공
감하는 게 훨씬 좋을 텐데. 수업이 모두 끝나고 개인적으로 질문
을 하면, 그 질문에 대한 대답을 한 사람만 듣게 된다.

　요즘은 타인의 모습을 보며 내 과거의 그림자를 되돌아볼 때가
많다. 그러다 보니 '저는 낯을 많이 가려서', '저는 나서기를 싫어
해서'라고 말하는 사람들의 모습이 안타깝다. 나도 바로 그런 이
유 때문에 수없이 소중한 인연들을 놓쳐버렸기 때문이다.

　'나는 낯을 가립니다' 하고 공언하는 것은 좋지 않다. 내가 내
성격을 굳건하게 규정함으로써 '달라질 수 있는 나'의 가능성조

차 닫아버리기 때문이다.

나는 얼마 전부터 속으로는 낯을 가리지만 겉으로는 명랑하게 대처하려고 노력한다. 내가 낯을 가리는 모습 때문에 타인이 또 다른 상처를 받을 수 있다는 것을 알게 되어서다.

낯가림은 단순한 수줍음이나 내성적인 성격만이 아니다. 본의 아니게 '친한 사람'과 '친하지 않은 사람'을 나누어 '친하지 않은 사람'에게 상처를 줄 수 있다. 지금은 친하지 않지만 언젠가는 친해질 수도 있는 사람과 인연을 맺을 수 있는 가능성조차 차단해버리는 것이다.

게다가 친한 사람 앞에서는 솔직하고 자연스러운 모습을 마음껏 보이다가, 낯선 사람이나 불편한 사람 앞에서는 경직된 모습을 보이다 보면 스스로 자괴감을 느끼는 일도 많아진다. 내가 왜 이럴까, 왜 이렇게 이중적인 모습으로 살아갈까, 늘 솔직한 모습으로 살아갈 수는 없을까 하는 자괴감. '저는 낯을 가립니다'라는 표정을 들키면서 산다면 결국 사람들도 나에게 낯을 가리게 된다. '저 사람은 대하기 편치 않은 사람이다'라는 인상을 심어주는 것이다.

내 오랜 낯가림이라는 '마음의 그림자'를 본격적으로 대면하고 그런 성격을 고치기 위해 애쓰기 시작하자 신기하게도 마음의 변화가 일어났다. 낯가림에서 조금씩 벗어나기 위해 나는 나도 모르게 '타인의 좋은 면'을 보려고 노력하게 됐다. 노력하면 보이고, 보이면 내 마음이 편해지기 시작하니까. 그리고 그 사람의 어떤 면을 좋아하게 되는 순간, 그는 더 이상 나에게 낯설지 않은 존재가 되어버리니까.

그렇게 마음을 먹자 낯가림에서 조금씩 벗어나는 것은 생각보다 어렵거나 힘들지만은 않았다. 오히려 나와 전혀 상관없어 보이던 사람들도 그들의 좋은 점을 발견하자 어느새 '더 알고 싶은 사람'이 되곤 했다. 물론 좀처럼 친해질 수 없는 사람도 많지만 편한 사람만 만나 끼리끼리 알콩달콩 지낼 수 있는 인생이란 불가능하다는 것을 일찍 깨달을수록 우리는 관계 맺기에 성숙하게 대처할 수 있다.

내 오랜 그림자 중 하나는 '혹시 내 길을 잘못 선택한 게 아닐까' 하는 두려움이었다. 내게 맞는 더 좋은 길이 따로 있을 거라고 생각하지는 않았지만 '내가 과연 글쓰기에 재능이 있을까' 하는 두려움이 강했다. 가끔은 칭찬받을 때도 있었지만 남들의 반응보다도 '내가 나를 바라보는 눈'이 문제였다. 내가 잘해낼 수 있을까 하는 두려움. 평생 이 길을 걸어도 후회하지 않을 수 있을까 하는 두려움. 세상은 점점 빨리 변해가는데 지극히 아날로그적인 방식으로 살아가는 내가 과연 이런 세상에 맞는 글을 쓸 수 있을까 하는 두려움.

'글을 쓰는 사람'이 되고 싶다는 생각은 여전했지만 어쩌면 더 나은 길이 있을지도 모른다는 마음 때문에 곁눈질도 많이 했다. 다른 길을 열심히 가고 있는 사람에 대한 괜한 부러움과 질투도 많이 느꼈다. 하지만 그런 질투나 두려움의 폭풍우가 지나고 나면 '어떻게 하면 더 좋은 글을 쓸 수 있을까' 하는 고민에 집중하려고 애썼다. 잠자기 직전까지도 글을 쓰고, 깨어나자마자 글을 쓰기를 반복했다. 심지어 꿈속에서도 글을 쓰고 있는 나를 자주 본다. 꿈속에서는 아주 멋진 문장이 떠오르는데, 잠에서 깨면 그 아름다운 문장은 훌쩍 사라져버리고 없다.

심지어 여행을 가서도 하루도 빠지지 않고 글을 쓴다. 사람들은 제발 좀 쉬라고 하지만 내게는 때때로 글을 쓸 수 있는 시간이 '세상으로부터의 쉼'처럼 느껴질 때도 있다. 그런 '그림자와의 전투'를 10년 넘게 계속하다 보니 어느새 나는 '글을 쓰지 않으면 왠지 내가 아닌 다른 사람이 되는 것 같은 느낌'이 들기 시작했다.

내 머릿속에서는 항상 문장의 바람이 스쳐간다. 내 머릿속에는 항상 단어들의 울림이 가득 차 있다. 그런 내가 지겨울 때도 있지만 그런 나를 있는 그대로 사랑하기로 했다.

아직도 내 마음속에는 수많은 그림자가 있다. 하지만 그 그림자들이 예전만큼 무섭거나 힘들게만 느껴지지는 않는다. 가끔은 내 아픈 상처들과 부끄러운 기억들, 슬픈 추억의 그림자들이 거대한 기병대를 이루어 나를 든든히 호위하고 있는 느낌이 들 때도 있다. 아픔의 상처들이 모여 더욱 단단한 자아의 일부를 구성하는 것이다.

내가 축적한 '그림자와의 전투' 노하우를 여러분에게 알려주고 싶다. 첫 번째, 내 그림자와 친해지자. 아무리 아픈 트라우마나 콤플렉스도 내가 그것을 피하려고만 한다면 적이 되어 나를 공격

하지만 내가 그것들과 대화하고자 노력하면 언젠가는 그 아픔의 그림자까지도 내 친구가 된다.

두 번째, 내 그림자를 미워하거나 두려워하지 말자. 계속 두렵다면 '왜 두려운지'를 분석해보자. 신기하게도 '내가 왜 내 트라우마와 맞서기를 두려워하는지'를 곰곰이 생각해보고 명징한 이유를 알고 나면 두려움은 어느새 친밀감으로 변한다. 내 아픈 그림자조차도 나의 일부이기에 내게서 떨어뜨려놓을 수 없는 나의 정체성이기도 하다는 것을 깨닫는 것이다.

세 번째, 내 그림자의 목소리에 가만히 귀 기울여보자. 내 그림자의 흐느낌을, 신경질을, 때로는 절규를 가만히 들어보자. 그림자를 물리치려는 사람에게 그림자는 적대자가 되겠지만, 그림자를 끌어안으려는 사람에게 그림자는 더없이 든든한 친구가 되어줄 것이다.

가슴에 품은
고흐의 편지

　　　　　동생 테오에게 보내는 고흐의 편지에는 미래에
대한 걱정, 가족에 대한 걱정, 삶 자체에 대한 걱정이 가득했다. 하지만 고흐는 그
걱정의 도가니 속에서도 창조의 눈부신 가능성을 발견했고, 자신의 걱정을 아름다
운 예술의 열정으로 승화시켰다.

PART 3

일상에 여백이
필요한 순간들

습관

삶에도 뺄셈이
필요하다

···진정한 휴식은
감정의 무게를 줄이는 것···

나는 휴식이라는 단어에 대해 콤플렉스가 있다. 학창시절 내가 가장 싫어했던 영어 속담 중 하나는 "All work and no play make Jack a dull boy(일만 하고 놀 줄 모르면 바보가 된다)"라는 문장이다. 그 문장이 왜 싫었을까. 무언가 찔리는 구석이 있어서였던 것 같다.

어른들은 하나같이 놀 때와 공부할 때를 잘 구분해야 한다고, 놀 땐 놀고 공부할 땐 공부해야 한다고 말했지만 난 그게 정말 안 됐다. 놀 때는 못다 한 숙제와 다가오는 시험이 걱정되고, 공부할 때는 자꾸만 온몸이 간질거리고 무작정 놀고 싶어졌다.

그 콤플렉스는 어른이 되어서도 이어졌다. 주변 사람들은 내게 '너는 왜 그렇게 아무 것도 안 하면 불안해하냐'고 핀잔을 한다. 아무 것도 안 하는 시간도 필요한 법이라고, 그저 아무 생각 없이 흘려보내는 시간도 있어야 하는 법이라고.

아직도 나는 그 '아무 것도 안 하기'의 비법을 잘 모른다. 여행을 가서도 끝없이 '의미 있는 볼거리'를 찾고, 여행지와 관련된 책을 찾아 읽는다. '아무 것도 하지 않아도 행복한 법'을 여전히 깨우치지 못한 나는, '화끈하게 놀 줄 아는 사람'과 '멋지게 쉴 줄 아는 사람'을 부러워한다.

휴식이 삶에서 얼마나 소중한 것인지를 나이가 들수록 깨닫는다. 지난 메르스 사태 때문에 강의와 행사들이 취소되면서 꽤 많은 휴식 시간을 갖게 됐다. 전에는 강의가 '힘들다'고 생각했는데, 막상 모든 강의가 취소되니 부쩍 강의가 그리워졌다. 뜻밖의 휴식이 '나의 일'을 바라보는 새로운 관점을 만들어준 것이다.

본의 아니게 휴식을 취하다 보니 내 삶을 돌아볼 잠깐의 여유가 생겼다. 휴식의 원인은 외부에서 왔지만 휴식의 결과는 내면의 성찰이 되어준다. 때로는 지혜로운 휴식이 어떤 지적 활동보다 커다란 영감을 주기도 한다.

돌이켜보면 일상 속에서 좋은 아이디어가 떠오를 때는 '잠깐의 휴식'을 취할 때다. 글쓰기가 좀처럼 풀리지 않을 때는 동네 한 바퀴 산책을 하면 곧바로 아이디어가 떠올랐고, 삶이 정말 무겁고 힘겹게 느껴질 때는 긴 여행을 떠나 '삶에 대한 사랑'을 회복하곤 했다.

얼마 전 신문을 보다가 반가운 소식을 접했다. 광화문의 랜드마크로 오랫동안 사랑받았던 조형물인 〈해머링맨〉이 노후된 부분의 부품 교체와 도색을 위해 두 달간 휴식에 들어간다고 한다. 지난 13년 동안 무려 340만 번이나 망치질을 했다는 해머링맨.

그동안 그는 얼마나 힘들었을까. 높이 20미터, 무게 50톤의 이 거대한 형상은 '노동하는 인간'의 아름다움을 보여준다.

미국의 미술가 조나단 보롭스키의 작품인 〈해머링맨〉은 인간이 아닌 사물이나 예술작품조차도 휴식이 필요하다는 것을 일깨워주었다. 내게도 '생각의 부품'을 교체하고 '빛바랜 문장'에 새로운 숨결을 불어넣을 진정한 마음의 휴식이 필요한 게 아닐까.

노동으로부터의 휴식도 중요하지만 정말 우리에게 필요한 것은 감정의 휴식이다. 가끔 일을 쉴 때도 머릿속에 거대한 걱정의 안개가 가득 끼어 있는 것 같아 도저히 '쉰다는 느낌'이 들지 않을 때가 있다. 일만 쉰다고 되는 게 아니라 불안과 걱정과 슬픔으로부터 놓여나야 진정한 휴식이 가능하다. 가족 걱정, 일 걱정, 인간관계 걱정 등등, 그 모든 '걱정으로부터의 휴식'이 필요하다.

여행이 최고의 휴식으로 늘 각광받는 것은 일상적인 장소, 일상적인 관계 속에서는 감정의 휴식을 경험하기 어렵기 때문이다. 낯선 장소, 낯선 사람, 낯선 분위기 속에서 부쩍 달라진 나를 만날 때 우리는 진정으로 '새로운 나'로 거듭날 수 있다.

모든 휴식 중의 최고봉은 뭐니 뭐니 해도 '어떤 목적도 없는, 쉼 자체를 위한 쉼'이 아닐까. 언제쯤이면 더 나은 노동을 위한 휴식이 아니라 오직 쉼 자체만을 위한 쉼을 즐길 수 있게 될까. 최근에 나는 멀리 떠나지 않고도 일상 속에서 멋진 휴식을 취할 수 있는 방법을 발견했다. 바로 끊임없는 '더하기'로 점철되어 있는 우리 삶을 '빼기'로 바꾸는 것이다.

감정의 무게를 줄일 수 있는 최상의 휴식 중 하나는 바로 집안 청소다. 주말에 유명한 맛집에 가고 새로운 '핫 플레이스'에 놀러 가는 것도 좋지만 때로는 오래된 옷들을 정리하고, 쓰지 않는 물건들을 처분하거나 기부하는 것만으로도 커다란 기쁨을 누릴 수 있다. 물건을 쇼핑하는 행위, 즉 '더하기'로써 휴식을 느끼는 게 아니라 물건을 버리고 정리하기, 즉 '빼기'로써 삶의 무게를 줄이는 것이다.

인간관계에서도 더하기가 아닌 빼기를 통한 휴식이 필요하다. 우리는 얼마나 많은 업무용 인간관계로 지쳐 있는가. 많은 사람들을 만나는 게 꼭 인간관계를 넓히는 것은 아니다. 소수의 사람들을 더 깊게 만나는 게 감정의 휴식은 물론 더욱 진실한 사귐을 가능하게 한다. 의사소통에서도 빼기가 절실하다. 천 번의 문자 메시지보다 한 번 만나 서로의 깊은 고민을 나누는 게 훨씬 소중한 의사소통이 아닐까.

신용카드 개수를 줄이고, 각종 쿠폰과 혜택을 철저하게 계산해보는 감정노동도 줄이고, 지극히 소박하고 간단하게 삶의 패턴을 바꾸는 '인생의 미니멀리즘'이 최고의 휴식이다.

무엇보다 '말로 하는 의사소통'에서 잠시 벗어나 있는 게 감정의 휴식을 위해 가장 좋은 방법이다. 하루만이라도 인터넷에 접속하지 않고, 예컨대 베토벤의 현악 사중주곡 하나를 골라 '아무 생각 없이' 눈을 감고 들어보자. 노동의 휴식과 감수성의 자극이 함께할 때, 진정한 '감정의 휴식'을 얻을 수 있을 것이다.

낯선 곳에서의
우연이 준 선물

　　　　　　　　　　　　어느 거리의 서점에서 그야말로 '우연히' 포착
한 눈부신 장면. 나는 '서점'을 찍었는데, 사진에는 '사랑'이 찍혀버렸다.

···매일 1밀리미터씩
나를 바꿀 용기···

삶에서 가장 중요한 것 세 가지를 묻는다면 나는 의지, 관계, 습관을 들고 싶다.

의지는 '내가 내 삶을 어떻게 살아가겠다'는 방향성과 열정을 판가름한다. 내 삶을 어떻게 꾸려나갈 것인가를 끊임없이 고민하고 성찰하는 과정 속에서 우리의 의지는 날카롭게 단련되기도 하고, 흐지부지 무너지기도 한다.

관계는 '내가 사랑하는 사람, 좋은 인상을 갖고 있는 사람, 그리고 부정적인 영향이나 불쾌한 감정을 갖고 있는 사람'까지도 포함하는 개념이다. 우리는 좋아하는 사람들과 주된 인간관계를 맺지만 사실 '내가 누구를 싫어하고 어려워하는가'에 따라 내 삶의 밑그림이 그려지는 경우가 많다.

세 번째는 매일매일 우리 삶을 규정하는 '습관'이다. 습관은 꼭 의식적인 것만은 아니다. 무의식적으로 자신도 모르게 자주 하는 행동이야말로 우리의 성격이나 미래를 결정하기도 한다. 좋은 습관이 우리 인생을 바꾸는 일도 많지만 나쁜 습관이 우리 삶을 망치는 일은 더욱 흔하고 치명적이다.

　우리 삶에서 꼭 없애고 싶은 습관과 싸우는 것은 '의지'의 문제이기도 하고 '관계'의 문제이기도 하다. 금연이나 금주를 실천하고 싶을 때 가장 중요한 것은 인간관계를 정리하는 일이다. 늘 담배 피우는 사람, 늘 술 마시는 사람과 친하게 지내면 금연이나 금주는 거의 불가능하기 때문이다.

　그 사람을 정말 좋아하고, 믿고 의지하며, 늘 보고 싶지만 그래도 금연이나 금주 기간 동안에는 그 관계에 거리를 둘 수밖에 없다. 진정한 친구라면, 진정한 사랑이라면 우리의 의지와 습관을 끝까지 존중해줄 테니, 잠깐의 그리움과 아쉬움은 접어두어도 괜찮다.

　좋은 습관은 더 좋은 관계를 만들기도 한다. 훌륭한 작가들 중 많은 사람들이 '언제나 책을 읽는 부모'를 곁에 두고 있었다. 부모 중 한 사람이라도 늘 책을 읽는다면 아이는 독서에 관심을 가질 수밖에 없을 것이다. 헤르만 헤세는 소문난 문제아로 두 번이나 퇴학을 당해 실의에 빠졌지만 할아버지의 서재에 쌓인 책들을 보며 '작가의 꿈'을 키울 수 있었다.

　습관은, 의지와 관계는 물론이고 인생 자체를 바꾸는 엄청난 위력을 지닌다. 아주 사소한 습관의 차이가 커다란 인생의 차이를 빚어내기도 한다.

대부분의 사람들은 다이어리를 쓸 때 '내가 앞으로 해야 할 일'의 리스트를 만들곤 한다. 너무 많은 계획, 너무 무리한 일감들을 적어놓아 그 스케줄 중 절반도 제대로 처리하지 못해 절망에 빠지는 일이 많아지는 이유도 다이어리를 '미래의 업무'로만 채우기 때문이다.

작가 헤밍웨이는 역발상을 시도했다. '앞으로 해야 할 일'의 리스트를 만드는 게 아니라 '이미 내가 한 일'의 리스트를 만든 것이다. 그러면 다이어리는 '앞으로 할 일'에 대한 압박감으로 채워지는 게 아니라 '내가 무엇을 진짜로 해냈는지' 되돌아볼 수 있는 성찰의 장이 된다.

다이어리를 미래의 계획만으로 가득 채우는 것보다는 '과거에 내가 해낸 일', '오늘 내가 실제로 한 일'의 리스트로 정리하면, 우리는 '자신을 바라보는 마음의 눈'을 지닐 수 있다.

앞으로 달려가기만 하는 삶이 아니라 내가 어떻게 살아왔는지, 내가 실제로 할 수 있는 일은 어느 정도인지, 내가 오늘 만난 사람과는 어떤 이야기를 나누었는지, 그 사람이 내게 어떤 의미를 지닌 존재인지 성찰하고 되돌아보며 곱씹을 수 있는 시간을 갖는 것이야말로 진정 내 삶을 바꾸는 '마음의 습관'이 될 수 있다.

좋은 습관을 만드는 과정은 그리 즐겁지만은 않다. 때로는 힘들어도 때로는 전혀 흥이 나지 않아도 때로는 귀찮고 이게 무슨 의미인가 싶어도 매일 빠지지 않고 그 일을 하는 게 진정한 습관이기 때문이다.

나는 지난 15년 동안 하루도 빠짐없이 독서하고, 글을 쓰고, 내 글을 스스로 가혹하게 평가하는 시간을 가졌다. 그 일이 결코 행복하지만은 않았다. 하지만 그 습관 자체를 전체적으로 되돌아본다면, 내가 태어나서 가장 잘한 일들 중 하나가 바로 '매일 글을 읽고, 쓰고, 스스로의 글을 평가했던 습관'이다. 좋은 글을 쓰기 위해 '조금이라도 더 나은 사람'이 되려고 노력했다는 점이다.

글을 쓰지 않았더라면 나는 지금보다 훨씬 우울하고, 이기적이고, 자폐적인 사람이 되었을 것이다. 글을 쓰기 위해 다른 사람의 삶을 관찰하고, 공감하고, 타인과 진정으로 교감함으로써 나는 조금씩 더 나은 사람이 되고 싶었다. 어쩌면 작가가 되기 위한 글쓰기 습관보다 더 소중했던 것은 더 따스한 사람, 더 행복한 사람, 더 속 깊은 사람이 되기 위해 나도 모르게 노력했던 그 '무의식의 습관'이었다.

내일은 우리 자신을 더욱 행복하게 만드는 소중한 무의식의 습관을 조금씩 키워갈 수 있기를. 예컨대 나도 모르게 당신을 더 많이 기억하고, 배려하고, 사랑하기. 또는 나도 모르게 나 자신을 더 많이 칭찬하고, 격려하고, 응원해주기. 그리고 나도 모르게 이 세상을 더 살 만하게, 멋지게, 아름답게 만들기 같은 멋진 무의식의 습관을 키워보고 싶다.

감정에도
휴식이 필요해!

　　　　　　　　　　　　　　　　사랑에 빠진 연인들은 본능적으로 '휴식의 기
쁨'을 극대화한다. 온갖 근심과 걱정으로부터의 휴식, 그것이 사랑의 또 다른 유토
피아가 아닐까.

···내 마음의 월든을
가꾸는 습관···

독서는 결국 무의식적으로 자신의 결핍을 채우는 방향으로 진행
된다. 언젠가부터 나는 귀농이나 귀촌, 생태적인 삶에 관련된 책
들을 읽으며 '현재의 결핍'을 상상적으로 채워보는 대리 만족을
하고 있다. 몸은 아파트에 갇혀 살면서, 마음만은 월든 못지않은
거대한 상상의 숲에 가 있는 것이다. 내가 도시와 아파트를 포기
하지 못하는 이유는 무엇일까. 편리함이라는 덫, 게으름이라는
달콤함에 갇혀버린 것은 아닐까.
　농약이나 비료를 쓰지 않고, 땅을 갈거나 잡초도 뽑지 않는 완
전자연농법의 바이블인 『짚 한 오라기의 혁명』을 번역한 최성현
작가는 오래전 내게 '산에서 혼자 산다'는 저자 프로필로 엄청난
충격을 준 분이었다. '산에서 혼자 산다'니, 한 사람의 인생을 그
보다 더 간명하게 표현할 수 있을까.
　그의 책 『산에서 살다』는 스스로 가꾼 땅에서 하루 네 시간 정

도만 생계를 위해 노동하고, 나머지 시간은 자연과 함께하거나 공부에 매진하는 '산사람'으로서의 인생 경험을 집약한 책이다. 헐벗은 민둥산이라도 포기하지 않고 한 해 한 해 씨앗을 뿌리면 언젠가는 살아 있는 낙원으로 변모한다는 것을 그는 자신의 삶으로 증명한다. "몸이 무겁게 느껴진다면, 작은 일에도 짜증이 난다면, 밥맛이 없다면, 잠을 푹 잘 수 없다면 땅과의 거리를 살펴볼일이다."

  그렇다. 땅과 멀어질수록 우리는 불안해진다. 콘크리트 벽에 갇혀 있을수록 아프고 외로워진다. 이 책에서 "가정이란 집(家)과 뜰(庭)로 이루어진 것이란 것을 알았을 때 내 영혼은 노래하기 시작했다"라는 미야사코 치즈루의 문장을 발견한 순간, 내 영혼은 탄식하기 시작했다.

  가정이란 집과 뜰로 이루어지는데, 나는 뜰을 잃어버렸구나. 내 한 몸 편안하게 보살피는 집은 있지만 꽃과 나무, 동물과 곤충들과 함께하며 다른 존재와 공생하는 법을 배우는 뜰은 없구나.

  그렇다면 도시인이란 뜨락을 잃어버린 사람들이 아닌가. 그리하여 진정 완전한 가정의 품새를 갖추지 못한 사람들이 아닐까. 문명의 이기를 완벽하게 갖추고 있으면서도 자연과 소통하는 능력을 잃어버린 우리는 점점 성마르고 각박해져가는 것은 아닌가.

  이제야 내 오랜 역마살의 기원이 밝혀진 듯했다. 나는 뜨락을 잃어버린 사람이었던 것이다. 어린 시절 마당이 있는 집에서 살았을 때는 작은 집 안에서도 자연과 함께 살 수 있었다. 이제 자

연은 일부러 찾아다녀야 하는 것, 애써 추구해야 할 가치가 되고
말았다.

'나를 편안하게 해주는 집'이라는 개념에 갇히면 아주 작은 불
편함조차 견딜 수 없게 된다. 층간소음은 물론 아주 작은 날벌레
까지도 '나의 편안함'을 방해하는 적이 되어버리는 것이다. 뜰이
란 식물이나 동물과 만나는 장소다. 우리는 뜰에서 꽃과 나무를
심어 가꾸고 동물들과 함께 살며 배우는 공생의 기쁨을 잃어버림
으로써 '나와 다른 존재와 함께하는 길'을 잃어버린 것이다.

산에서 혼자 살던 최성현 작가는 이제 가정을 이루어 '삼대가
함께 사는 귀농'을 실천하고 있다고 한다. 나와 전혀 다른 존재와
공존하는 법을 배우는 길, 그것이 우리 도시인이 잃어버린 마음
의 뜨락을 되찾는 길이 아닐까.

내 마음의 숨은 뜨락은 바로 여행이다. 여행을 통해 잃어버린
마음의 뜨락을 되찾는다. 특별한 여행 계획이 없을 때도 가끔 공
항에 나가 밥도 먹고 커피도 마시며 '여행의 설렘'을 대리 만족하
는 사람들이 있다는 뉴스를 봤을 때, 나는 반가움에 폭소를 터뜨
렸다. 그 기분을 너무 잘 알기 때문이다.

여행의 온갖 복잡한 우여곡절은 쏙 빼버리고 '여행의 설렘'만
을 느끼고 싶은 기분. 공항 대합실에서 떠남을 준비하는 사람들
의 표정을 바라보며, 여행용 캐리어를 끌고 이리저리 헤매는 사
람들의 모습을 바라보며 '이미 여행을 다녀온 듯한 기분'을 느끼
는 사람들의 마음을 알 것 같다.

긴 여행을 준비할 때는 '물건'보다 '마음'을 챙기는 일이 훨씬 중요하다. 여행지에서까지 일거리를 붙들고 씨름하지 않도록 미리 모든 일을 철저히 마무리해놓는 게 1순위다. 마음이 걱정거리로부터 확실히 떠나지 않으면 몸이 아무리 멀리 떠나도 소용없기 때문이다.

여행 계획을 세울 때도 여행책자보다는 여행지와 관련한 다양한 인문학적 지식을 담은 책을 보는 게 훨씬 큰 도움이 된다. 여행의 온갖 파란만장한 객고客苦와 서정이 담긴 문학작품을 읽는다면 훨씬 더 '마음이 풍요로워지는 여행'을 할 수 있다.

여행을 떠나면 내 마음의 무늬를 읽을 수 있는 시간이 많아진다. 평소의 마음속 시계가 '일'과 '스케줄'에 맞춰 돌아간다면, 여행자의 시계는 '여행 장소의 시간'과 '내 마음의 빛깔과 향기'에 맞춰진다. 따라서 어슬렁거리기, 정처 없이 헤매기, 마음에 드는 장소에 충동적으로 머물기 같은 '마음 챙김의 시간'을 가져보기를 권한다.

박물관에서는 많은 걸작들을 한꺼번에 빨리 보려고 하지 말고 마음에 드는 작품 앞에 서서 오래오래 그림의 아주 작은 디테일까지 속속들이 관찰해보자. 그림이 나에게 말을 거는 순간, 평생처음 보는 풍경이 나에게 도란도란 말을 거는 순간은 우리의 잠든 감수성이 깨어나는 눈부신 순간이다.

'반짝!' 하고 영감의 불이 켜지는 순간, '딩동' 하고 아이디어의 종소리가 울리는 순간이 진정 우리 '마음의 시계'가 기지개를 켜는 시간이다. 여행의 설렘은 공항에서 시작되고, 여행의 절정은 '내 마음속 긴장의 끈이 풀릴 때' 시작된다. 혼자라도 좋다. 돈이 부족해도 좋다. 당신이 아주 가까운 곳이라도 마음의 짐을 내려놓고 쉴 수 있는 여유를 느낄 수만 있다면.

'낯선 곳에서의 뜻밖의 우연'을 '운명적 필연'으로 만드는 법. 그것은 '여기, 지금, 내 일'에 대한 지나친 집착을 조금은 내려놓고 '일에 대한 사랑'을 넘어 '삶에 대한 사랑'을 회복하는 것이다. 당신이 아직 꿈꿀 권리를 포기하지 않았다면, 당신이 아직 언제든 무언가에 설렐 권리를 내려놓지 않았다면 여행은 단순한 휴가를 넘어 운명을 바꾸는 절실한 모험이 될 수 있을 것이다.

직업

일하는 날들의
기쁨과 슬픔

…나의 일은 세상과
어떤 관계를 맺고 있는가…

언젠가 친구가 나에게 "너는 생산성이 엄청나다"라는 칭찬(?)을 해주어서 무척 당황했던 적이 있다. 나는 나를 생산성의 차원에서 생각해본 적이 없기 때문이다. 보통은 1년에 책 한 권을 내기도 어려운데, 두세 권씩 척척 내는 것처럼 보이는 내가 그 친구의 눈에는 '높은 생산성'을 지닌 사람으로 보였나보다.

하지만 내가 평가하는 나는 그렇게 생산성이 높은 사람이 아니다. 우선 기계나 기업이 아닌 '사람'에게 생산성이라는 기준을 들이대는 것 자체가 무척 어색하다. 그리고 책이라는 것이 작가가 집필하자마자 '뚝딱' 나오는 게 아니라 오랜 편집 과정과 디자인 과정, 출판사 내부의 협의와 다양한 마케팅 환경이 맞아떨어졌을 때, 그야말로 '간신히' 한 권씩 나오는 것이라는 것을 그 친구는 아직 모르고 있었다.

효율성만 따지는 사람이라면, 작가에게도 무조건 '빨리빨리 쓰라'고 독촉할 테고, 편집자들과 디자이너에게도 '무조건 빨리 끝내라'고 성화를 부릴 것이다. 하지만 그런 '생산성 제일주의'의 환경 속에서는 좋은 책이 나올 수 없다. 글을 쓰는 기쁨을 한 올 한 올 느낄 수 있는, 느리지만 따뜻한 환경과 완성된 글을 책으로 만들기까지 그 책과 어울리는 이미지와 종이 재질과 표지 디자인을 함께 고민해 완성하는 오랜 심사숙고의 과정이 어우러져 비로소 한 권의 책이 탄생한다.

중요한 것은 효율성이 아니라 '한 권의 책'조차 '작품'으로 바라보는 사람들의 애정과 격려, 책이 만들어지기까지의 힘겨운 과정을 때로는 즐길 줄도 아는 마음의 여유다.

글쓰기뿐 아니라 이 세상 많은 일들이 그렇다. 수치로 환산할 수 있는 생산성으로만 개개인의 성과를 평가한다면 우리의 삶이 얼마나 삭막하겠는가. 일의 성과는 좋지 않더라도 그 일을 하는 과정 속에 얻은 '사람'이 소중할 때도 많다. 성과는 좋지만 그 성과를 내기 위해 '사람'을 잃는 일도 허다하다. 우리에게 중요한 것은 성과만이 아니라 일이 되어가는 과정 중에 얻는 관계 맺기의 기쁨, 이 일을 내가 잘해내고 있다는 자긍심, 그리고 무엇보다도 일을 통해 나 자신이 조금씩 성장해가고 있다는 믿음과 보람이 아닐까.

그때 내가 어떤 사람의 마음을 얻었나, 또 어떤 사람의 마음을 잃었나, 내가 사랑하는 사람들에게 내 글이 조금이라도 위로가되었을까, 나는 그 글쓰기의 과정을 통해 조금이나마 성장할 수 있었을까. 이런 질문들이 나를 계속해서 글쓰기의 뜨거운 대장간으로 밀어 넣는 원동력이다. 내게 글을 쓴다는 것은 단순한 '자기 표현'이 아니라 자칫하면 은둔형 외톨이가 될 뻔한 내가 세상과 수줍게 관계 맺을 수 있는 절실한 통로다.

우리가 일을 통해 관계 맺어야 할 존재는 사람만이 아니다. 가구를 만드는 사람들은 나무와 협업해야 하며, 음식을 만드는 사람들은 수많은 식재료와 주방 기구들과 씨름해야 한다. 주몽의 일대기를 웅장한 언어로 완성한 『동명왕편』을 쓴 이규보는 벼루와 책상에게 무한한 감사를 표현하는 유머러스한 시를 써서 내게 감동을 준다.

> 벼루야, 벼루야.
> 네가 작다 하나 그것은 너의 부끄러움이 아니다.
> 네 비록 한 치의 웅덩이에 지나지 않으나
> 나의 무궁한 뜻을 쓰게 한다.
> 내 비록 육척의 장신이나
> 모든 일은 너를 빌려 이룬다.
> 벼루야, 나는 너와 함께 돌아갈 것이니
> 삶도 죽음도 너로 말미암으련다.
>
> — 이규보, 「벼루에게」

> 고달픈 나를 붙들어준 이는 너요,
> 절름발이가 된 너를 고쳐 준 자는 나다.

같이 병들었는데 서로 구제했으니
그 공로는 누구 몫일까.

— 이규보, 「부러진 책상에게」

"한 치의 웅덩이"에 지나지 않는 조그마한 벼루에게 자신의 모든 업적과 성과를 '빚지고 있다'는 것을 깨닫는 글쓴이의 마음이 참으로 아름답다. 자신이 힘겹게 글을 쓰는 동안 자기 몸과 종이와 벼루를 떠받쳐준 고마운 책상에게도 감사를 표하는 작가의 마음은 얼마나 따뜻한가. 일도 중요하고 인간관계도 중요하지만 '내가 일을 함으로써 이 세상과 어떤 관계를 맺고 있는가'를 깨닫는 마음씀씀이야말로 소중한 마음 챙김의 기술이 아닐까.

성과는 물론 중요하다. 하지만 성과에 매몰되어 사람도 진심도 원래의 내 마음 생김새도 잃어버린다면, 우리는 '일'을 통해 자신을 소모시키고 자신을 잃어버리는 상실감에 빠지게 될 것이다.

한낱 벼루에게조차도 감사할 줄 아는 마음, 일을 하는 동안 내가 어떤 존재와 관계를 맺고 있는지를 항상 살피는 마음, 내가 하는 일로 인해 어떤 사람들이 행복해질지 또는 불행해질지를 늘 사려 깊게 돌아보는 마음이야말로 어떤 성취감보다 소중한 마음 챙김의 기술이다.

나는 '내 일을 잘해냈는가'를 묻기 전에, 이제는 조금 색다른 질문을 해보자. 나는 일을 통해 누군가를 기쁘게 해주었는가. 일을 통해 나 자신의 마음은 얼마나 크고 깊어졌는가.

성취와 보람보다
중요한 것

　　　　　　　　　나폴리의 피자 가게에서 만난 요리사들은 얼굴
가득 함박웃음을 머금고 즐겁게 피자를 굽고 있었다. 흥겨움, 신바람! 내 '일'에 부
족한 건 바로 그것이었다.

…내가 진짜로 하고 싶은 일을
찾는 법…

하루 종일 수많은 이미지들이 우리를 유혹한다. 내 앞으로 멋진 자동차가 바람처럼 스쳐 가면, '나도 저런 자동차를 몰아보고 싶다'는 생각이 잠시 들지만 곧이어 내 마음의 목소리가 속삭인다. '그건 네가 진짜로 원하는 게 아니잖아.' 텔레비전에서 완벽한 인테리어로 중무장한 화려한 집들이 나오면 마음이 또 흔들린다. '저런 집에서 한번쯤은 살아보고 싶은데.'

  하루에도 몇 번씩 이런 달콤한 유혹에 시달리지만 내 마음의 목소리는 말한다. '네가 진짜로 원하는 것에 집중하지 않으면, 너는 끊임없이 이렇게 나약하게 흔들릴 거야. 숨이 끊어질 때까지, 평생 흔들리기만 할 거야.' 피카소는 이런 말을 남겼다고 한다.

  모든 사람은 잠재적으로 같은 양의 에너지를 가지고 있다. 평범한 사람들은 그 에너지를 여러 가지 사소한 일들로 낭비한다.

> 나는 내 에너지를 단 한 가지, 그림에만 집중한다. 그림을 위해 나머지
> 모든 것은 포기한다.

말은 멋있지만 그 모든 자잘한 욕망을 포기하기가 어디 쉬운 일인가. 어쩔 수 없이 해야 할 일, 하는 수 없이 견뎌야 할 일도 많다. 하지만 내 마음 깊은 곳에서는 이 모든 변명이 '내가 진짜로 해야 할 일'을 미루는 핑계라는 것도 안다. 피카소처럼 멋지게 내가 원하는 일에 집중할 수는 없지만 수많은 시행착오를 거치며 '내가 진정 원하는 것을 찾는 방법'을 알아냈다.

첫 번째, 지금 하고 있는 일과 전혀 다른 일을 한번 해보는 것이다. 나는 몇 년 전 목공을 배우기도 했고 그림을 배우기도 했는데, 그때 깨달은 것은 내가 진짜로 원하는 건 대패질의 기술이나 스케치의 비결이 아니라 '글쓰기'라는 사실이었다. 아무런 비전 없는 글쓰기에 오래 지쳐 있던 내가 잠시 '곁눈질'을 했는데, 그 곁눈질의 순간에도 '목공이나 그림 그리기의 실패 경험을 어떻게 글쓰기에 녹여낼 것인가'를 고민하고 있었던 것이다.

두 번째, 단 며칠만이라도 완전한 휴식을 경험해보는 것이다. 텔레비전도 영화도 보지 말고, 정말 쉬는 것이다. 바깥세상을 향한 마음의 안테나를 완전히 꺼보는 것이다. 그러면 그 '유혹의 진공 상태'에서 내가 진짜로 원하는 게 마치 매직아이처럼 떠오른다. 광고나 미디어가 유혹하는 욕망이 아니라 내가 진짜로 원하는 것을 뼈저리게 깨닫게 된다.

세 번째, 단 하루라도 수입과 미래에 대한 불안을 깡그리 접고

내가 원하는 일을 해보는 것이다. 우리의 선택은 대부분 현실적인 걱정의 테두리 안에서 이루어진다. 안정된 수입 때문에, 가족에 대한 걱정 때문에 내가 진짜로 원하는 것을 무시하곤 한다.

나는 이 걱정의 악순환 속에서 내 안의 진짜 두려움과 만났다. 만약 내가 최선을 다하더라도 꿈을 이루지 못하면 어떻게 될까. 모든 힘을 다 쏟아 부었는데도 좋은 글을 쓰는 데 실패한다면 어떻게 될까. 하지만 오랫동안 고민해보니 그 두려움 또한 '지금의 내가 판가름할 수 있는 일'이 아니었다.

여전히 나는 두렵다. 평생 제대로 된 직장을 가지지 못할까 봐. 지금까지 간신히 쌓아올린 것들이 어느 날 갑자기 와르르 무너져버릴까 봐. 하지만 그 공포는 '내가 진짜로 원하는 삶'을 평생 외면했을 때의 공포에 비하면 아무 것도 아니다. '내가 원하는 게 도대체 무엇인지 모르겠다'는 젊은이들의 푸념을 들을 때마다 나는 속으로 중얼거린다. '나는 그걸 깨닫기까지 30년이 넘게 걸렸는걸. 아직 모르는 게 당연해. 진짜로 원하는 것을 얻기 위해 얼마나 많은 것들을 포기해야 하는지.'

괴테는 '소망이란 자신 안에 있는 능력의 예감'이라고 말한다. 나는 온갖 부끄러운 시행착오를 거치며, 내 안의 잠재력을 꺼낼 수 있는 사람은 오직 나 자신뿐이라는 사실을 깨달았다. 누군가 꺼내주기를 기다려서도 멀리서 좋은 소식이 들려오기를 기다려서도 안 된다는 것을. 아직 한 번도 이 세상에 울려보지 못한 당신 안에 있는 천상의 악보를 꺼내 완벽하게 연주할 사람. 그것은 오직 당신 자신뿐이다.

…내 안의 거문고 소리를 알아주는
한 사람을 위하여…

'내 재능을 아무도 알아봐주지 않으면 어떡할까'라는 고민에 빠진 젊은이들을 볼 때마다 나는 '거문고가 된 오동나무' 이야기를 들려주고 싶다.

어느 날 아궁이에서 오동나무가 타고 있었다. 채옹이라는 선비는 나무가 타들어가는 소리만 듣고도 곧바로 알아차렸다. '좋은 재목이로구나!' 채옹은 아궁이에 불을 때던 사람에게 돈을 주고 곧바로 그 오동나무를 샀다. 타들어간 자국이 아직 남은 오동나무는 결국 멋진 거문고가 됐다. 과연 그 소리는 상상한 대로 영롱하고 아름다웠다. 채옹이 아니었다면 땔감으로 끝나버렸을 오동나무는 훌륭한 거문고가 되어 사람들의 심금을 울렸다.

채옹이 만든 거문고를 초미금焦尾琴이라고 한다. 꼬리가 그을린 거문고라는 뜻의 이 초미금은 '하마터면 땔감으로 끝날 뻔한 그을림의 흔적'을 안고 있기에 더욱 특별한 사연을 품은 악기가 됐다. 만약 그때 신나게 타오르는 오동나무를 그저 '잘 타고 있구면' 하고 지켜보기만 했다면 오동나무는 영원히 악기가 될 축복을 누리지 못했을 것이다.

나 또한 '내 안의 거문고 소리'를 알아봐준 선배가 있었기에 지금까지 글을 쓰며 살아올 수 있었다. 대학원 시절, 나는 저마다 휘황찬란한 '배경'을 갖고 있는 동기들의 면면을 알게 된 후 낙담한 적이 있었다.

누구는 유명한 시인의 자제, 누구는 문학사에 길이 남은 비평가의 손녀, 누구는 명문대 교수의 자제였다. 나만 '아무도 알아주지 않는 아무개의 딸'인 것만 같았다. 야간대학에 다니면서 힘겹게 학위를 딴 아버지가 자랑스러웠는데, 대학원에 가니 갑자기 아버지의 학력이 초라해보였다. '왜 내 주변에는 작가도 없고, 유명한 사람도 하나 없는 걸까' 하는 어리석은 열패감에 빠져 있었다.

그런 생각 자체가 부끄러워 더 열심히 공부와 아르바이트에 매달렸지만 마음속에서는 '언제 땔감으로 버려질지 모르는 나라는 오동나무'에 대한 조바심이 깊어갔다.

그런 내 길 잃은 목마름을 알아봐준 것일까. 평소에 내 글쓰기를 눈여겨본 S 선배는 내게 '글을 써보라'며 서평 전문 잡지를 소개시켜주었고, 나는 처음으로 원고료를 받고 글을 쓰게 됐다. 그때부터 조금씩 길이 열렸다. 나는 마치 사생결단이라도 하듯 절박하게 서평이나 문학평론을 쓰기 시작했고, 여기저기서 원고 청탁이 들어오기 시작했다. 무서우면서도 행복했다. 글을 쓰며 살아갈 수 있다는 게 눈물겹게 고마웠다.

내게 '글쟁이의 길'을 걸어갈 수 있도록 처음으로 길을 터준 그 선배에게 항상 고맙고도 죄송한 마음이 화인火印처럼 가슴에 박혀 있다. 그는 아마 나 같은 석사과정 꼬맹이를 잡지에 추천해주느라 아마 자신의 '이름'을 걸어야 했을 것이다. 내가 그 고마움을 갚을 수 있는 길은 나 또한 후배들에게 그런 길을 열어주는 것이라 믿는다.

만약 선배가 나를 잡지사에 추천해주지 않았더라면 어떻게 되었을까. 타인의 사소한 비판에도 세상에서 가장 얇은 유리잔처럼 금세 자존감이 박살나버리는 나는 험악한 생존의 정글을 견뎌내지 못했을지도 모른다. 나라는 오동나무는 문학을 '한때의 치기'로 치부해버린 채 스스로를 '생존의 땔감'으로 태워버렸을지도 모른다.

지금도 슬럼프에 빠질 때마다 나는 문학을, 글쓰기를, 공부를 포기할 뻔했던 그때를 떠올리며 '내 안의 오동나무' 어딘가에 그 울린 자국이 선연히 남아 있음을 깨닫곤 한다. 아직 최고의 소리를 내는 거문고가 되지는 못했지만 내가 결코 땔감이 아니라 거문고라는 것만은 믿는다. 내 안의 흐느끼는 거문고 소리를 말없이 들어준 그 선배는 지금도 변함없는 나의 스승이자 멘토다.

좀 더 세심한 눈길로, 좀 더 다정한 마음으로 주위를 살펴보자. 내 안의 거문고 소리를 들어줄 지음知音의 벗을 찾는 것만큼이나 소중한 것은, 내 곁에서 이미 울리고 있는 다른 거문고의 흐느낌을 제대로 들어줄 수 있는 예민한 청각과 따스한 마음이 아닐까.

시간과 노력이 빚어내는
일의 경이로움

　　　　　　중세 시대의 대장장이의 모습을 재현하는 스페
인 콘수에그라의 축제. 무언가를 손으로 직접 만드는 사람의 모습은 언제나 깊은
감동을 준다. 손으로 빚은 세계의 따스한 온기 속에서 우리는 일하는 삶의 아름다
움을 느낀다.

기다림

···어쩔 수 없는 시간을
견디는 힘···

···인생이란 어쩌면
기다림의 박물관···

가끔 이런 질문을 스스로에게 던져본다. 나를 가장 많이 성장시킨 마음가짐은 무엇일까. 실제로 꿈이 이루어지지는 않았지만 그럼에도 불구하고 그것 때문에 내가 한층 성숙해질 수 있었던 계기는 무엇일까. 그것은 아마도 '기다림'이었던 것 같다.

기다림에는 두 가지가 있다. 정확한 기다림의 대상과 목적이 있는 경우. 합격 발표를 기다리고, 건강검진 결과가 나오기를 기다리는 것 같은 목적의식이 뚜렷한 기다림.

두 번째 기다림은 뚜렷한 목적 없이 무의식적으로 나도 모르게 무언가를 기다리는 마음의 상태다. 다 포기한 줄 알았는데 나도 모르게 좋은 소식을 기다릴 때도 있고, 다 잊은 줄 알았는데 문득 누군가와의 추억을 떠올리게 하는 물건을 보면 걷잡을 수 없이 그리움이 밀려들기도 한다.

우리를 한층 깊게 성장시키는 기다림은 바로 이런 '목적의식

없는 기다림', 때로는 '나조차도 기다린 줄 몰랐던 무의식적인 기다림'이다. 돌이켜보니 나는 나도 모르게 이런 것들을 기다리고 있었다. 나의 잃어버린 시간을 찾아주는 것만 같은 뜻밖의 가슴 아린 만남. 이제는 제목조차 희미한 추억 속의 음악을 어느 날 레코드 가게 앞에서 다시 듣는 순간. 어린 시절 일기장을 우연히 발견하는 순간처럼. 나도 기억하지 못하는 내 소중한 추억과 느닷없이 재회하는 순간을.

누군가를 갑작스레 만났을 때, '아, 나는 저 사람을 우연히라도 다시 만나기를 바라고 있었구나' 하고 뒤늦게 깨달으며 눈물겹게 반가워하는 것처럼. 때로는 현실이 우리의 기다림을 좌절시킬지라도, 나는 무언가를 맹렬하게 기다리고 있다. 그것이 무엇인지도 모르면서. 그 간절함만은 미치도록 진심인, 그런 기다림이 나를 오늘도 일으켜 세운다.

기다림이라는 말을 가만히 발음해보면, 우리의 선조들은 기다림을 매우 소중하고 아름답게 여겼음을 느낄 수 있다. 인터넷 속도가 느려 짜증이 치밀어오를 때부터 중요한 시험 결과를 앞두고 가슴 졸이는 일까지, 좀처럼 기다림을 좋아하지 않는 현대인에게도 기다림이라는 단어의 울림은 매혹적이다.

돌이켜보면 인생은 기다림의 박물관이다. 우리 인생의 모든 결정적인 전환점에 '기다림'이라는 마음의 정거장이 자리하고 있다. 아기가 태어나기까지의 기다림, 걸음마를 떼고 옹알이를 할 때까지의 기다림, 그 아이가 어엿한 성인이 되어 한 사람의 몫을

하기까지의 기다림, 그가 사랑을 찾고 직업을 찾고 인생의 진정
한 소명을 찾을 때까지의 기다림.

이렇게 삶의 뼈대가 되는 원초적인 기다림이 있는가 하면, 일
상을 구성하는 매우 구체적이고 생생한 기다림들이 인생의 피와
살을 이룬다. 시험에 합격하기까지, 신호등이 바뀔 때까지, 버스
나 지하철이 오기까지, 군대 간 연인이 돌아올 때까지, 말없이 떠
난 그 모든 인연이 돌아올 때까지 우리는 기다린다. 기다림이 없
는 곳에는 삶의 온기가 존재하지 않는다. 이 모든 기다림을 멈추
는 순간, 삶은 끝나니까.

기다림은 어쩔 수 없이 고통스럽다. 기다림의 지혜를 말하는
사람들은 기다림의 고통을 다른 무엇으로 승화시킨 사람들이다.
문명의 발전은 기다림의 불가피한 고통을 완화시키거나 없애는
쪽으로 이루어져왔다. 휴대전화와 컴퓨터를 비롯한 온갖 문명의
편의가 삶을 점점 '고속화'시키는 동안 우리는 점점 기다림에 취
약한 신체로 변화해왔다.

무엇보다도 우리는 인생의 흐름 자체를 기다리는 능력을 잃어
버렸다. 최단 시간에 성과를 내야 한다며 어떤 장기적인 시간과
인력도 투자하지 않으려 하고, 자기 인생조차 스펙이나 효율성이
라는 잣대로 냉정하게 그 발전의 속도를 평가한다. 이야기의 전
개가 조금만 느려도 사람들은 채널을 돌리거나 책장을 덮어버린
다. 『기다린다는 것』의 저자 와시다 기요카즈는 이 '기다림의 불
가능성'이 우리의 삶을 황폐화시키고 있음을 지적한다. 기다림의

225

의미와 가치를 되살리는 것이야말로 우리 삶의 잃어버린 불씨를 되찾는 일이 아닐까. 오지 않는 사람을 기다리는 사람의 마음은 초조함으로 물든다. 기다림은 권력을 발생시킨다. 기다리는 쪽은 언제나 패배한다. 기다리게 만드는 쪽이 관계의 열쇠를 쥐고 있다. 상대방에게 권력을 휘두르고 싶어 하는 많은 사람들은 상대를 기다리게 한다.

록스타 믹 재거는 바로 그 '기다림의 심리전'을 자신의 콘서트에 이용해 공연이 시작되기도 전에 관객들을 이미 초죽음으로 만들었다. 믹 재거가 이끌던 롤링 스톤스의 공연에서는 한 시간 이상 관객을 기다리게 하는 일이 다반사였다. 그는 관중들이 롤링 스톤스의 환상적인 공연을 기다리다 못해 거의 빈사 상태에 이르렀을 때까지도 태연자약하게 트레일러 속에서 카나페를 먹으며 마리화나를 피우고 샴페인을 마셨다고 한다.

관객들을 '광적인 기다림'의 황홀경과 극도의 스트레스 상태로 밀어 넣은 후, 그제야 롤링 스톤스는 계시처럼 나타나 기적처럼 공연을 마치고 연기처럼 사라져버렸다. 그들은 '기다림의 심리전'을 이용해 콘서트의 황홀경을 이끌었던 것이다. 그러나 우리를 성숙하게 만드는 기다림은 이런 공격적인 심리전이 아니다. 초조함을 참고, 불안감을 이겨내고, 때가 무르익기를 조용히 바라보는 기다림이다. 온힘을 다해 기다리되 결과에 대한 집착을 버리는 것이다.

칼에 베인 깊은 상처조차 어느새 원숙한 주름으로 바꾸는 기다림이 있다. 방금 칼에 벤 상처는 끔찍하게 아프고 시리지만 시간이 흘러 상처가 아물면 거기에 '원숙한 주름'처럼 자연스러운 시간의 흔적이 아로새겨진다.

그렇게 깊게 벤 상처가 넉넉한 주름처럼 어느 샌가 나도 모르는 사이 무르익기를 기다리는 마음이야말로 아이를 기르는 엄마의 마음, 환자가 낫기를 바라는 의사의 마음, 제자가 깨닫기를 바라는 스승의 마음이 되어야 하지 않을까.

기다림의 시간 속에서
내가 더 나은 사람이 되기를

                                     기다리는 자의 뒷모습은 언제나 애잔한 노스텔지어를 불러일으킨다. 언젠가 나도 저렇게 하염없이 누군가를 기다렸는데…. 그때 내 뒷모습도 쓸쓸해 보였을까.

…마음의 한계를 정하지 않는
진정한 기다림…

시간의 야속한 흐름을 견딜 수 있게 만드는 기다림, 삶에 대한 사랑을 포기하지 않게 해주는 기다림은 무엇일까. 그런 기다림은 마음속에 '빈 공간'을 만듦으로써 가능해진다. 무언가가 언제든지 찾아와도 내 삶에 깃들 수 있도록 내 안에 빈 공간을 만든다는 것. 특별한 목적에 의존하지 않는 기다림, 결과에 집착하지 않는 기다림이 바로 그런 것이다.

와시다 기요카즈는 『기다린다는 것』에서 치매 환자를 보살피는 도우미들의 기다림 중 '패칭 케어patching care'를 예로 든다. 패칭 케어는 처음부터 완벽한 설계도를 가지고 계획적으로 바느질을 하는 게 아니라 그때그때 뜯어진 부분을 응급처치 하는 마음으로 조금씩 때가 무르익기를 기다리는 것이다.

치매 환자는 자신의 심각한 상황을 잘 받아들이려 하지 않기 때문에 그가 언젠가 상황을 받아들일 때까지 조용히 대기하며,

조금씩 환자의 불편함을 해소시키는 데 만족하는 매우 차분한 기다림의 방식이다.

패칭 케어에는 위계질서가 없다. 통제도 계획도 '누가 더 잘해냈다'는 칭찬도 없다. 그저 조용히 기다리는 사람들의 정성스런 보살핌만이 있을 뿐이다. 환자를 재촉하지도 않고 환자를 겁박하는 일도 없이 치매 환자와 그 주변의 상황이 어느 정도 안정을 찾아갈 수 있도록 조용히 기다리는 패칭 케어를 우리 삶에도 적용해보면 어떨까.

치매 환자를 향해 사람들은 '병이 낫기'를 감히 기대하지 못한다. 무언가 대단한 일을 해내기를 기대할 수도 없다. 그저 그 사람이 조금이라도 덜 아프기를, 그 마음이 덜 고통스럽기를 기대할 뿐. 그렇게 마음을 비울 때야말로 진정한 기다림이 가능한 것 아닐까.

기다림 없는 기다림. 즉 '더 나아질 것이라는 기대'에 대한 기다림이 없는, 순수하고 조용하며 무목적적인 기다림이야말로 '빨리빨리'의 시스템에서 우리를 잠시나마 해방시켜줄 수 있는 영혼의 비상구일 것이다.

'난 기다릴 만큼 기다렸어', '이젠 더 이상 기다릴 수 없어' 이런 식으로 마음의 한계를 정하지 않는 게 진정한 기다림이다. 기다림은 우연을 겨냥하지 않는다. 무언가 도래하기를 수동적으로 기다리는 일도 아니다. 아무런 예감과 전조도 없는 곳에 스스로를 열어두는 것이다. 바로 그 '열림' 속에 진정한 기다림이 있다.

기다림 없는 기다림은 화려하거나 멋져 보이지 않는다. 언뜻 매우 수동적으로 보이기까지 한다. 하지만 기다릴 줄 아는 사람들은 설렘이 사랑으로 바뀔 때까지, 봄의 새싹이 가을의 결실로 맺어지기까지, 천지분간을 못하던 아기가 어느새 지혜와 열정으로 가득한 성인으로 자라기까지 기다리는 일의 소중함을 '인생의 일부'로 당당히 기입할 줄 안다.

기다림은 인생에서 불필요한 시간, 쓸데없는 시간이 아니라 인생을 더욱 찬란하고 농염하게 만드는 위대한 영글의 몸짓이다.

기다림이라는
마음의 정거장

우편함에 꽂힌 전단지는 하염없이 기다린다.
누군가 자신을 발견해주기를, 누군가 자신의 간절한 메시지를 수신해주기를.

…기다림이란 지금 이 순간을
온전히 껴안는 것…

기다림의 고통은 삶을 마비시킨다. 아우슈비츠 같은 강제수용소에서는 크리스마스와 새해 사이가 되면 사망자가 급격히 늘어났다고 한다. 가혹한 노동 조건이나 갑작스러운 전염병 때문이 아니었다. '크리스마스가 되면 집에 돌아갈 수 있겠지', '새해가 되면 풀려날 수 있겠지' 하는 가녀린 희망에 매달려 살아가는 이들이 많았기 때문이다. 그들은 수용소의 삶이 너무 고통스러워 그런 소박한 희망을 만들어낸 것이었고, 그 실낱같은 희망이 사라지자 생체 시계조차 멈춰버린 것이다.

하지만 이런 극단적인 상황만 아니라면, 기다림은 고단한 삶의 버팀목이 되어줄 때가 더 많다. 사람들은 주말이 온다는 희망으로 평일의 온갖 스트레스를 참아내고, 귀여운 아이들이 무럭무럭 커가는 것을 바라보며 직장 상사의 잔소리와 고객님들의 '갑질'을 참아내곤 한다. 이렇듯 어떤 기다림은 삶을 지탱해주는 간절한 버팀목이 된다.

'기다림'이라는 낱말에 어려 있는 어딘가 영롱하고도 애절한 기운은 '바쁨'을 덕목으로 여기는 현대인들에게도 분명 어떤 울림을 줄 것이다. 가장 보편적이면서도 성숙한 기다림의 형태는 바로 '육아'다. 아이를 키울 때는 어떤 확실한 처방도 없이 오직 기다림만이 약이 될 때가 많다. '우리 아이는 왜 걸음마가 느릴까', '왜 다른 애들보다 말이 느릴까' 하고 아무리 걱정해봤자 소용없다. 그저 기다려야 한다. '아이를 키운다'는 적극적인 능동태보다 '아이가 스스로 자라는 것을 그저 바라본다'는 관조의 자세가 더 지혜로운 육아법일 때가 많다. 와시다 기요카즈는 『기다린다는 것』에서 다음과 같이 말한다.

오로지 기다리지 않으면서 기다리는 것. 기다린다는 사실도 잊고 기다리는 것. 언젠가 알아주리라 바라지 않고 기다리는 것. 언젠가 기다림을 당했다는 사실도 깨닫지 못한 채 기대하지 않고 기다리는 것.

이것이 곧 기다림의 비결이다. 돌이켜보면 모든 소중한 기다림의 배후에는 '기대'나 '조건'이나 '기한'조차 없는, 어떤 어처구니없는 결정 불가능성이 깃들어 있었다.

나는 요즘 '기다림의 대상'보다는 '기다리고 있는 나'를 바라보려 노력한다. 기다림의 대상이 변화하기를 고대하기보다 기다림 속에서 내가 지치지 않기를, 기다림 속에서 내가 조금이라도 성숙하기를 고대한다. 나는 더 잘 기다리기 위해, 기다리다가 쓰러지지 않기 위해 내 안에 커다란 빈 공간을 만드는 중이다. 언제든 우연처럼, 기적처럼, 선물처럼 아름다운 그 순간이 찾아올 수 있도록.

그런 마음 연습을 계속했더니 언제부턴가 기다림은 처연한 기도가 되어간다. 그 순간이 오기를 막연히 기다리는 게 아니라 그 기다림의 시간 속에서 내가 더 나은 사람이 되기를 기도한다. 내가 걱정하고 사랑하는 사람들이 '내게 연락해주기를' 기다리기보다는, 그들이 내가 보이지 않는 곳에서 더 많이 사랑하고 더 멋지게 자신의 꿈을 펼치기를 기도한다.

진정한 기다림이란 무언가를 있는 그대로 껴안는 것이다. 기다림이란 더 나은 미래를 향한 계산도 예측도 보상도 없이, 그저 있는 그대로 지금 이 순간 전체를 껴안는 것이다.

나는 오늘도 기다린다. 다시는 그 사람을 볼 수 없을지라도, 끝내 내 오랜 꿈이 이루어지지 않을지라도 내 기다림의 진심만은 내가 보살필 수 있는 마지막 진실이기에.

생각

··· 생각이 아름다운
사람이 되고 싶다 ···

…'생각'을
생각하는 시간…

우리는 항상 많은 생각을 하면서도, '생각에 대한 생각'은 잘 하지 않는다. 항상 숨을 쉬기 때문에 숨을 쉬는 원리에 대해서는 굳이 떠올리지 않는 것과 같다. 하지만 '생각에 대한 생각'은 매우 중요하다. 내 생각이 내 삶에 어떤 영향을 미치는지, 나의 생각이 다른 사람의 생각과 비교했을 때 어떻게 다른지, 내 사고방식을 이루는 환경과 가치관은 무엇인지를 차분히 성찰할 수 있을 때, 우리의 생각은 더욱 창조적인 방향으로 물꼬를 튼다.

　항상 똑같은 생각에 익숙하고, 항상 나의 생각이 옳다고만 믿고, 항상 비슷한 생각을 하는 사람들 사이에 섞여 있으면 새로운 아이디어를 떠올리기가 어렵다. 생각에 대한 생각, 즉 '우리가 늘 하는 생각에 대한 비판적인 생각'을 통해 좀 더 풍요로운 삶, 나의 이익만이 아닌 더 많은 사람들과의 행복한 공존을 꿈꿀 수 있다.

　생각을 통해 더 나은 삶에 이르는 길에는 여러 가지가 있지만 우선 '나와 다른 생각을 지닌 친구'를 늘 곁에 두는 것도 좋은 방법 중 하나다. 그저 내 기분을 살피며 달콤한 맞장구만 쳐주는 편한 친구보다는 나와 다른 관점을 가지고 세상을 바라보는 친구, 가끔씩 논쟁적인 토론을 벌일 수도 있고 나와 취미나 성향이 전혀 다른 친구가 있다면 우리는 '내 생각에 대한 생각'을 저절로 할 수 있기 때문이다. 인간의 두뇌는 '나와 다른 것'에 좀 더 격렬하게 반응한다. 나와 다른 사람을 만날수록 더 많은 호기심을 느낄 수 있고, 그 '다름'에 관해 성찰할 기회가 생긴다.

또한 충분한 잠을 통해 '생각이 쉴 수 있는 시간'을 만드는 것도 좋은 방법이다. 경쟁이 일상화되어버린 현대 사회에는 '잠'을 성공의 적으로 생각하는 잘못된 사고방식이 만연해 있다. 하지만 창조적인 사람들에게는 '잠'이야말로 좋은 아이디어를 길러내는 숨은 보물창고다.

꿈속에서 착안한 아이디어로 수년간 속을 썩이던 어려운 실험에 성공한 과학자도 많고, 꿈속에서 떠오른 이야기나 단어로 시나 소설을 써서 훌륭한 작품을 탄생시킨 작가들도 많다. 잠은 '완전한 쉼'이라기보다는 외부 자극을 차단함으로써 '무의식적 생각', 보다 나 자신의 진심에 가까운 생각을 이끌어내는 '또 다른 생각'의 바다이기도 하다. 무엇보다도 좋은 생각을 해낼 수 있는 가장 중요한 태도는 간절함과 절실함이다. 길을 갈 때도 밥을 먹을 때도 심지어 잠을 잘 때도 하나의 생각에 집중하면 언젠가는 좋은 아이디어가 떠오르게 되어 있다.

뒷모습이 아름다운
사람이 되려면

생각에 푹 빠진 사람의 뒷모습은 세상에서 가장
아름다운 '물음표' 같다. 이 물음표들이 모여 좀 더 아름다운 세상이 만들어진다.

···생각을 풍요롭게 만드는 비결,
호기심과 배려···

여행은 쳇바퀴 같은 일상에서 벗어나 '딴생각'을 할 수 있는 무한
한 자유를 주는 인생의 기회다. 잠시 일상의 현실에서 벗어남으
로써, 나와 전혀 다른 생각과 환경 속에서 살아가는 사람들을 만
남으로써 내 생각의 나무를 자라게 하는 토양을 바꿔주는 것이
다. 분갈이를 해줌으로써 화분의 식물을 더 잘 자라게 하듯, 여행
은 생각의 토양을 바꿔주는 적극적인 행위다.
  나이가 들수록 새삼 깨닫게 된다. 생각의 고삐를 놓아줘야 더
좋은 생각이 찾아온다는 것을. 어떤 감정이나 기억에 집착하다
보면 차분히 이성적으로 생각하는 법을 점점 잊게 된다. 내가 느
끼는 모든 감정이 다 소중한 것은 아니다. 때로는 내 '감정'과 싸
우는 '이성'의 힘이 더욱 소중할 때가 있다.
  감정에 치우쳐 여러 번 실수를 하고나서야 나는 깨달았다. 때
로는 한없이 가라앉는 내 기분과 전투를 벌여야 한다는 것을. 내

'기분'의 고삐를 내 '이성'이 틀어쥐지 못하는 순간에 실수나 불상사가 생긴다. 기분에 좌우되는 삶이 아니라 아무리 힘든 상황에서도 멋진 기분을 창조할 줄도 알아야 행복을 쟁취할 수 있다.

우리의 자유로운 생각의 흐름을 가로막는 가장 큰 장애물은 바로 쓸데없는 잔걱정들이다. 실제로 일어나지도 않은 나쁜 일들을 미리부터 걱정하는 것은 새로운 일에 도전하는 데 걸림돌이 될 뿐이다. 보다 큰 감정을 따라가야 한다. 온갖 자잘한 걱정들로 이루어진 복잡한 감정들을 과감히 떨쳐버리고 보다 큰 그림을 그리는 감정, 자신에 대한 믿음을 토대로 한 더 큰 감정을 따라갈 때 우리는 스스로의 더 큰 가능성과 만날 수 있다.

물론 가끔은 '운이 나쁘다'고 느낄 때도 있고, '열심히 해도 왜 되는 일이 없을까'라는 비관적인 생각이 들 때도 있다. 하지만 그럴 때마다 '더 커다란 감정'의 밧줄을 단단히 틀어쥐어야 한다. 나는 궁극적으로 잘해낼 수 있다는 느낌, 나는 사려 깊고 따뜻한 사람이 되고 싶다는 희망 같은 것들이야말로 우리가 따라가야 할 '더 커다란 감정'이다.

나의 경우에는 글을 쓰는 일이 감정 조절에 큰 도움이 된다. 우울할 때는 아예 글을 쓸 수가 없기 때문에 글을 쓰기 전에 감정 조절에 힘쓰곤 한다. 최대한 맑은 정신 상태를 유지하기 위해 산책을 하거나 짧은 명상을 한다. 하지만 때로는 내 우울의 한계를 시험해보고 싶어서 아무도 보지 않는 낙서나 일기를 통해 우울한 순간의 내 생각을 자기검열 없이 자유롭게 표출해보기도 한다.

이렇듯 나만 보는 글쓰기야말로 감정의 비상구 역할을 해서 마음의 무거운 짐을 내려놓게 한다.

생각 중에서도 가장 무서운 것은 오래된 편견이다. 편견은 일종의 감정적 마비 상태를 의미한다. 누군가를 싫어하면 그 사람에 대한 아무리 좋은 정보를 들어도 시큰둥해진다. 균형 감각이 사라지는 것이다. 사람이나 장소에 대한 편견은 더 나은 삶의 기회를 빼앗아가기도 한다. 사람들은 수많은 편견에 사로잡혀 더 멋진 삶의 기회가 스쳐가는 것도 모른 채 그 곁을 지나치곤 한다.

우리의 생각을 풍요롭고 깊이 있게 만들어주는 가장 중요한 요소는 바로 호기심과 배려심이다. 나와 다른 삶을 살아가는 사람에 대한 끊임없는 호기심, 나와 다른 생각을 지닌 이들에 대한 세심한 배려가 '생각이 아름다운 사람'을 만든다. 생각이 아름다운 사람은 웬만한 자극에 나쁜 영향을 받지 않는다. 생각이 아름다운 사람은 힘든 경험을 통해서도 무언가 좋은 에너지를 끌어낸다.

늘 주위 환경을 탓하는 사람, 훌륭한 사람들을 질투하고 깎아내리는 사람, 타인을 이용해 자신의 이득을 취하려는 이들은 생각이 빈곤한 사람들이다. 그들은 삶에 대해 큰 그림을 보지 못하고 세계를 생존경쟁의 정글로밖에 볼 줄 모르기 때문에 결국 어떤 아름다운 생각의 지도도 그릴 줄 모른다. 자신의 미래뿐 아니라 가족의 미래, 친구들의 미래, 공동체의 미래까지 그릴 줄 아는 사람이야말로 아름다운 생각의 지도를 실현하는 사람들이다.

독서란 세상의 숨겨진 진실을
스스로 찾아내는 행복

나의 20대는 수많은 아르바이트의 연속이었다.
하지만 30대가 되어 비로소 쟁취해낸 자유가 있다. 그것은 바로 '책을 읽을 자유'였
다. 언제든 내가 원하는 시간에 책을 읽을 수 있는 자유야말로, 그 모든 '열정페이'의
진정한 보상이었다.

···그 누구도 빼앗아갈 수 없는
나만의 보물···

행복의 뿌리는 무엇일까. 무언가 좋은 일이 실제로 일어난다면
기쁘겠지만 그런 행운은 아무 때나 오지 않는다. 밖에서 좋은 일
이 일어나지 않아도 내 마음이 행복으로 차오를 때가 있다. 외부
의 사건에 영향받지 않는 내면의 행복이야말로 '진짜 내 것'으로
느껴진다.

이럴 때 행복은 고통의 한가운데에 놓여 있다. 계속 좋은 일이
일어나서 기쁜 게 아니라 상황이 좋지 않을 때조차도 '내가 스스
로 힘을 낼 수 있을 때' 행복해진다. 나에게 그런 행복은 바로 책
을 읽을 때 찾아왔다. 그것도 내가 가장 '힘들다'고 느끼는 순간에.

20대 시절, 하루에 아르바이트를 두세 개씩 할 때가 많았는데
그때 너무 힘든 나머지 내가 가르치던 학생 집의 화장실에서 깜
빡 잠이 든 적도 있다. 어떻게든 지상에 나만의 방 한 칸을 구해
야 한다는 생각으로 공부보다는 일에 매달리던 시절이었다. 그런

데 그 시절 나를 버티게 해준 것은 '집에 가면, 내가 사랑하는 책을 읽을 수 있다는 믿음'이었다.

낮에는 학교에서 수업을 듣고, 밤에는 아르바이트를 뛰느라 절대적으로 잠이 부족했지만 밤 12시가 넘어 집으로 향하면서도 나는 '집에 가면 어제 읽던 그 책을 마저 다 읽을 수 있다'는 희망에 부풀어 올랐다. 때로는 소설이, 때로는 시집이, 때로는 철학책이 영혼의 오아시스가 되어주었다. 지하철에서 책을 읽다가 정거장을 놓친 적도 여러 번이었다. '나는 왜 이러지?' 하고 스스로를 야단치면서도 더 깊은 마음속으로는 '그래도 책을 읽을 수 있어서 행복하다'라는 생각에 웃음이 나왔다.

나는 그때 분명 힘든 시간을 겪고 있었지만 소설 속에는 나보다 더 힘들게 인생을 헤쳐 나가는 주인공들이 있었다. 철학책 속에는 나보다 훨씬 더 심각한 문제를 화두로 짊어지고 씨름하는 철학자들이 있었다. 책을 읽는 시간 자체가 턱없이 부족했기에 '책을 읽을 수 있는 시간'이 어느덧 최고의 보물이 됐다.

다른 사람이 쓴 책을 읽고 또 읽다 보니 나도 이런 책을 쓰고 싶다는 열망이 저절로 피어올랐다. 대학원에서 발표 시간이 있을 때마다 며칠 밤씩 잠을 이루지 못하는 때가 다반사였다. 한 편의 글을 쓰기 위해 몇 달 동안 매달려도 그 시간들이 전혀 아깝지 않았다. 버스에서도 지하철에서도, 때로는 걸어가면서도 책을 펼치고 '내 마음의 길'을 물었다. 서평이나 에세이 같은 글을 쓸 수 있는 기회가 오면 잠을 줄여서라도 반드시 써내곤 했다. 내게는 모

생각이 아름다운 사람이 되고 싶다

든 하루일과가 끝나고 집에서 책을 읽거나 글을 쓸 수 있는 그 시간이 사막의 오아시스처럼 더없이 소중했다.

그때는 '행복'이라는 단어를 차마 쓸 수 없었다. 하지만 그 힘겨운 시간들이 지나고 나서야 '행복'이란 '폭풍의 눈'처럼 어떤 힘겨운 시간의 소용돌이 한가운데 비밀같이, 기적같이 가로놓여 있는 것임을 깨달았다. 폭풍은 사납고 매섭지만 폭풍의 눈 속은 거짓말처럼 맑고 화창하듯이. 내가 사랑한 행복의 얼굴도 엄청난 소란과 믿을 수 없는 혼란 속에서, '내가 발 디딜 수 있는 단 한 조각의 땅'이 남아 있다는 절박함 속에서 잉태됐다.

책을 읽으며 한 줄 한 줄 마음에 보석 같은 문장들을 아로새기는 기쁨. 세상이 힘주어 가르쳐주지 않아도 내가 직접 나서서 세상의 숨겨진 진실을 찾아보는 기쁨. 이런 기쁨은 누구도 함부로 빼앗아갈 수 없는, 내면의 요새 깊숙이 간직된 보물이 아닐까.

나는 매일 그 내면의 창고 속에 차곡차곡 쌓인 마음의 알곡들을 힘들 때마다, 배고플 때마다, 슬플 때마다 꺼내 먹으며 '내 안에 차오르는 힘'을 느낀다. 누군가 나에게 편안하게 배달해주는 수동적인 행복이 아니라 내가 내 힘으로 싹을 틔우고, 물을 주고, 마침내 열매를 캐내는 이 행복이 좋다.

우연

···마음껏 부서지고, 무너지고,
깨질 준비를 하자···

…삶을 사랑하는 자의
여행법…

나에게 '우연의 묘미'를 가르쳐준 최고의 경험은 바로 여행이다.
1년에 한두 번씩은 꼭 배낭여행을 떠났던 지난 10여 년의 경험이
없었다면 내 삶은 전혀 달랐을 것이다. 지금 여기에 너무도 편안
하게 안주하는 삶으로 말이다.

여행은 내 안의 또 다른 나를 끌어냈다. 정해진 스케줄에 따라
움직이지 않으면 반드시 좋지 않은 결과가 있을 거라고 생각했던
내게 여행은 가르쳐주었다. 어떤 계획이 없는 곳에서 오히려 더
멋진 일이 일어날 수도 있다는 것을. 새로운 사람을 만나는 것을
두려워하고, 뭐든 새로운 것은 불안하다고 믿었던 내게 여행은
가르쳐주었다. 안정감도 익숙함도 없는 곳에서 삶의 진짜 환희가
시작될 수 있다고. 내가 여행을 떠나는 이유는 '더 멋진 장소를
찾아다니기 위해서'라기보다 '평소와 다른 나 자신을 만나고 싶
어서'였다.

우리는 그동안 모든 것을 너무 '잘해내기' 위해 애쓰지 않았던가. 솔직히 나는 여행할 때 정말 엉뚱한 실수들을 많이 한다. 그 과정이 참 재미있다. 잘 모르기 때문에, 조금은 얼뜨고 서툴러 보이기 때문에 오히려 많은 것을 느낄 수 있어서다.

나는 '이곳에 대해 아무 것도 모른다'는 기분으로 떠난다. 일단은 '난 아무 것도 몰라, 그러니 아무 것도 욕심내지 말자'라는 기분으로 간다. 우리 마음에는 '더 잘 보고, 더 많이 경험하고, 더 대단한 무언가를 보고 싶은 욕심'이 남아 있기 마련이다. 그 욕심을 조금이라도 가볍게 하는 게 내 여행의 비결이 아닐까 싶다.

어떤 여행지에 가도 통하는 것은 '서툰 표정'과 '잘 모르겠다'는 제스처다. 아무리 무뚝뚝한 사람들도 '나는 잘 모르겠는데 조금 가르쳐주실 수 있을까요?'라는 표정 앞에서는 마음이 누그러진다. 우리는 평소에 너무 많이 '아는 척'해야 하고, 모르면 창피당하는 분위기에서 살아가다 보니 이 '모르겠다는 표정'이 처음에는 잘 지어지지도 않고, 자칫 부끄럽다는 기분이 들 수도 있다. 그런데 나는 정신을 바짝 차리는 여행보다는 '아무것도 모르니까 모든 것이 다 새롭겠지?' 하는 생각으로 다녀온 여행이 훨씬 좋았다.

점점 힘을 빼고 다니다 보니 이제는 거의 무념무상인 상태로 여행을 떠나는 게 최고임을 알 것 같다. 우리는 그동안 너무 많은 행동에 스스로 점수를 매겨오지 않았는가. 그런 긴장된 마음을 조금 내려놓아도 괜찮지 않을까.

사실 나는 '공부하는 기분으로 떠나는 여행'에 너무 익숙해져서 '놀이하는 여행'의 기쁨을 잘 몰랐다. 하지만 시간이 지날수록 '쉬는 법을 아는 사람'이야말로 인생에서 가장 소중한 지혜를 아는 사람임을 깨닫는 중이다.

　얼마 전에 '삶을 사랑하는 자의 여행법'이라는 주제로 한 도서관에서 강의를 했는데, 초등학생 아이를 둔 어머니 한 분이 이런 질문을 했다. "우리 아이가 역사에 관심이 많아요. 아이와 함께 유럽을 여행하고 싶은데, 그 나라의 역사나 예술에 대해 아이가 잘 배우려면 여행 계획을 어떻게 세워야 할까요?"
　이런 고민을 하는 학부모들이 꽤 많은 것 같다. '여행하면서 공부하는 것'이 물론 재미있지만 '공부에 도움이 되는 여행'을 계획하기보다는 조금은 욕심을 버리는 게 훨씬 창조적인 여행이 될 듯하다. '공부를 시켜야겠다'는 마음으로 여행을 하는 게 엄마와 아이 모두에게 엄청난 스트레스가 될 수 있기 때문이다.
　여행을 떠날 때는 '정말 놀자'는 기분으로 홀가분하게 떠나는 게 낫지 않을까. 여행 중에 문득 자연스럽게 떠오르는 질문에 대답해주는 게 훨씬 현장감 넘치는 교육이 될 테니 말이다. '공부를 해야 한다'는 목적의식이 가득한 여행보다는 '우선 마음껏 쉬고, 놀며, 자연스럽게 세상을 구경하는 여행'이 아이의 마음을 한껏 열어줄 것이다.
　여행의 기쁨은 '준비된 스케줄'보다는 준비되지 않은 마음일 때 뜻밖의 체험이나 인연을 통해 찾아온다. 영국의 카디프에서 재래시장을 구경하던 나는 한 할머니가 신들린 솜씨로 빵을 반죽

하는 모습을 보고 넋을 잃은 적이 있다. 그런 나를 본 한 아주머니가 내 등을 떠밀며 이렇게 말했다. "빵을 눈으로 먹을 기세네. 빵은 입에 넣어야 제 맛이지. 어떻게 눈으로 빵을 먹겠어요. 구경만 하지 말고 어서 들어가서 사 먹어요. 정말 끝내주는 맛이라우." 분명 영어였지만 나에게는 정말 이런 뉘앙스로 들렸다. '정말 끝내주는 맛이라우' 하는 그 느낌이 얼마나 정겹고 반갑던지.

그렇다. 어떻게 빵을 눈으로 먹을 수 있겠는가. 혀에 감겨드는 맛, 향긋한 반죽 냄새, 보송보송한 질감까지 직접 손으로 만져보고 코로 맡아보고 입속으로 집어넣어야만 알 수 있는 그 '여행의 맛'을 나는 게으르고 편리하게 '눈으로만' 보려고 했던 것이다. 그 아주머니의 멋진 조언 덕분에 나는 여행의 참맛을 더욱 진하게 느낄 수 있었다. 나는 여행 속에서 무언가를 '보려고, 알려고, 분석하려고' 하는 버릇을 버리지 못했던 것이다.

눈으로만 보려 하지 말고 뛰어들고, 만져보고, 부딪혀보아야 한다. 치밀한 계획을 세우는 것보다는 온갖 돌발 상황과 우연에 몸을 맡기는 게 나에게는 가장 '적성에 맞는' 여행의 기술이었던 셈이다.

나처럼 내성적인 사람은 여행이 더더욱 절실하다. 세상을 책이나 영화로만 배웠던 나는 직접 발로 뛰고, 실수하고, 길을 잃고, 누군가에게 물어봐야만 다음 행동을 결정할 수 있는 위급한 상황들을 거쳐, '멀리 떠나야만 비로소 알 수 있는 나 자신의 또 다른 모습'을 봤기 때문이다.

지구의 시점에서는 오직 달의 한쪽 면만 볼 수 있는 것처럼, 오랫동안 멀리 떠나보기 전에는 나는 나 자신의 한쪽 면만 알고 있었던 것 같다. 나는 그저 '열심히 사는 것' 말고는 아무 비결이 없는 재미없는 사람이었지만, 여행을 통해 '가끔은 확 풀어지고 싶은 나, 좀 실수해도 괜찮은 나, 많이 모자라지만 지금 이 모습 그대로 소중한 나'를 알게 됐다.

그럼에도 불구하고 우연에만 맡길 수는 없는 내 여행의 기술 한 가지가 있기는 하다. 그것은 여행지를 '정보'로서 접근하는 게 아니라 '이야기'로 접근하는 것이다. 나는 이 도시에 가면 어떤 이야기가 기다리고 있을까, 이 도시에 가면 어떤 소설이나 시가 어울릴까를 생각하며 여행을 떠난다.

꼭 프라하에서 카프카를 만나고, 파리에서 빅토르 위고를 만나지 않아도 좋다. 어떤 '계획'을 충족시키기 위해 여행을 떠나는 게 아니라 어떤 '감수성'을 실험하기 위해 여행을 떠나는 게 좋다. 기형도의 시집을 들고 제주도로 떠나고, 헤르만 헤세의 소설을 읽으며 기차를 타도 좋다.

나는 '배우고 익힐 준비'보다는 '느끼고, 부서지고, 넘어질 마음의 준비'를 하고 떠난다. 조금씩 '또 다른 나, 나도 몰랐던 나, 일상에 파묻혀 결코 알 수 없는 세상'의 모습을 배운다. 사랑의 미칠 듯한 설렘은 연애 초기밖에 느낄 수 없지만 여행의 설렘은 아무리 많이 떠나도 쉽게 마모되지 않는다. 그리하여 모든 여행은 예측 불가능의 실험이자 눈부신 설렘의 기록이 된다.

눈 깜빡할 새에 스쳐지나가는,
아름다움

이런 순간은 정말 순식간에 지나간다. 이 사랑
스러운 베를린의 연인을 볼 수 있었던 시간은 불과 몇 초. 순식간에 흘러가버린 그
찰나의 아름다움이 우연의 소중함을 더욱 찬란하게 빛내준다.

…머리가 아닌 발자국이
주인이 되는 시간…

머릿속이 난마처럼 얽혀버린 시간, 어떤 위로로도 불안한 마음이 좀처럼 가라앉지 않는 시간. 그럴 때 나는 무작정 산책을 나간다.

한낮의 산책도 좋지만 가장 매혹적인 산책은 역시 밤중이다. 사람들의 구체적인 얼굴선보다는 멀리서 다가오는 사람의 희미한 실루엣이나 앞서가는 이의 뒷모습이 더 잘 보이는 시간. 외출복으로 갈아입을 필요도 없이 그저 편안한 티셔츠 차림으로 누구의 눈치도 보지 않고 어슬렁거릴 수 있는 시간.

일감의 실마리가 영 풀리지 않을 때, 차라리 살짝 포기하는 심정으로 무작정 산책을 나가면 신기하게도 돌아오는 골목 어귀에서 싱그러운 착상이 떠오르곤 한다.

밤 산책은 목적이 없을수록 좋다. 쓰레기봉투를 사러 나간다든지, 비누나 치약을 사러 나가는 정도의 가벼운 목적을 넘어서지 않는 게 좋다. '건강을 위해 열심히 걸어야겠다'는 욕심도 금물이다. 건강 자체가 또 하나의 강박이 되어버리기 때문이다. 별다른 목적이 없는, 정처 없는 발걸음은 우리의 '머리'가 아닌 '발자국'으로 사유하는 법을 일깨워준다.

사랑의 진실성을 체크하는 방법도 '그 사람과 얼마나 오랫동안 함께 걷고 싶은가'로 판별할 수 있을 것 같다. 포옹하고 싶은 사람, 밤을 보내고 싶은 사람, 키스하고 싶은 사람은 바뀔 수도 있지만 언제까지나 세상 끝까지라도 함께 걷고 싶은 사람은 결국 하나가 아닐까.

〈비포 선라이즈〉, 〈비포 선셋〉, 〈비포 미드나잇〉 시리즈로 전 세계 영화팬들을 열광시킨 감독 리처드 링클레이터의 천재성도 바로 이 은밀한 걷기 예찬에 있는 것 같다. 셀린(줄리 델피)은 첫 만남 이후 9년 만에 제시(에단 호크)를 만나 고백한다. 유럽 횡단 열차에서 충동적으로 너를 따라 내려 비엔나의 땅을 밟는 순간, 너와 함께하게 될 것을 예감했다고.

연애가 시작되는 순간은 '우리 사귀자'고 청유하는 순간일 수도 있고, 돌발적으로 첫 키스를 하는 순간일 수도 있고, 수줍게 상대방의 손을 잡는 순간일 수도 있다. 하지만 상대방과의 합의로 시작되는 연애가 아니라 내 마음속에서 사랑이 시작되는 순간은 조금 다른 것 같다.

그 사람과 함께 하염없이 걷고 싶어지는 순간. 와글거리는 인파 속에서 다른 사람들은 저 멀리 떨쳐내버리고, 다만 그 사람과 단 둘이서 걷고 싶어지는 순간. 그 순간이 내 마음속에서 사랑이 시작되는 순간이었다.

〈비포 선라이즈〉시리즈를 20년에 걸쳐 보면서 나는 생각했다. 오랫동안 함께 걷고 싶은 사람을 절대로 놓치지 않는 것. 그것이 연애의 욕망을 넘어선 사랑의 뜨거운 본질이 아닐까. 〈비포 미드 나잇〉에는 흥미로운 대사가 나온다. "우리 단둘이 이렇게 걸어본 게 얼마만이지?" 늘 육아와 가사 노동에 쫓기느라 단둘이 걸어 다닐 여유조차 없어져버린 셀린과 제시의 삶. 그들은 '결혼'에 충실하느라 문득 '사랑'에 소홀해져버린 자신들의 과거를 돌아본다.

오늘도 하루 종일 일거리를 싸안고 씨름하다가 도저히 풀리지 않아 포기하는 마음으로 밤 산책을 나갔다. 풀리지 않던 마음속의 화두들이 조금씩 기지개를 켜기 시작했다. 잠들어 있던 내 '산책자의 발'은 '고집스레 앉아만 있던 나의 머리'를 향해 자꾸만 낯선 말을 걸었다. 그리고 잠시나마 일에 찌들지 않고 한가로이 밤 산책의 묘미를 즐기는 다른 사람들을 볼 수 있었다.

뾰족한 하이힐과 무거운 서류 가방과 저마다 손에 들고 있던 스마트폰도 보이지 않았다. 사람들은 맨손으로 아무런 준비물 없이 수풀이 우거진 마을의 오솔길을 찬찬히 걷고 있었다. 우리 동네에서 천국의 페스티벌이 시작되는 순간은 바로 이때구나. 자동차의 경적 소리도, 휴대전화 가게의 호객 행위 소리도 들리지 않는 시간. 풀벌레 소리와 개울물 흘러가는 소리가 오롯이 제 목소리를 연주하는 순간. 어디론가 멀리 여행을 떠나지 않아도 우리가 사는 평범한 동네가 천상의 놀이터가 되는 순간이다.

누구의 눈치도 볼 필요 없이
그저 어슬렁거리는 시간

마르세이유의 밤거리를 산책하다가 그야말로
우연히 만난 한여름 밤의 페스티벌. 이 순간만은 모든 것을 잊고, 눈부신 우연의 축
제 속으로 뛰어들어보자.

…작고 사소한 것들이
빛나는 순간…

혼자 여행을 떠나면 작은 것들의 소중함을 더욱 절실히 느끼는 순간이 있다. 작년에 좀 더 집중해서 글을 쓰기 위해 제주도로 혼자 여행을 떠난 적이 있다.

제주국립박물관에서 골똘히 전시물들을 관람하고 있는데 문득 요란한 빗소리가 들렸다. 빗줄기가 자못 굵어져 어쩔 수 없이 택시를 불렀다. 택시를 타러 잠깐 나가는 사이에도 온몸이 흠뻑 젖을 것만 같은 엄청난 양의 비가 퍼부었다.

박물관 직원에게 사정을 말하자, 그분이 우산을 빌려주겠다고 했다. 그런데 그날은 공교롭게도 우산이 하나밖에 없어서 내가 우산을 빌리면 다른 사람에게는 혜택이 돌아갈 수 없는 상황이었다. 내가 난감한 표정을 짓자 그분은 퍼뜩 생각이 난 듯 이렇게 말하는 것이었다. "그럼 제가 택시 타시는 곳까지 모셔다드릴게요."

처음 보는 사람인데 단지 박물관에 찾아온 관람객이라는 이유만으로 자기 시간을 쪼개주는 그 마음이 참으로 어여뻤다. 나는 감사한 마음으로 무언가 작은 선물이라도 드리고 싶었으나 그분은 괜찮다며 얼른 목적지로 안전하게 가시라며 손사래를 쳤다.

바로 이런 순간이 '작은 친절이 커다란 행복을 만드는 순간'이다. 돌이켜보면 내 여행의 8할은 타인의 조건 없는 친절로 인해 그 헤맴과 비틀거림의 피로를 잊을 수 있었던, 감사와 축복의 시간들로 가득했다.

영화를 볼 때도 줄거리뿐 아니라 아주 섬세한 디테일이 마음을 울릴 때가 있다. 오래전에 본 영화 중에 미셸 파이퍼와 조지 클루니 주연의 〈어느 멋진 날〉이라는 작품이 있다.

싱글맘이자 워킹맘으로 힘들게 살아가는 멜라니(미셸 파이퍼)는 우여곡절 끝에 신문기자인 잭(조지 클루니)과 그의 딸을 만나게 되고, 서로가 바쁘게 일하는 하루 동안 각자의 아이들을 서로 맡아주기로 한다.

멜라니의 아들과 잭의 딸이 같은 반 학생이었는데, 학급 전체가 여객선을 타고 소풍을 가는 날 아침에 늦는 바람에 두 사람 다 배를 놓쳐버린 것이다. 자기 아들을 데리고 다니며 인생이 걸린 중요한 프레젠테이션을 준비하는 것도 힘든 판국에, 처음 보는 낯선 남자의 딸까지 돌봐줘야 하다니, 멜라니는 걱정이 이만저만이 아니었다.

하지만 그 바쁜 와중에 아주 잠깐 천국처럼 한가한 시간이 생긴다. 바로 처음 보는 기자 잭에게 자기 아들을 맡기고, 프레젠테

이션을 준비하러 가는 택시 안이다. 그 택시 안에서 바라보는 세상은 어찌나 눈부시게 아름다운지. 멜라니는 방금 놓쳐버려 발을 동동 구르던 바로 그 유람선이 유유히 바다를 향해 힘차게 나아가는 모습을 보게 된다.

5초도 안 되는 짧은 순간이었지만 그때 멜라니의 눈빛에서 '작은 천국'이 보였다. 이렇게 바쁘게 살아가는 날 속에서 이 잠깐의 휴식이 나에게 필요했던 거구나. 내 아들, 내 직장, 내 스케줄을 챙기느라 정작 나 자신을 돌보지 못했구나. 이런 깨달음이 그녀의 눈빛을 스쳐가는 것 같았다. 어쩌면 나에게도 그런 잠깐의 휴식이 필요했기에 그 장면이 더욱 절절하게 다가왔던 것은 아닌가 싶다.

줄리아 로버츠 주연의 영화 〈내 남자친구의 결혼식〉에도 이렇게 사소하지만 잊을 수 없는 장면이 나온다.

줄리는 요리 칼럼을 쓰는 비평가다. 항상 '친구와 연인 사이'였던, 그래서 늘 자신의 곁에 있어주리라 믿었던 마이클이 갑자기 다른 여자와 결혼을 하겠다고 선언하자, 그녀는 그야말로 패닉 상태에 빠진다. 스물여덟 살이 될 때까지 서로 짝을 찾지 못하면, 그땐 우리 그냥 결혼하자고 약속했던 바로 그 마이클이 킴(카메론 디아즈)이라는 어린 여대생과 결혼을 한다고 하자 줄리는 '자신에게 진짜 소중한 존재'가 누구인지를 뒤늦게 깨닫는다. 게다가 처음 보는 킴이 줄리가 마음에 든다며 자신의 결혼식에 들러리 역할을 해달라고 부탁까지 하자, 줄리는 더욱 난처해진다.

그녀는 이 결혼을 막기 위해 왔는데, 다른 여자가 아닌 '자신'을 선택해달라고 고백하려고 왔는데, 그 결혼식을 도와주어야 할 임무를 떠맡게 되어버리다니. 게다가 킴이 보면 볼수록 정말 '괜찮은 사람'이라는 것을 알게 되자 줄리는 심장이 타들어가는 듯한 질투심을 느낀다.

이런 줄리의 애타는 마음을 여전히 모르는 마이클은 유람선을 타고 도시를 구경시켜주며 두 사람이 함께했던 옛 추억을 회상하고, 줄리에게 대뜸 춤을 신청한다. 그러면서 아주 잠깐 동안이지만 두 사람은 꿈같은 춤을 추게 된다.

음악도 없고 무대도 없지만 두 사람은 사람들이 북적거리는 유람선 위에서 조용히 춤을 춘다. 그들이 느닷없이 춤을 춰도 아무도 이상하게 생각하지 않는 그 자연스러운 분위기도 참 좋았다. 마이클은 두 사람의 추억이 서린 올드 팝을 나지막이 부르고, 그 노래의 감미로운 곡조에 맞춰 춤을 추는 줄리의 눈에는 어느덧 뜨거운 눈물이 고인다.

그 사람은 알지 못하지만 나만은 알고 있는 이 애타는 마음. 붙잡을 수 없을 것을 알면서도, 지금이 마지막 기회라는 것을 알기에 그를 향한 마지막 고백을 멈출 수 없는 줄리의 안타까운 마음이 그 몇 초의 시간에 조용히 폭발하는 순간이었다. 영화 전체는 로맨틱 코미디인데 그 작은 장면만은 세상에서 가장 슬픈 멜로 영화 같았다.

나는 바로 이런 순간들이 좋다. 때로는 전체의 맥락과 조금은 동떨어져 있는 것처럼 보일지라도, 섬세한 디테일이 이야기 전체보다 오히려 더 큰 힘을 발휘할 때가 있다. 그럴 때야말로 '사소한 것들이 결코 사소하지 않음'을 깨닫는 순간이다. 본질적으로 '사소한 순간'이란 없으며 우리가 깨어 있는 모든 순간들을 소중히 여겨야만 한다는 것을 새삼 느낀다.

요새는 강연 때문에 지방에 갈 일이 많다 보니 '마중'과 '배웅'의 소중함을 더욱 크게 느낀다. 누군가 마중을 나와 주면 그렇게 고마울 수가 없다. 마중 나올 때는 '반갑긴 하지만 낯선 사람'이었던 분들이, 배웅 나올 때는 '이제 아주 많이 친밀해진 그 느낌'이 참 좋다. 들어갈 때는 이방인이었는데, 나올 때는 친구가 된 것 같아서 마음이 더욱 따뜻해진다.

작아 보이는 것들이 결코 작지 않음을 느끼게 되는 순간. 사소한 마음들이 모여 커다란 기쁨을 만들어내는 바로 이 순간들이 참으로 아름답고 소중하다.

뜻밖의 우연 속에서 삶의 진실을 깨닫기 위해서는 일단 절대적 시간의 여유가 필요하다. '우연을 받아들일 준비'가 가장 많이 되어 있던 시간은 대학 시절이었다. 그 시절을 돌아보면 항상 어떤 감정의 결핍에 시달렸던 기억이 떠오른다. 항상 누군가가 그리웠고, 많은 사람들 속에서 더욱 외로웠으며, 아무리 책을 읽어도 지적 허기에 시달렸다.

방학은 즐겁다기보다 그 영혼의 허기를 더욱 심화시키는 괴로운 시간이었다. 정해진 스케줄이 없으니 나만의 스케줄을 만들어야 하는데, 나는 어떻게 시간을 창조적으로 보내야 하는지 알지 못했던 것이다. 하지만 돌이켜보면 뜻밖에 행복했던 시간, 그 순간에는 힘들었지만 지나고 나니 소중함을 깨닫는 시간도 바로 그런 영혼의 허기와 싸우던 날들이었다.

기억 속의 방학 중 가장 힘들었던 시절은 친한 친구나 선배들이 모두 입대하거나 어학연수를 떠나버린 4학년 때였다. 방학 때도 하루가 멀다 하고 만나거나 전화통을 붙잡고 지내던 친구들이 모두 한꺼번에 약속이나 한 듯이 내 곁을 떠나버린 그해 여름. 그 모든 떠남은 저마다의 우연이었지만 그때 내가 느꼈던 뼈저린 고독은 내가 반드시 내 힘으로 통과해야만 했던 필연이었다.

대학 4학년이었던 나는 그때 엉뚱하게도 처음으로 농활에 참여했다. 그전까지는 차일피일 미루면서 늘 상상만으로도 힘들어했던 농활을, 친구들이 모두 제각각 떠나버린 후 나이 어린 후배들과 함께하게 된 것이다.

내가 농활을 떠났던 곳은 담배 농사를 주로 하는 곳이었다. 그런데 담뱃잎을 나르는 일을 했던 나는 겨우 이틀 만에 병이 나서 할 수 없이 혼자 터덜터덜 시골길을 걸어 생애 최초의 농활에서 철수해야 했다. 밭에서 막 캐온 고구마와 서툰 솜씨로 우리 스스로 해먹던 엉망진창 아침밥은 얼마나 맛있었는지. 별다른 고마움의 표시 없이 먹고 마시는 음식들이 얼마나 소중한지를 온몸으로 깨달은 순간이기도 했다.

그때 나는 한 소녀를 알게 되었는데, 무슨 충동에 이끌렸는지 그 아이의 초상화를 그리게 됐다. 아이들과 함께하는 자유 시간에 나는 여기저기 흩어져 있는 스케치북과 연필을 발견하고 무작정 한 소녀를 그렸다. 소녀는 태어나 처음으로 그림의 모델이 되었고, 나는 태어나 처음으로 초상화를 그렸다.

그 두 시간 정도의 시간 동안 나는 모든 외로움을, 모든 불안을, 모든 슬픔을 잊었다. 그 경험이 너무도 강렬해서 그 아이의 얼굴은 가물가물하지만 내가 그렸던 초상화의 연필 터치는 지금도 생생하게 기억날 정도다.

농활이 끝나고 나서도 그 초상화 속의 소녀는 나에게 사랑스러운 손편지를 보내기도 했다. 전에는 한 번도 어떤 사람의 얼굴을 그렇게 자세히 관찰한 적도, 애정을 가지고 표현하려 한 적도 없었다. 나는 실물보다 예쁜 그림을 그리려고 했던 게 아니라 '내 눈에 보이는 한 사람'의 얼굴을 있는 그대로 그리고 싶었다. 그 꾸밈없고 서툰 그림을 마치 보물단지라도 되는 듯 소중하게 간직해준 소녀를 향한 애틋한 마음은 지금도 고스란히 간직하고 있다. 무엇을 해야 할지 몰라 갈팡질팡했던 그 수많은 방학보다도 단 2박 3일의 농활이 준 기억이 내게는 훨씬 더 강렬했다.

'평소의 나와는 전혀 다른 나'를 만날 수 있는 시간이야말로 어떤 자기계발보다 더욱 아름다운 '자기와의 만남'이다. 소중한 여름방학을 단지 스펙 쌓기나 아르바이트만으로 힘들게 보낼 게 아니라 짧더라도 '새로운 나 자신'과 만날 수 있는 시간으로 한 땀한 땀 수놓아보면 어떨까.

우연한 일들에는 위험만 숨어 있는 게 아니라 짜릿한 행복도 숨어 있다. 두려움을 벗어던지고 새로운 사람, 새로운 공간을 만나보자. 우리는 늘 비슷한 사람들을 만나고 늘 비슷한 사극들에 익숙해 있다. 영어가 아닌 다른 외국어를 배워보는 것도 좋을 것이다. 하나의 낯선 외국어를 배운다는 것은 '가갸거겨'부터 말 배움을 새로 시작하는 것이며, 아기의 걸음마부터 인생을 다시 시작하는 것과 다르지 않기 때문이다.

새로운 공간에서 새로운 사람과 만나며 '익숙한 습관'이 아니라 '낯선 자극'을 통해 나도 모르고 있던 나 자신의 새로운 모습을 알아가는 시간을 가져보자. 미래에 대한 불안, 세상에 대한 두려움, 나 자신에 대한 불만까지도 모두 잊게 만드는 것. 그것이 나를 행복하게 만드는 일이다. 나도 모르게 어떤 일에 미친 듯이 열중해서 자신의 한계를 자신도 모르게 뛰어넘게 만드는 것. 그것이 우리에게 주어진 시간을 멋지게 보내는 마음의 기술이다.

때로는 그 시간에 아픔과 슬픔이 함께할 것이다. 하지만 그 시간이 정말로 '나는 누구인가'를 제대로 묻게 만든다면, '어떻게 살아야 할 것인가'를 다시 생각하게 만든다면 그 모든 아픔조차 눈부신 축복이자 아름다운 영혼의 성장통이 될 것이다.

PART 4

평생 후회할 일을
저지를 때,
비로소 어른이 된다

순간

···'오늘'을 아무 조건 없이
사랑할 수 있다면···

…'현재'라는 이름의
눈부신 선물…

연말을 맞이하는 기분은 묘하게 설레면서도 한편으로는 착잡하다. 설렘은 다가오는 크리스마스나 연말연시의 시끌벅적한 분위기 때문이고, 착잡함은 '이제 또 한 살 더 먹어야 한다'는 부담감 때문일 것이다. 모든 것을 좀 더 잘해냈어야 하는데 하는 안타까운 미련 때문이리라.

몇 년 전 런던의 박물관에서 피카소의 그림을 본 적이 있다. 〈비둘기를 안고 있는 아이〉라는 작품이었다. 피카소가 위대한 작가라는 것은 귀에 못이 박히도록 들었지만, 그의 수많은 작품 중에서도 이렇게 내 마음에 직접 생생하게 호소하는 그림은 처음이었다.

작은 고사리 손에 눈부시게 새하얀 비둘기를 살포시 감싸 안은 아이는 하늘에서 내려온 천사처럼 아름다웠다. 아이는 비둘기가 마치 세상에서 가장 소중한 존재인 양 조심조심, 행여 다칠세라 살

그머니 감싸 안고 있다. 나는 그림에서 눈을 뗄 수 없어서 한참을 꼼짝 않고 서 있었다. 그 그림을 하염없이 바라보는 시간이 너무 소중한 나머지, 시간이 멈춰주었으면 하는 생각이 들 정도였다.

그 그림을 꼭 한 번 다시 보고 싶어서 작년에 그 미술관을 찾아 갔다. 하지만 그림은 감쪽같이 사라지고 없었다. 나는 다급한 마음에 박물관 직원에게 물었다. 직원은 안타깝게도 박물관 재정이 어려워 다른 나라에 그림을 팔았다고 했다. 내 간절함의 크기만큼, 충격도 컸다. 피카소의 그림을 직접 본 그 순간의 감동은, 일생에 단 한 번 느낄 수 있는 축복이었던 것이다.

이렇게 '최고의 순간'은 단 한 번뿐일 때가 많다. 돌아보면 소중했던 시간은 항상 '바로, 여기'에 온전히 집중할 수 있는 때였다. 그런데 인간의 마음은 참으로 오묘해서 힘겨운 시간은 한없이 더디게 가는 듯하고, 행복한 시간은 눈 깜짝할 새에 사라져버리는 것만 같다.

아이들을 보면 더더욱 그렇다. 몇 달 전까지만 해도 내 두 팔로 안아 올려 하늘 높이 헹가래를 칠 수 있었던 나의 막내 조카가 이제는 안아 올리기조차 힘들 만큼 커버렸다. 걸음마를 하고 옹알이를 하며 재롱을 부리던 때가 엊그제 같은데, 이제는 곧잘 "오늘 사탕 한 개도 안 먹었어요"라며 거짓말도 하고, 어른들에게 "차 조심하세요"라고 충고도 하는 어엿한 소년이 됐다. 아기가 방글방글 웃으며 내 품 안에 안겨 있던 그 순간이 바로 '다시 돌아올 수 없는, 단 한 번뿐인 현재'였던 것이다.

호소다 마모루 감독의 애니메이션 〈시간을 달리는 소녀〉에는 잊을 수 없는 명장면이 등장한다. 미래에서 온 소년 치아키가 여주인공 마코토에게 자신이 왜 "지금, 이 시간"으로 타임 리프를 했는지 설명한다. 자신이 정말 좋아하는 그림이 하나 있는데, 그 그림이 미래에는 사라져버려 찾을 수가 없었다고. 오직 마코토가 살고 있는 지금, 이 시대에만 이 그림이 건재하다는 것을 알고 이 시간으로 타임 리프를 한 것이라고.

그 아름다운 그림보다 더 눈부신 시간이 있었다. 바로 마코토와 함께 자전거를 타고, 야구를 하고, 노래방에 가고, 달리기를 하고, 시시한 농담을 하던 그 모든 평범한 시간. 바로 소중한 누군가와 함께하는 그 시간이었다. "돌아갔어야 했는데, 벌써 눈 깜짝할 새에 여름이 됐어. 너희랑 있는 게 너무 즐거워서."

행복했던 그 시간은 왜 이토록 짧고 덧없을까. 이제 치아키가 다시 미래로 돌아갈 시간이 되자 마코토는 터져 나오는 눈물을 참으며 이렇게 속삭인다. 네가 좋아하는 그 그림을 내가 어떻게든 지켜보겠다고. "다신 사라지거나 불타거나 하지 않고 네가 사는 시대에도 남아 있게끔, 어떻게든 해볼게."

하지만 마코토는 아무리 타임 리프를 해서 '그때 그 시간'으로 돌아가도 그 시간과 똑같이 느끼고, 생각하고, 행동할 수는 없다는 것을 깨닫는다. 마코토는 치아키와 함께할 수 없는 시간을 씩씩하게 견디기로 한다. 지금 현재, 눈부신 햇살을 받으며 아이들과 야구를 하는 바로 이 시간에도, 치아키는 미래의 어느 시간에서 자신을 기다리고 있으리라 믿으며.

마코토의 현재는 치아키의 미래와 이어져 더 커다란 '우리들의 현재'로 거듭난다. 정말 그렇다. 누군가를 간절히 그리워하면 그와 함께할 수 있는 지금, 여기, 현재의 시간이야말로 세상 무엇과도 바꿀 수 없는 '선물'이 된다.

우리가 현재에 만족하지 못하는 이유는 불안과 조급한 마음 때문이다. 하지만 그 불안과 조급증의 원인을 살펴보면, 불안해한다고 해서, 조급해한다고 해서 해결되는 것은 아무 것도 없음을 알 수 있다.

오히려 '항상 불완전하지만, 항상 최선을 다하고 싶은 나 자신'을 향해 진심어린 칭찬을 해주는 게 어떨까. 오늘도 참 열심히 살았구나. 올해도 참 쉴 새 없이 달려왔구나. '현재를 사랑한다'는 것은 단순히 '지금 행복하다'는 느낌에 그치는 게 아니라 '지금 이 순간이 오직 한 번뿐이라는 것'을 매순간 잊지 않고 최선을 다하는 실천을 통해서만 완성되는 행위다.

당신이 '오늘'을 아무런 조건 없이 사랑할 수만 있다면, 인생은 달라질 것이다. 어떤 특별한 일이 일어나서 소중한 게 아니라 그것이 '오늘'이라는 이유만으로 눈부시고 빛나는 하루임을 받아들인다면, 우리가 지나치는 모든 사소한 아름다움들이 빛나는 축복의 시간으로 거듭날 것이다.

…시간의 흐름을 보는
시선을 바꾸자…

해마다 연말이 되면 '왜 나는 제대로 이루어놓은 게 없을까'라는 후회와 '이렇게 열심히 살았는데 왜 나 스스로를 쉬지 못하게 하는 걸까' 하는 자책감이 동시에 든다. 성과나 효율성의 측면에서 보면 우리는 항상 스스로를 '무언가 부족한 존재'로 바라본다.

스스로를 이토록 바쁨의 수레바퀴로 밀어 넣는 것은 진짜 '일' 자체가 아니라 일에 대한 우리의 걱정, 우리 자신의 가치에 대한 스스로의 가혹한 평가, 미래에 대한 끝없는 불안이 아닐까. 사실 우리가 붙들고 있는 일들의 목록을 쭉 늘어놓고 '꼭 내가 해야만 하는 일들'을 가려보면, 내가 붙들고 있는 많은 일들이 꼭 '나의 필수불가결한 임무'는 아님을 알게 된다.

문제는 '바쁨'이 아니라, '연말'이 아니라 '시간의 흐름을 바라보는 나' 자신의 시선이 아닐까. '나를 바라보는 나'의 시선이 너무 성과 중심적으로 치우쳐 있는 것은 아닐까. "새벽서리 밟으며 산에 올라가 나무하고 달뜬 밤이면 지붕 이을 새끼를" 꼬는 농부의 심정으로, 아무리 차디찬 한겨울에도 모두들 흥청망청 놀고 싶어 하는 연말 시즌에도 나는 '글'이라는 나의 연약한 새끼를 꼬면서 달과 별과 이야기를 나누며 조용히 나 자신을 돌아보고 싶어진다. 그러다 보면 언젠가는 휘파람을 불며 봄나물 가득한 산등성이로 소풍 나갈 찬란한 봄날이, 내게도 오지 않을까.

이제는 바쁨으로부터 벗어나기라는 불가능한 목표가 아니라 바쁨 자체를 받아들이고 바쁨 속에서 나를 잃지 않는 망중한의 여백을 즐기는 법을 배워야겠다.

시인 로버트 프로스트Robert Frost는 「거두어들이지 않은 것」이라는 시에서 이렇게 속삭인다.

뭔가 모두 거두어들이지 않고 남겨두는 것도 좋겠다.

정해진 계획밖에도 많은 것들이 남아 있다면

사과든 뭐든 잊혀 남겨진 게 있다면

그래서 그 향기 마시는 게 죄 되지 않는다면.

정말 그렇다. 우리는 우리가 심은 모든 씨들을 남김없이 거두어들이려고만 한다. 하지만 스스로에게 물어야 한다. 그 수많은 꿈의 씨앗 하나하나를 그렇게 정성껏 보살폈는지. 그 모든 꿈의 씨앗들이 반드시 이루어야 하는 필사적인 열망으로부터 비롯된 것인지.

시간이 갈수록 '내가 진짜로 거두어야 할 꿈의 씨앗'의 개수가 오히려 줄어드는 것을 보면, 어쩌면 성숙이란 '이룰 수 없는 열망에 집착하지 않는 기술'일지도 모르겠다. 오히려 내가 잘할 수 있는 것, 내가 잘해온 것, 굳이 욕심 부리지 않아도 자발적으로 늘 할 수 있는 것들을 더 소중히 여기는 게 행복의 기술이 아닐까.

배고픈 까마귀를 위해 탐스럽게 잘 익은 홍시 몇 개를 나무 위에 일부러 남겨두는 농부의 마음으로, 그렇게 내 꿈의 사과나무 또한 '아직 따지 않은 채로' 몇 개만 남겨두었으면 좋겠다. 언젠가 끝없는 성취와 열망의 나날들에 지칠 날이 오면, '내가 이룬 것'이 아니라 '이루지 못했지만 못내 사랑하는 것들'의 힘으로 나를 위로하고 싶은 날에, '아직 수확하지 않은, 못 다 핀 그 꿈의 열매'가 나를 위로할 날이 있으리니.

영원이 된
찰나의 순간들

지베르니에 있는 모네의 정원에서 '순간'이 때
로는 '영원'이 될 수 있음을 깨달았다. 내 삶이 끝날 때에도 이 순간만큼은 영원히 간
직하고 싶은 마음. 그것이 이 순간에 대한 속수무책의 '사랑'이었다.

행복했던 시간은 왜 이토록 짧고
덧없을까

스트라스부르의 밤 산책길에서 우연히 낯선 소
녀를 만났다. 이 장난꾸러기 소녀와 숨바꼭질을 하다가 '지금 이 순간이 너와 나의
처음이자 마지막 만남이겠구나' 하는 생각에 그만 가슴이 먹먹해지고 말았다.

…그리움이 우리를
좀 더 인간답게 만든다…

인터넷 세상이 되면서 좋은 점 중 하나는 그리운 사람들의 얼굴을 화상전화를 통해 좀 더 자주 볼 수 있게 되었다는 것이다. 하지만 기술의 발전으로도 극복할 수 없는 그리움이 있다. 바로 세상을 떠난 혈육에 대한 그리움이다.

어떤 그리움은 시간이 흐를수록 더 짙고 더 깊어진다. 내가 그 그리움의 주인공이 아닐지라도. 「제망매가」에서 죽은 누이를 그리워하는 월명사의 절창絶唱이 바로 그런 경우다.

얼마 전 방문했던 파리에서, 나는 무척이나 심하게 흔들리는 지하철에 타고 있었다. 흑진주처럼 새까만 눈망울이 유난히도 슬퍼 보이는 형제자매들이 덜컹거리는 지하철에서 넘어지지 않기 위해 안간힘을 쓰며 쇠기둥을 붙잡고 있었다. 쇠기둥은 나무 등걸 같고, 아이들의 손가락은 가녀린 이파리 같았다.

커다란 눈망울이 어쩐지 슬퍼 보이는 그들은 진정 한 가지에서 나란히 자라난 각기 다른 잎사귀들 같았다. 그때 「제망매가」가 떠올랐다. 저렇게 한 가지에서 자란 잎사귀처럼 닮았는데, 저 중에 한 명이라도 다치거나 잃게 된다면 그 아픔을 어떻게 견딜까. 이런 상상을 하니 세상에서 나를 가장 닮은 내 동생들이 문득 그리워졌다. 고교시절 문학 시간 「제망매가」를 배울 때, 마치 심장에 화살을 맞은 것처럼 온몸으로 퍼지던 날카로운 아픔을 기억한다.

삶과 죽음의 갈림길이 예 있으매 두려워, '나는 간다'는 말조차 못다 이르고 가시나이까. 어느 가을 이른 바람에 이에 저에 떨어질 잎사귀처럼, 한 가지에 나고서도 가는 곳 모르오니.

작별인사조차 못한 채, '네가 너무 그립다'는 말조차 입 밖에 내지 못한 채 누이를 속절없이 떠나보낸 오라비의 심정이 천 년도 넘는 세월의 간극을 뛰어넘어 너무도 절절하게 와 닿았다.
나는 「제망매가」를 여러 번 소리 내어 읽고 또 읽으며 가슴에 깊은 슬픔의 불도장을 새겨 넣었다. "'나는 간다'는 말조차 못다 이르고 가시나이까"라는 문장에 다다를 때마다 코끝이 찡해졌다. 그때 이별의 본질을 깨닫게 됐다. 진짜 이별은 작별인사에 있는 게 아니라 작별인사조차 하지 못한 채 홀로 남겨져야 하는 뼈저린 아픔 속에 있는 거구나. 작별인사를 제대로 해도 아플 수밖에 없는 게 이별인데, '나는 간다'는 짧은 인사조차 하지 못한 이별은 말해 무엇하겠는가.
수많은 고전 문학작품 중에서도 「제망매가」가 유독 친밀하게

다가온 이유는 무엇일까. 돌이켜보니 수많은 해석의 논란에도 변치 않을 아름다움이 이 작품에 녹아 있기 때문인 것 같다. 인간의 힘으로 어떻게 할 수 없는 '죽음'이라는 아득한 섭리, 바로 그것이었다. 세상에서 나를 가장 닮은 사람이 어느 날 갑자기 예고도 없이 사라지는 고통, 바로 그것이었다.

어린 시절에는 '섭리'라는 단어가 잘 다가오지 않았다. 인간의 의지로는 어찌할 수 없는 불가항력의 다른 이름으로 느껴졌기에. 내가 어찌할 수 없는 이 세상 풍경을 하염없이 속수무책으로 바라보는 일이 잦아진 요즘에 들어서야 비로소 어렴풋이 느껴진다. 인간의 힘으로 어찌할 수 없기에 더욱 찬란한 섭리가 있다는 것을. 인간의 힘으로 도저히 극복할 수 없기에 더욱 아득한 그리움이 있다는 것을.

내게 '순간'이라는 게 얼마나 소중한지를 깨우치게 한 사건이 있었다. 그것은 예술의 텔레파시가 영혼을 깨우는 순간이었다. 눈코 뜰 새 없이 바쁜 시간, 일에만 집중하고 있을 때 라디오에서 웅장하게 들려오는 교향악이 너무 일에만 미쳐 있지 말라고 속삭인다. 급하게 원고를 준비하다가 자료로 쓰기 위해 집어든 책에서 가슴을 울리는 명화 한 점을 만나기도 한다.

마치 먼 우주에서 날아온 신비로운 암호음처럼 예술은 노동에 찌든 나의 메마른 감수성을 뒤흔든다. 또 다른 삶에 대한 안테나를 항상 켜두라고. 지금, 여기도 중요하지만 일상의 지평선 너머 아련하게 보이는 삶의 또 다른 가능성 또한 중요하다고.

이런 깨우침은 삶이 힘들 때 더 커다란 빛을 발휘한다. 10여 년 전쯤 온갖 아르바이트로 쉴 틈 없던 시절이 있었다. 낮에는 대학에서 문학과 글쓰기를 가르치고, 밤에는 논술학원에서 중고등학생을 가르치고, 집에 돌아오면 논문을 썼다. '힘들다'는 생각을 하면 정말 무너져버릴 것 같아서 누구에게도 하소연하지 못했던 시간이었다.

그날도 빠른 발걸음으로 지하철역을 빠져나가는데 어디선가 아련하게 바이올린 소리가 들려왔다. 첼로 소리도 합세했다. 바이올린 소리는 나의 뒤통수를 쉴 새 없이 가격하는 것만 같았고, 첼로 소리는 놀란 가슴을 쓸어내리는 진정제 같은 느낌을 주었다. '정신 차려, 항상 꿈 꿀 시간만은 남아 있어야 해!'라고 속삭이는 듯한 바이올린. '너무 자신을 몰아세우지마. 지금도 충분히 잘하고 있어!'라고 다독이는 듯한 첼로.

나는 걸음을 멈추고 두 악기의 소리가 영혼을 뒤흔드는 장소를 찾아 헤맸다. 분명히 지하철 역 내부 공간이었다. 놀랍게도 두 연주자는 부산스럽고 시끄러운 대합실에서 연주를 하고 있었다. 구청에서 후원하는 일상 속의 작은 음악회 같은 프로그램인 모양이었다. 나는 그 순간 잠시 일상의 시름을, 노동의 고됨을, 운명의 가혹함을 잊었다. 연주곡은 클래식이 아니라 영화 OST였지만 그런 구분 자체가 중요하게 느껴지지 않았다. 그 순간 현의 울림과 떨림 자체가 숨 막히게 아름다웠던 것이다.

또 한 번 내 마음을 울린 '예술의 텔레파시'는 유럽 여행 도중에 찾아왔다. 나는 비엔나의 슈테판 대성당 앞에서 지나가던 사람들의 발걸음을 멈추게 하는 첼로 연주를 들었다. 단 한 소절만 듣고도 그가 거리에서만 연주하기에는 너무 아까운 실력임을 알 수 있었다. 그는 왠지 말 못할 사연으로 거리에서 연주를 해야만 하는 비운의 첼리스트 같아 보였다.

보통 거리의 연주가 아무리 좋아도 5분 이상 서 있기는 쉽지 않은데, 나는 거의 한 시간 가까이 집중해서 그의 연주를 들었다. 그날의 여행 스케줄을 모두 포기하고 싶을 정도로 아름다운 퍼포먼스였다. 그의 첼로 케이스 안으로 지폐와 동전이 무수하게 떨어져도 그는 그다지 기뻐하는 것 같지 않았다. 그는 그 순간, 음악만을 생각하는 것 같았다.

그의 연주에 감동받은 한 할머니는 격정을 이기지 못하고 그에게 다가가 와락 안겨버렸다. 그는 할머니의 돌발 행동에도 놀라지 않고 따뜻하게 웃어주었다. 그는 오케스트라 단복처럼 보이는 검은 정장을 입고 있었다. 예술은 항상 멀리 있는 것만 같았는데, 그로 인해 예술의 숨결은 내 바로 등 뒤에서 나를 감싸주는 거인의 어깨처럼 가까이 느껴졌다.

돌이켜보면 예술이 내게 뜻하지 않은 감동을 주었던 순간은 바로 이런 경우다. 예술이 있을 것 같지 않은 공간에 예술이 생생하게 존재하는 순간, 나는 마치 실로 오랜 만에 햇살의 따스함을 만끽하는 감옥의 죄수처럼 고통 속에 희열을 느낀다. 도무지 예술이 있을 것 같지 않은 바로 그곳에 예술혼이 흘러넘칠 때 나는 그 순간만은 모든 아픔을 잊을 수 있다. 주변 환경이 황량할수록 예술의 외침은 더욱 절실해진다.

　내가 예술의 '메시지'가 아니라 예술의 '텔레파시'라는 단어를 쓴 이유는, 예술이 비록 멀리 있을지라도 예술이 우리에게 말을 거는 순간은 그 '멀리 있음'을 망각하게 하는 초월의 힘을 느낄 수 있기 때문이다. 초월, 그것이다. 우리를 제약하는 삶의 모든 조건으로부터 신비로운 초월을 느낄 수 있게 하는 모든 순간이 바로 예술의 텔레파시가 영혼을 뒤흔드는 순간이다.

이기심

··· 내 안의 잔인한
'사피엔스'를 넘어서···

···사랑과 미움의
공통점···

유발 하라리Yuval Noah Harari의 『사피엔스』라는 책을 읽으며, '내 안의 사피엔스 근성'에 대해 곰곰이 생각해본 적이 있다. 네안데르탈인, 데니소바인, 호모 에렉투스 등 수많은 토착 인류들이 있었지만 오직 사피엔스만이 살아남은 이유는 무엇일까. 특히 네안데르탈인은 사피엔스보다 추위를 잘 견디고 머리도 좋았으나 사피엔스의 출현 이후 멸종하고 말았다.

사피엔스의 성공 비결에는 언어의 사용, 요리의 발명 등 여러 가지 이유가 있겠지만 그들의 엄청난 공격성과 잔인성이야말로 생존의 비결이 아닐까 싶다. 지구상에 활약하던 수많은 인류들 중에서 가장 공격적이고 이기적인 사피엔스가 가장 오래, 가장 많이 살아남았다는 것이다. 전지구적 양극화가 심해지고, 강자의 횡포가 판을 치는 이 사회를 관찰하다 보면, 정말 이것이 '사피엔스의 말로末路'인가 싶어 한숨을 쉬게 된다.

하지만 돌이켜 보니 나를 감동시킨 모든 문학, 음악, 미술 작품들의 공통점은 인간의 '사피엔스적인 근성'을 뛰어넘는 것들이었다. 놀부나 스크루지, 변사또나 미다스 왕처럼 '탐욕'을 내세우는 사람들이 아니라 윤동주나 백석의 시 속의 순수한 주인공들, 베토벤이나 브람스의 슬픔 어린 곡조들이 영원히 식지 않는 감동을 준다. 더 빨리, 더 높이 뛰어오르기 위해 남을 짓밟은 사람들이 아니라 바보 온달과 결혼해 그를 최고의 영웅으로 키워낸 평강공주 같은 용기를 지닌 사람들이 우리의 가슴에 지워지지 않는 별자리를 남긴다.

어쩌면 인류의 역사 자체가 '사피엔스의 승리'와 '사피엔스를 향한 투쟁'의 역사로 점철되어 있는 게 아닐까. 대부분의 아름다운 이야기들이 '인간 자신의 이기주의와 속물주의'를 극복하는 내용임을 새삼 깨닫게 된다. 나옹선사는 다음과 같은 선시를 남겼다.

청산은 나를 보고 말없이 살라하고 창공은 나를 보고 티 없이 살라하네
탐욕도 벗어놓고 성냄도 벗어놓고 물같이 바람같이 살다가 가라하네
말없이 살라하네 푸르른 저 산들은 티 없이 살라하네 드높은 저 하늘은
탐욕도 벗어놓고 성냄도 벗어놓고 물같이 바람같이 살다가 가라하네
세월은 나를 보고 덧없다 하지 않고 우주는 나를 보고 곳 없다 하지 않네
번뇌도 벗어놓고 욕심도 벗어 놓고 강같이 구름같이 말없이 가라하네

선조들이 남긴 아름다운 시들의 특징은 하나같이 '탐욕으로부

터의 해방'이 진정한 자유임을 강조한다는 것이다. 그것은 곧 인생의 시계를 탐욕의 시계에 맞추는 게 아니라 비움의 시계에 맞추는 것이다. 만약 그럴 수만 있다면 "물같이 바람같이" 살다갈 수 있는 무한한 자유가 펼쳐질 것이다. '꿈'을 버리라는 게 아니라 '욕심'을 버리라는 것이다. 꿈과 욕심을 구별할 수 있는 지혜야말로 우리가 '사피엔스의 한계'를 뛰어넘을 수 있는 진정한 비결이 아닐까.

사랑과 미움, 성냄과 탐욕의 공통점은 무엇일까. 인간을 가장 괴롭히는 이 네 가지 감정의 공통점은 바로 '나'로부터 시작되는 감정이라는 점이다. 나를 앞세우고, 나를 중시하고, 나를 지나치게 아끼는 마음에서 시작되는 것이다.

나는 미움과 성냄과 탐욕을 버리라는 것은 이해가 되었는데, 사랑도 버리라는 말에 충격을 받았다. 사랑이야말로 괴로움의 가장 커다란 뿌리였다. 우리는 사랑의 밝음만을 취하려 하지만 사실 사랑이야말로 어둠의 근원이다. 사랑 자체에 이기심이 깃들어 있을 때가 많다. 내가 너를 이렇게 사랑하는데, 너는 왜 내게 이렇게밖에 하지 못하니. 내가 너를 그토록 사랑했는데, 돌아오는 건 겨우 이것뿐이라니.

우리는 사랑 때문에 실망하는 게 아니라 사랑에 깃든 나르시시즘을 포기하지 못하기에 실망하는 것이다. '무언가를 위한' 사랑이라는 틀을 벗어나지 못하는 한, 우리는 끝없이 사랑이라는 굴레로 상대방은 물론 스스로를 속박하지 않겠는가.

인생의 시계를
비움의 시계에 맞춘다는 것

무언가를 물끄러미 바라보는 타인의 모습. 그
모습을 물끄러미 바라보는 나도 그 순간 함께 자유로워진다. 무언가에 대한 집착과
성냄 그리고 걱정으로부터.

…가장 끊어내기 힘든 마음,
사심…

얼마 전 1톤 트럭에 "우리 아파트 단지에 화물차를 세우지 마라. 미관상 좋지 않으니 다른 곳에 세워달라"는 메모지를 붙인 아파트 입주민의 이기심이 도마 위에 올랐다. "입장 바꿔 생각해주시고"라는 말로 시작되는 그 메모는 정작 차주의 입장은 전혀 고려하지 않고 있었다. 한 사람의 생계와 추억, 인생이 걸려 있는 화물차를 '미관상 안 좋다'는 이유로 "특히 101동 앞에는 세우지 말라"고 할 수 있는가. 그가 이름도 밝히지 못하고 '101동 입주민'이라는 익명 뒤에 숨은 이유는 자신의 사심을 교묘히 감추려는 계산속일 것이다.

자신의 이익만을 추구하는 사심私心이 결국 우대받는 사회의 수많은 선례들이 쌓여 이런 마음을 만든 것은 아닐까. 사심이 무엇이기에 인간의 마음을 이토록 병들게 하는 것일까.

명말청초 유학자 장대의 『사서우』는 '형의 아들이 아플 때'와

'자기 아들이 아플 때'의 차이를 이렇게 설명한다. 형의 아들이 아플 때는 밤새도록 왔다갔다 살펴보지만 돌아와서는 잠깐이나마 편히 잠드는데, 자기 아들이 아플 때는 단 한 번만 들여다보지만 밤새 잠을 이루지 못한다는 것이다. 바로 그런 마음이 사심이다. 장대는 그 사심을 극복하기 위해 자기 아들보다 형의 아들을 더욱 극진히 보살핀 것이다.

『한국철학사』를 쓴 전호근 선생은 이런 사심을 극복하려 했던 아버지의 추억을 고백한다. 초등학교 2학년 때 마을에 댐이 터져 물난리가 났는데, 학교 운동장까지 물에 잠겨 부모들이 아이를 데리러 와서 업고 가야 할 정도였다. 아이들이 하나둘씩 어른들 등에 업혀 집으로 갈 때 하염없이 아버지를 기다리던 그는 드디어 아버지의 모습이 보이자 뛸 듯이 기뻤다.

그런데 아버지가 다가오더니 아들인 자기는 그냥 놔두고 사촌 아이를 먼저 업고 가더란다. 초등학교 2학년이었던 아들은 얼마나 충격이 컸을까. 물론 나중에 아들을 데리러 다시 오긴 했지만 평생 상처로 남았던 아버지의 그 '수수께끼 같은 행동'은 전호근 선생이 『사서우』의 한 대목을 읽고서야 풀렸다고 한다.

'아들을 향한 사심'을 버리고 다른 아이를 업고 무거운 마음으로 돌아설 때, 아버지 마음은 얼마나 찢어졌을까. 장대가 아들이 아플 때 단 한 번 살펴보고 돌아와서는 밤새 잠을 못 이루었듯이, 아버지도 사촌을 업고 가는 내내 아들인 자신을 생각했으리라는 것을 깨달았을 때는 이미 아버지가 돌아가신 뒤였다고 한다. 나는 이런 상황에서 '나와 가까운 육친'이 아닌 다른 사람을 먼저 구할 수 있을까.

사심이란 곧 사사로운 마음이며, 나와 직접적으로 관계된 것에만 마음을 쏟는 편협함이다. 매사에 인정받으려고 하는 마음, '내 이름'이 들어가는 모든 것에 집착하는 마음도 사심이다. 노력이나 최선의 이름으로 포장되는 이 지독한 사심 때문에 우리는 스스로에게 상처를 입히고, 번아웃 증후군에 빠질 위험을 높인다. 참된 지성은 자신의 사심과 싸울 줄 안다.

현대인의 사심은 크게 세 가지로 진화했다. 파퓰리즘, 에고이즘 그리고 속물주의. 훌륭한 정치인은 파퓰리즘과 싸우며, 참된 지성인은 에고이즘과 싸우고, 진정한 예술가는 속물주의와 싸운다. 파퓰리즘, 에고이즘 그리고 속물주의와의 전투야말로 점점 각박해져가는 세상 속에서 우리가 끝내 잊지 말아야 할 지성인의 전투다. 무위당 장일순 선생은 「출세」라는 글에서 이렇게 말한다.

요즘 출세出世를 좋아하는데 어머니 뱃속에서 나온 것이 바로 출세지요. 나, 이거 하나가 있기 위해 태양과 물, 나무와 풀 한 포기까지 이 지구 아니 우주 전체가 있어야 돼요. 어느 하나가 빠져도 안 돼요. 그러니 그대나 나나 얼마나 엄청난 존재인 거예요.

그러니 우리는 이미 출세한 셈이다. 더 이상의 출세는 필요 없으니 얼마나 마음이 편한가. 사심으로부터의 해방은 모든 구속과 속박으로부터의 진정한 자유다.

나만 빛나는 것이 아니라
모두가 빛나는 세상을 만드는 법

산티아고를 향한 순례의 여정을 마친 사람들의
표정은 하나같이 티 없고 해맑다. 그들은 순례길에서 만난 또 다른 순례자들을, 처음
보는 얼굴임에도 불구하고 아무 조건 없이 돕고, 아무 의심 없이 배려한다. 이렇게
자아를 향한 집착에서 벗어난 마음이야말로 우리 안의 이기적 사피엔스를 넘어서
는 비결이 아닐까.

…나도 모르게,
'나 너머'를 꿈꾸는 순간…

오래전 한라산을 혼자 오르다가 노루 한 마리와 눈이 딱 마주친 적이 있다. 세상에 그토록 맑은 눈동자가 있을까. 노루는 숨을 헐떡거리면서 간신히 산을 오르고 있는 나를 물끄러미 바라보았다. 아직 다 자라지 않은 어린 노루였다.

나는 다가가서 말을 걸고 싶었지만 혹시 노루가 나를 무서워할까 봐 가까이 다가가지 않은 채, 그저 노루와 함께 물끄러미 서로를 바라보았다. 노루의 안부라도 묻듯이 조그맣게 무어라고 중얼거려보기도 했지만 노루는 크게 개의치 않았다. 우리는 그저 서로를 바라보는 데 충실했다.

노루와 나를 묶어 '우리'라고 생각한 그 순간, 세상이 멈춘 듯했다. 까닭 모를 평온이 찾아와 내 마음을 가득 채웠다. 한라산이 우리를 만나게 해주었고, 그 산의 너른 품 안에서 우리는 첫눈에 서로를 알아본 친구가 된 느낌이었다. 그날 처음 본 노루와 신비로운 일체감을 느낀 순간. 세상의 시간으로는 10초 안팎의 짧은 시간이었지만 그 순간이야말로 내가 경험한 최초의 '영원'처럼 느껴졌다.

　도시 생활에 찌든 나 같은 사람도 가끔 산에 오르면 이렇듯 콘크리트 벽 안에서는 결코 경험할 수 없는 무언가를 느끼곤 한다. 최성현의 『산에서 살다』는 산을 '방문'만 할 뿐 '거주'하지 못하는 사람들에게 산이 베푸는 모든 것들을 알려준다.

　남들은 가장 바쁘게 취직이나 출세를 향해 달려 나가는 시기, 최성현 작가는 모든 것을 내려놓고 산으로 들어갔다. 그는 산속에서 농약도 비료도 거름도 쓰지 않고, 경운기나 트랙터를 사용해 땅을 갈지도 않고 그저 자연의 힘과 인간의 보살핌만으로 농작물을 가꾸는 자연농법을 실천했다.

　자연농법이라고 하면 그저 '아무 것도 안 하고 가만히 방임하는 것'이라고 착각하기 쉬운데, 자연농법이야말로 인간이 가장 부지런하게 움직여야만 추수의 기쁨을 누릴 수 있는 농법이다. 그 깊은 산속에서 온갖 곡식과 채소의 씨앗을 뿌리고는 그저 자연 그대로만 놓아두면 고라니와 멧돼지, 온갖 산새들과 애벌레들이 곡식을 다 먹어치우기 때문이다. 그렇다고 욕심 사납게 농약을 뿌려 '너희들은 먹지 말고 우리 인간만 먹을 테야!' 이렇게 하면 자연농법이 될 수 없다. 인공적인 기계나 비료를 쓰지 않고 땅이 지닌 본래의 힘을 되돌리는 것, 그것은 땅의 힘을 살리는 길일 뿐 아니라 인간 자신의 건강에도 가장 좋은 방법이다.

산에서 혼자 살면 심심하지 않을까. 무섭지 않을까. 힘들지 않을까. 사람들은 의문을 가질 수밖에 없다. 이 책을 읽으면 이 모든 의문이 자연스럽게 풀린다.

일단 산에서 살면 심심할 틈이 없다. 산새들이 찾아오고, 다람쥐나 고라니 같은 온갖 산짐승들이 찾아오며, 무럭무럭 자라는 나무와 곡식과 야채들을 바라보는 것만으로도 심심할 겨를이 없다. 그는 가끔씩 찾아오는 방문객들에게도 산에서 사는 지혜를 나눠준다.

물론 힘들고 무서울 때도 있다. 하지만 커다란 멧돼지가 으르렁거리며 달려들려고 할 때도 그는 움직이지 않고 가만히 서서 '맑은 정신'을 유지하려 했고, 마침내 평온을 찾아 멧돼지가 그대로 돌아가게 만들었다고 한다. 공격의 의지가 없다는 것을 알면, 산짐승들은 좀처럼 인간에게 피해를 주지 않는다.

수입이 극도로 줄어들면 힘들지 않을까 하는 의문도 곧 풀린다. 산에서는 모든 게 공짜로 주어지는 선물 같아서 생활비는 많이 들지 않는다. 열심히 일한 만큼, 아니 그 이상으로 자연은 인간에게 수많은 선물을 되돌려준다.

낙엽의 말을 들은 것은 3년 전 가을의 어느 날이었다. 나뭇잎이 한꺼번에 지고 있었다. 장관이었다. 한참 바라보고 서 있는데, 문득 나뭇잎이 내게 말했다.

'겨울을 헛되이 보내지 말라.'

열심히 일하라는 뜻이 아니었다. 부지런히 돈을 벌라는 뜻도 아니었다.

그가 산에서 살며 배운 최고의 삶의 기술은 바로 '경청'이었다. 이 책에 "나뭇잎의 권고를 듣다"는 표현이 나오는데, 나는 그 표현이 너무 좋아서 한참 동안 눈을 떼지 못했다. 과연 나는 나뭇잎의 목소리를 들어본 적이 있는가, 되돌아보게 했다. 그는 떨어지는 나뭇잎의 권고를 따라 내면의 삶을 돌아보는 일에 더욱 열중하기 시작한다. 입 없는 것들의 목소리를 듣기란 결코 쉬운 일이 아니다. 그것은 '경청'이기도 하지만 '교감'이기도 하다.

산에서 혼자 살다 보면 아침저녁으로 만나는 모든 동식물들과 대화를 나누게 된다고 한다. '자기표현'이라는 담론에 갇혀 있는 현대인들은 끊임없이 자기를 표현해야 살아남을 수 있다고 믿는다.

하지만 돌이켜보면 그런 관계들은 늘 불편했다. 나를 억지로 꾸미거나 포장해서 남에게 보여줘야 하는 순간에는 항상 긴장감이 감돈다. 그런 관계는 결국 오래 가지 못한다. 애써 나를 표현하지 않아도, 그저 있는 그대로의 나를 받아주는 사람들 곁에만 나는 오래 머물 수 있다.

내가 다른 사람을 받아들일 때도 그렇다. 굳이 자신을 적극적으로 표현하려는 사람을 보면, 숨이 찬다. 그저 솔직하게, 자신이 무엇을 표현하는지도 모르는 채 자신의 향기를 풍기는 사람들이 좋다. 자기를 '표현'하려고 하기보다는, 내 옆의 존재들의 목소리를 '경청'하는 것이야말로 서로를 피곤하지 않게 하고 서로를 좀 더 오래 바라볼 수 있는 삶의 기술이 아닐까. 경청하지 않으면, 오래오래 바라보지 않으면 우리는 눈앞에 아무리 아름다운 진리가 반짝여도 알아보지 못할 테니. 『산에서 살다』의 일부를 더 인용해본다.

> 인디언들은 이런 문제(많은 사람들이 남의 말을 끝까지 듣지 않는 좋지 않은 버릇)를 해결하기 위해 좌담 막대기를 이용했다고 한다. 규칙은 다음과 같다. 무엇인가 의논을 해야 할 때는 이 좌담 막대기를 가지고 모인다. 단둘이 대화를 할 때도 사용할 수 있다. 규칙은 간단하다. 이야기는 이 막대기를 가진 사람만이 할 수 있다. 나머지 사람들은 들어야 한다. 막대기를 가진 사람의 이야기가 모두 끝날 때까지 말없이 귀를 기울여야 한다. 경청을 해야 한다. 중간에 말을 잘라서는 안 된다. 이렇게 한 사람이 자기 말을 모두 끝내면 다음 사람으로 막대기를 넘긴다.

폭력이라는 것은 무관심에서 시작된다. 타인의 존재, 내가 아닌 다른 사물에 대한 무관심은 '내가 이렇게 해도 저쪽은 아무렇지도 않을 것이다'라는 착각을 낳는다. 자기 말을 들어주지 않을 때는 화를 내면서, 정작 다른 사람의 말을 듣지 않거나, 바쁘다는 핑계로 자꾸만 다른 사람의 감정이나 스케줄을 무시하는 것. 그것이야말로 현대인들이 자신도 모르게 저지르는 일상의 폭력이다.

인간에게 직접적인 이득이 되지 않는 모든 빌레들을 '해충'으로 규정하는 것 역시 폭력이다. 그들은 그들의 삶을 살 뿐인데 인간이 싫어한다는 이유로 '해충박멸'의 잣대를 들이대는 것은 얼마나 무서운 폭력인가. 4대강을 '사업'이라는 이름으로 더럽힌 것도 자연에 대한 무서운 폭력이다. 이 폭력은 어떤 방식으로든 인간의 고통으로 되돌아올 것이다.

'더 빨리, 더 많이 이루어야 한다'는 이기심을 모두 내려놓은 채 산에서 살아가는 최성현 작가의 이야기를 읽으며, 나는 나도 모르게 저지르는 수많은 폭력의 리스트를 떠올리며 몸서리쳤다. 날벌레가 마구 날아든다고 손바닥으로 쳐서 죽이기도 하고, 풀씨가 몸에 붙으면 아무 생각 없이 툭툭 아무 데나 털어버리기도 했다. 벌레는 잘 달래서 바깥으로 내보내면 되고, 풀씨는 흙이 있는 곳에 뿌리를 내릴 수 있도록 데려다주어야 했는데. 내 머리를 감느라 얼마나 많은 샴푸를 써서 물을 괴롭혔는지, 내가 무심코 버린 쓰레기로 흙이 얼마나 괴로워하는지 자꾸만 잊어버리는 그 '망각'조차도 폭력이 아니었던가.

『산에서 살다』를 읽으며 나는 때로는 아팠고, 때로는 부끄러웠고, 마침내 나를 옭아매고 있는 보이지 않는 쇠사슬로부터 조금씩 해방되는 것을 느꼈다. 풀과 나무, 벌레와 새소리에 좀 더 귀기울일 때, 나 혼자만 빛나려 하는 것이 아니라 다른 존재들 '속에서' 빛을 찾아내려 할 때, 우리가 꿈꾸는 자연과의 진정한 공생은 시작되지 않을까.

용기

…삶을 아름답게
만드는 내면의 힘…

…눈물이라는
마음의 비상구…

어린 시절에는 드라마나 영화에 남자주인공이 눈물을 흘리는 장면이 흔치 않았다. '남자는 딱 세 번만 울어야 한다'는 어처구니없는 금과옥조를 순순히 받아들이던 시절도 있었다. 지금은 남녀노소가 눈물을 철철 흘리는 장면이 온갖 오락 프로그램을 통해 방영되는 시대라, 눈물의 금기는 거의 사라진 것 같다.

하지만 아직도 '눈물을 흘리는 것은 속내를 너무 많이 드러내는 것'이라는 뿌리 깊은 두려움이 남아 있다. 사람들은 아직도 마음껏 울기 위해 화장실을, 독방을, 아무도 자신을 발견할 수 없는 외진 곳을 찾는다. 누군가 눈물을 흘릴 때, 살짝 모른 척해주는 '눈물의 프라이버시'가 보장된다면 우리는 좀 더 자주 울고, 좀 더 진솔하게 감정을 표출할 수 있지 않을까. 우는 것은 나쁜 게 아니다. 눈물을 흘릴 수 있다면, 우리는 아직 언제든지 도망칠 수 있는 마음의 비상구를 하나쯤 간직하고 있는 것이니.

그런 의미에서 이상희의 시 「눈물 소리」는 '눈물 흘리는 자유'야말로 아주 높은 수준의 심리적 특권임을 깨닫게 해준다.

오래 울어보자고
몰래 오르던 대여섯 살 적 지붕
새가 낮게 스치고
운동화 고무창이 타도록 뜨겁던
기와, 검은 비탈에
울음 가득한 작은 몸 눕히고
깍지 낀 두 손 배 위에 얹으면
눈꼬리 홈 따라 미끄러지는
눈물 소리 들렸다

소녀는 단지 오래 울고 싶은 열망에 기와집 지붕 위를 용감하게 기어오른다. 운동화 고무창이 타들어가도록 뜨거운 기왓장 위에 작은 몸을 눕히니, 비로소 눈꼬리 홈을 따라 미끄러지는 눈물 소리가 들리기 시작한다.

울보야, 또 우니?
아무도 놀리지 않던
눈물 전곡全曲 감상실

그곳에서는 아무도 그녀의 눈물을 방해하지 않는다. 눈물이 눈꼬리를 타고 주르르 흐르는 소리까지 들린다. 우리에게는 이렇게 마음껏 조용히 울 수 있는 은밀한 공간이 필요했던 것이다.

나도 어린 시절 혼자 일기를 쓰다가 눈물방울이 종이 위에 후 드득 비처럼 떨어지는 소리를 들은 적이 있다. 주변이 워낙 고요 했기에 눈물이 낙하하는 소리는 단단한 작은 공이 바닥에 툭 떨 어지는 것처럼 크게 울렸다. 눈물방울의 낙하 소리에 깜짝 놀라 눈물샘이 뚝 끊겨버릴 정도로 주위는 적막했다. 아무에게도 내 슬픔을 말할 수 없는 그 순간의 처참한 고요가 지금까지도 생생 하다. 이렇듯 가끔은 내 눈물 소리가 똑똑히 들릴 때까지 생활의 볼륨을 줄여보면 어떨까.

몇 년 전 갑자기 정전이 되었을 때, 그 순간의 완벽한 고요를 잊을 수 없다. 어디선가 청아한 새소리가 들리기 시작했다. 구슬 픈 울음소리라기보다는 해맑은 웃음소리에 가까운 그 새소리를 듣고 있자니 비로소 깨달음이 찾아왔다. 내가 빈틈없는 소리의 공격 속에 스스로를 아주 오래 방치하고 있었음을. 전자 미디어 의 소리가 끊기면 습관적으로 불안을 느낀다는 것을.

잠시만 삶의 볼륨을 줄여보자. 눈꼬리 홈을 따라 흘러내리는 눈물 소리가 거대한 폭포수 소리처럼 우렁차게 들릴 때까지. 우 리 삶에도 "눈물의 전곡"을 감상할 수 있는 내면의 감상실이 필요 하니까. 남의 눈치 보지 않고 편안하게 울 수 있는 자리, 그곳이 바로 꼭꼭 눌러온 내 숨겨진 감정을 만날 수 있는 용기가 시작되 는 자리다.

두려움이
용기가 되는 순간

　　　　　　　　포르투갈의 항구도시 포르투에서 푸르른 강을
향해 다이빙하는 용감한 소년들을 만났다. 용기란 이렇게 놀이의 순수한 기쁨 속에
서도 잉태되는 감정이 아닐까.

···운명과 맞서 싸울
용기···

고통을 극복하는 순간에는 묘한 희열이 있다. 고통에 굴복하고 쉬운 해결책을 찾을 때는 결코 느낄 수 없는, 오직 고통과 싸워 이기는 사람만이 홀로 체감할 수 있는 환희가 있다. 약에 의존하지 않고 육체의 고통을 참아낼 때 면역력이 생기듯이, 타인에게 의존하지 않고 스스로의 운명과 싸워 이길 때 인생에 대한 강한 맷집이 생긴다.

호메로스의 『일리아스』에서 네스토르는 말한다. 인간의 본모습이 드러나는 것은 운명에 과감히 맞설 때뿐이라고. 바꿔 말해 운명에 과감히 맞서 싸우지 않는다면 우리는 결코 우리 자신의 본모습을 평생 알 수 없다는 뜻이 아닐까. 순풍에 돛달고 항해할 때는 어떤 배든 최고의 기량을 발휘한다. 아무런 장애물이 없다면 누구나 자신이 가진 능력을 십분 발휘할 수 있다.

그러나 그 배의 진면목이 드러나는 순간은 거센 폭풍우나 암초를 만났을 때다. 우리 삶도 그렇다. 최악의 위기를 최고의 기회로 바꿀 수 있는 힘, 평소에는 자신조차 깨닫지 못하는 잠재력은 바로 운명과의 싸움 속에서 잉태된다.

오래전 『일리아스』는 내게 잔인한 무용담으로 다가왔다. 사람을 죽이지 않고 넘어가는 페이지가 거의 없다는 사실이 못내 불편했던 것이다. 그런데 '지금 우리가 살고 있는 이 세상이 매일 끝없는 전쟁이 아닌가' 하는 생각으로 괴로운 요즘, 『일리아스』를 다시 읽고 있다. 예전에는 보이지 않았던 『일리아스』의 매력이 속속 드러난다.

특히 그리스인 호메로스가 적군 트로이의 수장 헥토르에게 보이는 각별한 애정이 심상찮다. 호메로스가 아킬레우스나 파리스의 최후가 아닌 '헥토르의 장례식'으로 이 장대한 서사를 끝맺음하는 이유는 무엇일까. 호메로스는 '인간 세상에는 전쟁이 불가피하다'거나, '어느 편이 그래도 좀 더 낫다'고 이야기하는 게 아니라 전쟁이 우리에게 가장 소중한 것을 빼앗아간 후 남기는 헤아릴 수 없는 슬픔을 그린 게 아닐까.

헥토르를 잃고 목 놓아 우는 트로이 사람들의 눈물은, 사랑하는 대상을 잃고 우는 것밖에는 할 수 없는 우리 모두의 눈물을 닮았다. 비슷한 죽음이 하나도 없다. 죽어간 병사들 하나하나가 모두 자신이 지닌 최고의 빛을 끌어낸 후 장렬히 전사하는 모습 속에서 나는 인간의 무력함이 아니라 전쟁의 참혹함을, 그럼에도 불구하고 더욱 눈부신 인간의 존엄을 본다.

헥토르를 살해한 후 시체를 질질 끌고 다니며 시신을 모욕했던 아킬레스는 헥토르의 부친 프리아모스의 간절한 애원에 감동받아 트로이에 무려 12일간의 말미를 준다. 헥토르의 죽음을 슬퍼할 시간을 준 것이다.

헥토르는 죽음을 눈앞에 둔 순간에도 운명에 굴복하지 않았다. 그가 끝까지 자신에게 주어진 잔혹한 운명을 사랑하며 싸우다가 죽어간 것은 올림포스의 신들조차 막을 수 없는 아름다운 인간의 전투였다.

목숨이 다하는 순간까지도 포기할 수 없는 그 무엇을 찾는 인간의 의지. 지위도 사랑도 가족도 생명마저 모두 걸고서라도 지키고 싶은 그 무엇을 찾는 인간의 멈출 수 없는 투쟁. 자신의 끝을 예감하면서도 다음 세대에게 자신의 못 다 이룬 꿈과 삶의 온기를 아낌없이 전달하려는 의지. 그 속에 인간의 아름다움이 깃들어 있다.

그리스의 정치가 페리클레스의 명언에 가장 잘 어울리는 영웅은 오히려 트로이의 적장 헥토르였다.

행복은 자유 안에 깃들어 있고, 자유는 용기 안에 깃들어 있음을 안다면, 전쟁의 위험에 당당히 맞서라.

행복은 자유 안에 깃들어 있고,
자유는 용기 안에 깃들어 있다

　　　　　어쩌면 저렇게 용감할까. 보드 위를 날아오르
는 소년의 표정에는 무언가에 완전히 홀린 사람만이 느낄 수 있는 자유가 꿈틀거린
다. '이게 정말 될까, 안 될까'를 고민하거나 이리저리 재지 않고 곧바로, 마치 물 찬
제비처럼 날아오르는 용기. 커다란 용기의 대가는 눈부신 자유였다.

…두려움을 고백하는 것은
약함을 드러내는 것이 아니다…

큰일을 앞두고 있을 때나 난처한 상황이 발생했을 때, 그 두려움
을 누구에게도 이야기할 수 없다면, 우리는 외로움을 느끼게 된
다. '나는 두렵다'고 고백하고 싶을 때, 우리를 가로막는 마음의
장벽은 무엇일까. 두려움을 말할 수만 있어도 그 고통은 절반으
로 줄어들 텐데.

　두려움을 표현한다는 게 곧 '나는 약하다'고 인정하는 것과 같
다고 생각하는 것. 공포와 불안을 표출하는 게 자신의 결점을 드
러내는 것과 같다고 생각하는 자기검열. 그것이야말로 우리가 두
려움 뿐 아니라 각종 부정적인 감정을 표현하는 데 서툰 까닭이
아닐까. 하지만 나는 두려움을 고백했을 때, 적어도 세 가지 긍정
적인 효과를 누릴 수 있다는 사실을 경험으로 알게 됐다.

　첫 번째, '나는 두렵다'고 말하는 순간, '나도 두렵다'고 말하는
친구를 얻게 된다. 가진 것은 '젊다는 사실' 하나뿐이었으며, 항

상 감정의 허기를 느꼈던 20대의 어느 날. 나는 친구에게 고백했다. 여자로 산다는 것, 언젠가 결혼과 출산을 경험해야 할지도 모른다는 것, 어른이 된다는 것, 그 모든 것이 두렵다고. 행복한 결혼생활을 하는 사람을 실제로 본 적이 없고, 출산을 하고 나서도 꿈을 이루는 사람도 본 적이 없다고. 내 주변에는 정말 없다고. 그런 고백을 한다는 게 내게는 결코 쉽지 않은 일이었다.

친구는 나와는 달리 '금수저를 물고 태어난 아이'였기에 이런 고민이 없을 줄 알았다. 그런데 놀랍게도 친구 또한 그런 불안을 항상 느낀다고 했다. 그날 처음 친구의 깊은 속내를 알게 됐다. 겉으로는 명랑해보였던 그녀가 마음속에 수많은 공포와 불안을 숨긴 채 살아왔다는 것을. 그날부터 우리는 '비슷한 두려움'을 공유함으로써 더 짙은 우정을 나눌 수 있었다.

두 번째, 마음을 짓누르는 두려움을 차라리 고백함으로써 관계의 갈등을 해소시킬 수 있다. 내 어머니와 나의 관계가 바로 그런 사례다. 어머니와 나는 함께 산 20여 년간 거의 매일 싸우다시피 했는데, 그 갈등의 뿌리는 나의 이상적인 성향과 어머니의 현실적인 성향의 극한 대립이었다.

나는 막연히 그러나 절실하게 글을 쓰고 싶어 했고, 어머니는 '뜬구름 잡는 불안한 일'에 큰딸의 미래를 저당 잡히기 싫어했다. 내가 대학 졸업반이 되었을 때, 어머니는 마치 선전포고를 하듯 비장하게 털어놓았다. "나는 평생 누군가에게 져본 일이 없다. 나는 반드시 이겨야만 견딜 수 있다. 그러니까 너도 내게 지는 척이라도 해주거라." 엄청난 충격이었지만 시간이 지날수록 어머니의 안쓰러운 고백은 어린 딸의 흥분과 혈기를 가라앉히는 효과가 있었다.

그 후로 우리 모녀는 '나의 져주는 척'과 '엄마의 이긴 척하기'로 뜻밖의 평화를 찾을 수 있었다. 딸에게조차 져주기 싫어하는 어머니의 맹렬한 두려움을 이해하려는 노력이 나에게는 오히려 어머니에 대한 애정을 회복하는 기회가 된 것이다.

세 번째, 두려움을 고백하는 것은 약자의 자기위안이 아니라 커다란 용기를 필요로 하는 일이다. 작가 귄터 그라스Gunter Wilhelm Grass는 자서전 『양파 껍질을 벗기며』에서 자신이 한때 나치에 부역했음을 고백해 엄청난 논란을 불러일으켰다. 노벨문학상 수상 작가가 "나는 한때 나치의 일원이었다"고 고백하는 게 얼마나 어려운 일이었을까. 하지만 그 뼈아픈 고백이 담긴 자서전은 그의 어떤 작품보다도 뜨거운 감동을 담고 있다.

우리 사회에서 '진정으로 마음 깊숙이 사과하는 높은 사람들'을 보는 일이 하늘에 별 따기인 이유는 무엇일까. '사과할 수 있는 용기'를 가르치기보다는 '사과할 필요가 없는 더 높은 자리에 올라가라'고 가르치기 때문은 아닐까. 사과할 필요조차 없는 높은 자리란 세상에 없다. 모든 잘못이 용서되는 대단한 자리가 있는 게 아니라 모든 잘못을 스리슬쩍 은폐하는 더러운 권력이 있을 뿐이다.

두려움을 고백하는 일, 자신의 과오를 고백하는 일은 잘못된 과거와 단절하고 다시는 그런 일을 되풀이 하지 않기 위해 필요한 '최고의 지성'을 갖춘 이에게만 허락되는 눈부신 축복이다.

후회

··· 그때 고백했더라면,
그때 도전했더라면 ···

후회는 나의 제1전공이다. 후회야말로 내 숨은 재능이라고까지
할 수 있다. "후회하다가 볼 일 다 본다"는 핀잔을 들어도 별로 기
분이 나쁘지 않을 정도로 나는 후회중독자인 것 같다.

　후회에는 매력적인 중독성이 있다. 지나간 일을 되돌아보면서
'그때 그러지 않았더라면 내 삶은 어떻게 바뀌었을까' 하고 상상
해본다. 현실에는 타임머신이 없으니 마음속으로라도 타임머신
을 가동해보는 것이다.

　후회를 밥 먹듯 하다 보면 후회 안에 있는 여러 가지 감정의 결
들을 은밀하게 즐기는 경지에 다다른다. 뼈아픈 후회를 반복하다
가 문득 울컥해지는 순간에도, 나는 되돌아보고, 곱씹어보고, 되
새기는 일의 아름다움을 배운다. 바로 그것이다. 남들의 속도를
따라잡지 못하는 것. 세상의 속도에 나를 맞출 수 없는 것. 바로
그것 때문에 나는 후회를 반복한다.

후회는 행동의 속도, 현실의 속도, 타인의 속도를 따라가지 못하는 내 마음 깊은 곳의 또 다른 나와 만나는 일이다. 내가 자발적인 후회중독자가 된 이유는 바로 그것이었다.

후회 중에서도 가장 흔한 것은 바로 이것이다. '그때 그 말을 하지 말았어야 했는데!' 말을 함으로써 감정을 표현하는 우리는, 말로 가장 많은 실수를 한다. 요즘은 감정이 격해지는 순간이 오지 않도록 감정의 고삐를 단단히 틀어쥐려고 노력한다.

또 하나의 대표적인 후회는 '그때 그 일을 꼭 했어야 했는데' 하는 순간, 그러니까 '도전'을 포기한 것에 대한 안타까움이 밀려들 때다. 내 인생에서 가장 빛났던 30대를 다 보내고 나니, '후회의 핵심'은 바로 이런 게 아니었나 하는 생각이 든다. 실패가 두려워 도전하지 못했던 모든 순간들에 대한 안타까움. 꿈꾸지만 도전하지 못했던 모든 것들은 결국 다른 형태로 모습을 바꿔 '또 다른 꿈'으로 되살아난다.

후회라는 감정이 얼마나 뼈아픈 것인지를 결정적으로 느낀 일이 있다. 중학교 2학년 때, 나는 기상천외한 과외 교습을 받았다. 미국인과 결혼한 한국인 영어 선생님에게 영어회화를 배우기로 한 것이다. 당시 학교 공부밖에는 몰랐던 내게 아버지는 '세상 공부'가 필요하다며 그냥 영어를 쓰는 가족과 주말에 하루 종일 놀다오라고 했다. 알지도 못하는 사람과, 그것도 처음 만나는 외국 사람과 재미있게 놀다오라니. 당시만 해도 '재미없는' 모범생이었던 나로서는 이해하기 힘든 미션이었다.

나의 첫 번째이자 마지막 영어회화 선생님이었던 곽 선생님에게는 미군 장교 출신의 남편과 예쁜 딸이 있었다. 나는 그저 '영어 공부'만을 원했지 그들과 어울려 재미있게 놀지 못했다. 친구들과 놀 시간도 부족한데, 처음 보는 낯선 가족들과 친구가 된다는 게 얼마나 어려운 일인가. 그렇게 거부감을 느끼면서도 나는 그 부부의 딸 수전을 무척 예뻐했다. 겨우 세 살짜리 아이가 한국어와 영어를 자유롭게 쓰는 것을 보고 부럽기도 했다.

나는 지루할 때마다 틈틈이 한국어로 된 나만의 문제집을 풀었다. 한국어가 쓰여 있는 책을 보는 것은 나의 작은 탈출구였다. 영어로만 말해야 하는 하루는 어찌나 길고 무섭던지.

그런 나를 유심히 관찰하던 곽 선생님은 내게 직접 해도 좋을 따끔한 조언을 아버지께 일러바쳐서 내 마음을 아프게 했다. 나는 본의 아니게 엿들었다. "여울이는 참 똑똑하긴 해요. 공부를 정말 열심히 하죠. 하지만 애는 노는 법을 전혀 몰라요. 그건 큰 문제예요." 아직도 곽 선생님의 목소리가 귓가에 쟁쟁하다.

곽 선생님의 '고자질'을 들은 아버지는 내게 "공부만 하지 말고 그날 하루만은 열심히 놀아보라"고 조언해주었다. 곽 선생님은 좋은 뜻으로 말했겠지만 마음 여린 내게는 날카로운 비난으로 들렸다. 부모님에게 칭찬을 듣는 이유가 곽 선생님에게는 비난의 이유가 된다는 것을 참을 수 없었다. 하지만 아무에게도 그 분노를 말하지 않았다. '선생님의 말이 맞다'는 것을 이성적으로는 알았기 때문이다. 하지만 감정적으로는 받아들여지지 않았다. 한참 영어회화에 재미를 붙이려는 찰나, 결국 수업을 그만두었다. 선생님의 의도는 좋은 것이었으나 나는 그 좋은 뜻을 받아들일 마음의 준비가 되어 있지 않았다.

하지만 그 어린 시절의 상처가 지금까지 마음속에 깊은 응어리로 남아 있을 줄은 몰랐다. 그 결과 '영어회화 공포증'과 '놀 줄 모르는 모범생'이라는 낙인으로부터 벗어나지 못하게 됐다. 영어로 말할 때마다 '저 사람이 내 영어를 부족하다고 생각하면 어떡하지?'라는 걱정에 휩싸이고, 내 나름대로 잘 놀면서도 '나는 아직도 노는 법을 모르는 게 아닐까' 하고 스스로를 다그친다.

다시 그 시절로 돌아가서 열네 살의 나를 만날 수만 있다면 이렇게 말해주고 싶다. 너는 결코 부족한 아이가 아니라고. 놀 줄 모르는 것은 결코 죄가 아니라고. '놀지 말고 공부하라'고 가르쳤던 어른들 사이에서 '놀기도 잘하고 공부도 잘하는 완벽한 아이'가 되는 것은 불가능하다고. 선생님의 꾸지람이 듣기 싫더라도 선생님을 진심으로 싫어해서는 안 된다고 이야기해주고 싶다. 어떤 불리한 상황에서도 타인에게 무언가를 배우려는 노력을 포기해서는 안 된다고.

'후회'가 인생의 발목을 잡을 때, 그 아픔이 얼마나 삶을 황폐화시키는지를 알아버린 지금. 이제는 과거의 내게로 돌아가 어깨를 토닥여주고 싶다. 스무 살의 나를 만날 수만 있다면 말해주고 싶다. 인생에 대한 두려움을 벗어던지라고. 두려움 때문에 포기했던 모든 것들이 결국 네 뒤통수를 후려칠 것이라고.

다시 서른 살로 돌아간다면 무엇을 먼저 해야 할지, 무엇을 거절해야 할지 몰라 갈팡질팡했던 나 자신에게 해주고 싶은 말이 있다. 인생을 즐기는 것은 죄가 아니야. 너를 즐겁게 하는 것이라면 그것들을 마음껏 사랑해봐. 행복한 것도 죄가 아니고, 누군가를 남몰래 사랑하는 것도 죄가 아니고, 불확실한 삶을 그 자체로 즐기고 사랑하는 것도 죄가 아니라고 말해주고 싶다.

아홉 살로 돌아간다면 이렇게 말해주고 싶다. 어른들을 너무 무서워하지 마. 어른들도 너처럼 두려울 때가 많단다. 친구들과 뛰노는 시간을 아까워하지 마. 책벌레로만 살지 마. 책 바깥에 더 멋진 세상이 꿈틀거리고 있다고.

내가 이 글을 쓰고 있는 순간에 막내 동생으로부터 카카오톡 메시지가 왔다. "언니, 절대 철들지 마." 큰언니가 나이 들어가는 게 안타까웠는지, 지독하게 예민한 두 언니의 눈치를 보느라 너무 일찍 철들어버린 막내는 이렇게 적재적소에 멋진 훈수를 둔다.

정말 그렇다. 세상이 요구하는 대로 억지로 철들기 위해 너무 많은 것을 희생해버린 우리들의 청춘에게, 더 늦어 후회하기 전에 말해두어야겠다.

이제 서른의 문턱에 서 있는 당신, 철들지 않아도 좋아요. 철들지 않아도 당신을 사랑해주는 사람들과 '철들지 않아야만 보이는 것들'을 마음껏 누려보기를. 결코 놓치지 말기를. 인생의 아름다움을, 이 세상의 눈부심을, 알 수 없는 인연의 짜릿함을.

다시 그 시절로
돌아갈 수 있다면

옷이 젖든 말든 미끄러져 꽈당 넘어지든 말든.
무엇에도 아랑곳 않고 신나게 물장구치는 아이들을 보니 때늦은 후회가 밀려왔다.
저렇게 놀았어야 했는데, 좀 더 어린이답게 살았어야 했는데. 인생을 즐길 줄 아는
사람이 될 걸. 이제라도 알았으니 마음껏 '나'를 던지고 싶다. 거침없는 우연 속으
로. 도저히 앞날을 예측할 수 없는 세상 속으로.

…후회를 내 편으로
만드는 법…

인간을 가장 행복하게 하는 것도 시간의 흐름이고, 인간을 가장
괴롭게 하는 것도 시간의 흐름이다. 혼자서는 아무 것도 못하던
갓난아기가 시간이 흘러 어느새 온 동네를 뛰어다니는 것을 보면
부모는 무한한 기쁨을 느끼지만, 오랫동안 고향을 떠났던 이가
삶의 끝자락에 이르러 고향에 돌아왔을 때 예전에 사랑했던 그
누구도 남아 있지 않은 것을 발견하고는 뜨거운 눈물을 훔친다.
시간은 진보와 희망의 약속이기도 하지만 쇠락과 죽음의 징표이
기도 하다.

　이토록 무정한 시간의 흐름을, 후회도 원망도 없이 있는 그대
로, 온몸으로 받아들인 이들이야말로 성인聖人이 아닐까. 인간사
에는 아무 것도 영원한 게 없음을 뼈저리게 느꼈던 소크라테스
는 성공도 역경도 '그저 지나가는 것, 그다지 집착할 필요가 없는
것'으로 여겼다. 시간의 흐름에 따라 흥망성쇠하기 마련인 인생

의 빛과 그림자를 그는 온몸으로 받아들였다. 그런데 소크라테스의 수많은 격언 중에 가장 이해하기 힘든 문장이 하나 있었다.

Death may be the greatest of all human blessings.
죽음은 인간이 누릴 수 있는 최고의 축복이다.

나는 이 문장을 읽을 때마다 아직도 등골이 서늘해진다. 사춘기 때는 아예 이해하지 못했고, 그 의미가 무엇인지 조금씩 깨달아갈수록 더 마음이 아려온다.

돌이켜보면 내가 사랑했던 모든 것들은 '언젠가는 죽는 것'이었다. 초등학교 때 처음으로 내 손으로 심었던 해바라기는 한 달 만에 죽었고, 내가 가족 다음으로 가장 가깝게 여겼던 반려견 복실이는 네 마리의 앙증맞은 새끼를 낳은 후 트럭에 치여 즉사했으며, 내가 사랑했던 수많은 시인이나 소설가, 철학자는 이미 죽은 사람들이었다.

무엇보다도 내가 사랑했던 모든 사람들은 언젠가는 죽는다. 그런데 이게 왜 축복이란 말인가. 우리를 뼈아픈 고통 속으로 몰아넣을 이 죽음이 왜 인간의 축복이란 말인가.

그런데 어느 날 갑자기 나는 질문을 바꿔보았다. 해바라기가 불멸의 존재였다면, 반려견 복실이가 영원히 죽지 않는 존재였다면, 내 가족과 내가 사랑했던 모든 사람들이 영생불사의 존재였다면 나는 과연 그들을 그만큼 애틋해하고, 그리워하고, 안타까워했을까.

우리에게 무한정의 시간이 남아 있다면 우리는 지금처럼 서로를 아끼고 사랑하지 못할 것 같다. '시간이 많이 남아 있으니 내일 사랑해도, 한 몇 년 뒤에 사랑해도, 아니 200년 후에 사랑해도 될 것 같다'고 생각하지 않을까. '그녀에게 오늘은 꼭 내 마음을 고백해야지' 하고 생각하던 젊은이도, 갑자기 무한정의 시간을 얻게 된다면 '나중에, 좀 더 준비가 되면, 그녀도 나를 좋아한다는 확신이 들면' 그때쯤 고백해야겠다고 생각하지 않을까.

브램 스토커Bram Stoker의 『드라큘라』에서 흡혈귀가 되어버린 존재는 삶에서 어떤 의미도 찾지 못한 채 결국 '언젠가는 죽을 것이 분명한 존재인 평범한 인간'을 부러워하게 된다. 그들에게는 그 무엇도 절실한 의미를 지니지 못했으며, 오직 피에 대한 굶주림만이 '죽지도 살지도 못하는 운명'을 증언하는 저주의 흔적이 되어버리고 말았다. 영생은 결코 우리가 상상하는 것만큼 눈부신 축복이 아니었던 것이다.

'한 번뿐인 인생'이라는, 모두에게 똑같이 주어진 제한 조건이 우리를 그토록 간절하게 무언가를 열망하도록 만든 것이다. 언젠가는 우리 모두 사라진다는 것, 언젠가는 이토록 사랑했던 기억마저도 사라진다는 것이 우리로 하여금 '한 번뿐인 이 생애'를 꽉붙들게 만들어준 것이다.

돌이켜보면 잊을 수 없는 감동을 느끼게 해준 대부분의 문학 작품들이 '한정된 시간 앞의 인간'이라는 수제를 다루고 있다. 오헨리O. Henry의 『마지막 잎새』에는 '창밖의 나뭇잎이 다 떨어지면

나는 죽을 거야'라는 상념에 시달리던 환자 존시에게 '아무리 바
람이 불어도 결코 떨어지지 않는 마지막 잎새'를 그려준 화가 할
아버지가 등장한다. 그는 40년 동안 단 한 번도 걸작을 그리지 못
한 무명 화가였지만 자신의 생명을 걸고 '마지막 잎새'를 그림으
로써 자신의 쓸쓸한 인생 자체를 불멸의 걸작으로 만든다.

　정작 폐렴에 걸려 죽을 날만 기다리던 존시는 그 마지막 잎새
덕분에 희망을 얻어 살아나고, 마지막 잎새를 그리느라 온갖 비바
람을 견디며 밤새 고생한 할아버지는 세상을 떠나고 만다.

　시간이 얼마 남지 않았네. 그렇게 바람이 불었는데 저 잎사귀가 팔락거
　리지도 않았다는 게 이상하지 않니? 마지막 잎사귀가 떨어지던 날 밤
　에, 할아버지가 저걸 그린 거야.

　그의 작품은 결코 유명한 미술관에 전시된 적도, 비싼 값에 팔
린 적도 없지만 죽어가는 한 사람을 위해, 오직 그에게 '살 수 있
다'는 희망을 주기 위해 그린 '마지막 잎새'는 이 세상 어디에서도
구할 수 없는 숨은 걸작이 되어 우리 마음을 밝혀준다.

　마지막이라는 것은 바로 그런 것이다. 인간에게는 '마지막'이
있기에, 우리가 애착을 갖는 그 모든 것들이 언젠가는 '마지막'을
예비하고 있기에 삶은 비로소 눈부신 축복이 될 수 있다. '시간'
이라는 것이 존재하기에 우리에게는 '처음'과 '마지막'이 있다. 태
어남과 죽음이 있고, 첫사랑과 마지막 사랑이 있으며, 당신을 처
음 만난 순간과 당신을 마지막으로 만난 순간이 존재한다. 그 모

든 것이 시간의 축복이다.

하지만 시간 자체는 선하지도 악하지도 않다. 시간의 장벽 앞에서 우리 앞에 주어진 한 번뿐인 삶을 아름답게 하는 기술, 그것은 바로 삶에 대한 사랑, 타인에 대한 사랑, 그리고 우주 만물에 대한 사랑일 것이다.

『오이디푸스』의 작가 소포클레스는 인간으로서 겪어야 할 가장 끔찍한 고통을 그림과 동시에 인간으로서 누릴 수 있는 가장 눈부신 축복의 씨앗을 심어놓았다. 그가 남긴 축복의 씨앗 또한 바로 사랑이다.

One word frees us of all the weight and pain of life:
That word is love.
낱말 하나가 삶의 모든 무게와 고통에서 우리를 해방시킨다.
그 말은 사랑이다.

단지 커플간의 사랑만이 아니라 그 어떤 비극 앞에서도 무릎 꿇지 않는 인간의 '삶에 대한 사랑'이야말로 시간의 장벽을 뛰어넘는 인간의 마지막 무기일 것이다.

후회가 인생의
발목을 잡을 때

　　　　　　　　　　　더 많이 질문할걸. 더 용감하게 문제를 제기할
걸. 질문할 수 있는 용기야말로 내게 참으로 부족한 것이었다. 지금은 무언가 궁금
하거나 모를 때마다 주저 없이 질문하려 한다. 먼 훗날 또다시 안타까운 마음에 후
회하지 않도록.

…뼈아픈 반성이
우리를 성숙하게 한다…

문학작품 속 주인공 가운데 가장 뼈아픈 후회로 가슴 졸이는 주인공은 바로 오이디푸스가 아닐까. 하지만 그의 쓰라린 후회는 결코 헛되지 않았다. 그의 후회를 통해 우리 모두가 무언가를 뼈저리게 배울 수 있기 때문이다.

오이디푸스를 추락과 실패의 대명사로 생각하는 사람들이 많다. 피할 수 없는 운명의 장난에 내던져진 불행한 인간 오이디푸스의 추락은 사실 기나긴 오이디푸스 이야기의 서막에 불과하다.

오히려 오이디푸스가 자신도 모르는 사이 아버지를 죽이고 어머니와 결혼해 아들딸을 낳은 것을 알게 된 후, 그리고 그가 자신의 눈을 찔러 스스로 장님이 된 후의 이야기가 나에게는 '오이디푸스의 진정한 성장담'으로 다가온다. 물론 그의 삶은 비참했다. 하루아침에 테베의 왕에서 거지나 다름없는 신세가 되어버린 그의 앞날은 그야말로 눈앞이 캄캄했다.

하지만 진짜 반전은 이때부터 시작된다.『콜로노스의 오이디푸스』는 바로 오이디푸스가 테베에서 추방되어 광야를 떠돌던 시기의 이야기다. 상식적인 관점에서 보면 오이디푸스의 '리즈 시절(전성기)'은 스핑크스의 수수께끼를 극적으로 풀어내고, 고아 소년에서 일약 테베의 왕으로 등극한 젊은 시절이다.

하지만 '영혼의 성숙'이라는 관점에서 보면 진짜 리즈 시절은 『콜로노스의 오이디푸스』에 나오는 기나긴 방황의 시절이다. 그는 단순히 광야를 떠돌며 주어진 운명을 원망한 게 아니다. 그는 결코 루저가 아니었다.

그는 자신의 운명이 왜 이렇게 꼬일 대로 꼬여버렸는지를 성찰했고, 남은 인생을 하루라도 더 보람 있게 보낼 수 있는 방안을 강구했다. 오이디푸스는 눈이 먼 후 더 많은 것을 알고 느끼고 이해하게 됐다. 영혼의 눈, 제3의 눈이 떠진 것이다. 오이디푸스의 진정한 위대성은 그의 '뉘우침'에서 나온다. 그는 진심으로 자신이 '모르는 상태'로 저지른 죄까지도 남김없이 속죄하려 안간힘을 썼다.

오이디푸스처럼 '버려진 사람'을 어떻게 대하는지에 따라 사회의 성숙도를 증명할 수도 있다. 방랑자가 된 오이디푸스는 테베에서는 버림받지만 아테네에서는 '시민'으로 받아들여져 테세우스의 보살핌을 받게 된다. 아폴로는 "오이디푸스가 매장되는 곳에는 축복이, 그리고 그를 쫓아낸 곳에는 저주가 있으리라"는 신탁을 내렸는데, 이 예언은 그대로 이루어진다.

테베의 권력 다툼에서 다시 오이디푸스가 필요해진 처남 크레온은 오이디푸스를 강제로 끌고 가려 하지만, 아테네에서 비로소 안식을 찾은 크레온은 그곳에서 삶을 마감하려 한다. 테베는 권력의 암투로 인해 독재 사회로 치닫고 있었지만 아테네는 세상에서 가장 불행한 사람으로 전락해버린 오이디푸스를 진정한 '시민'으로 받아들여준다. 테베가 분노와 저주의 땅이었다면, '저주받은 오이디푸스'를 시민으로 껴안아준 아테네는 구원과 축복의 땅이었다.

테베의 오이디푸스에서 우리가 본 게 '어쩔 수 없는 운명의 저주를 피할 수 없는 인간의 나약함'이었다면, 콜로니우스의 오이디푸스에서 우리가 보는 것은 '신조차 방해할 수 없는 한 인간의 속죄와 구원 그리고 부활'이다. 콜로니우스의 오이디푸스에게는 테베의 오이디푸스에게서 볼 수 없는 강력한 매력이 있는데, 그것은 바로 '고결함'이다. 그 고결한 영혼의 혜안이 그의 말년을 진정한 리즈 시절로 만들어준다.

우리들 각자의 진짜 리즈 시절은 언제일까. 이미 가버렸을까, 아직 오지 않았을까, 아니면 영원히 오지 않을까. 우리의 진짜 리즈 시절은 성공이나 인기로 좌우되는 게 아니라 뉘우침과 깨달음 그리고 어떤 상황에서도 나를 버리지 않는 소중한 인연의 힘으로 완성되는 게 아닐까.

좋았던 한때를 자랑삼아 이야기하는 사람은 많지만 가장 부끄러웠던 기억, 가장 후회스러운 기억을 솔직하게 말하는 사람은 흔치 않다. 고백의 불꽃은 아름답고 찬란한 기억의 자리보다는 무언가 불리하고 아픈 기억의 언저리에서 더욱 뜨겁게 점화된다.

프랑수아즈 사강Francoise Sagan의 『슬픔이여 안녕』의 세실이야말로 그런 매력적인 고백의 주인공이다. 자신이 언제 어떤 포즈를 취할 때 가장 예뻐 보이는지를 본능적으로 알고 있는, 깜찍하면서도 영악한 17세 소녀 세실은 바람기가 다분한 홀아버지와 함께 단둘이 살아간다. 그들은 나른하고 게으르게, 누구의 간섭도 받지 않은 채 '쾌락이 시키는 대로' 살아간다. 지성과 절제의 화신인 안느가 나타나기 전까지는.

6개월마다 데이트 상대를 바꾸는 바람둥이 아버지, 공부나 독서와는 거리가 먼 자유분방한 소녀 세실은 안느의 등장으로 인해 생애 최초의 긴장감을 느낀다. 세실이 어떤 아이인지, 세실의 아버지가 어떤 사람인지 속속들이 알고 있는 안느가 그들의 삶을 송두리째 바꿀 것임을 예감한 것이다. 천진난만하면서도 매력이 넘치는 청년 씨릴과 이제 막 달콤한 연애를 시작한 세실은 '규율'과 '지성'을 몸 전체로 뿜어내는 안느가 자신의 삶을 통제할까 봐 두려워한다.

하지만 세실은 안느를 사랑하고 동경한다. 그리고 안느는 세실의 아버지를 사랑한다. 마침 엘자라는 젊은 여인과 동거 중이었던 아버지 또한 지금까지 자신과 데이트해온 여자들과는 전혀 다른 매력을 지닌 안느를 사랑하게 된다. 어리고 예쁘고 순진한 엘자를 따돌리고 아버지가 안느와 사랑에 빠지던 날, 세실은 안느에게 처음으로 적대감을 표현한다. 안느가 자신의 인생을 송두리째 뒤흔들 것임을 예감했기 때문일 것이다.

안느는 아버지와 사랑에 빠지자마자 결혼을 선언하고, 한 번도 누군가의 통제를 받아본 적이 없는 세실의 자유는 위협받기 시작한다. 세실이 씨릴과 육체적인 관계를 맺고 있음을 염려한 안느가 임신에 대한 걱정을 내비치자, 자존심 강한 세실의 여린 감성은 폭발하고 만다. 게다가 자신에게 본격적으로 공부를 시키려는 안느의 계획을 알게 되자, 세실은 안느를 아버지로부터 멀리 떨어뜨려놓기 위해 발칙한 공작을 기획한다.

그 어떤 타인의 계획도 자신의 자유를 빼앗아가서는 안 된다고 믿는 이 앙큼한 소녀는 아직도 아버지를 사랑하는 엘자와 자신의 애인 씨릴을 '이제 막 시작하는 커플'로 위장해 아버지의 질투심을 자극하는 데 성공한다. 엘자와 아버지가 키스하는 장면을 목격한 안느는 수치심과 절망감 그리고 충격에 사로잡혀 제정신이 아닌 상태에서 운전대를 잡고 만다. 나는 『슬픔이여 안녕』이 '한 소녀의 원죄가 탄생하는 순간'을 넘어 '우리가 어른이 되는 순간'의 끔찍한 아픔을 표현한 소설임을 깨닫게 됐다.

타인에 대한 뼈아픈 죄책감이 탄생하는 순간, 우리는 가슴속에 깊은 그림자를 안은 채 진짜 어른이 되기 시작한다. 내 행동의 부끄러움을 깨닫는 순간이야말로 진짜 인생이 시작되는 순간이기에. 돌이킬 수 없는 슬픔이 탄생하는 자리가 우리네 인생의 2막이 시작되는 곳이기에. 평생 후회할 일을 저지르는 순간, 우리는 진짜 어른이 되기 시작하는 것인지도 모른다.

균형

...삶의 온도를
조절하는 법...

…지금이 '바닥'이라 느껴질 때…

최근 몇 년 사이 '피로사회', '번아웃 증후군'이라는 말이 유행할 정도로 직장이나 조직에서 받는 현대인의 스트레스가 점점 심해지고 있다. '번아웃'이라는 단어의 뜻 그대로 자신의 모든 것이 다 타버린 듯한 느낌, 육체적·정신적 에너지가 남김없이 소진되어버린 듯한 느낌으로 우리는 매일매일을 견뎌낸다.

흔히 우리는 '스트레스가 바닥을 쳤다', '컨디션이 바닥이다'라는 말을 입에 달고 산다. 과연 이렇게 몸도 마음도 바닥을 치는 시대에, 우리는 어떤 마음으로 세상을 견뎌야 할까. 더 이상 설렘도, 기대도, 희망도 사라져버린 듯한 절망적인 감정이야말로 번아웃의 가장 무서운 결과다. 그런데 아이러니하게도 오히려 이런 '바닥'의 상황에서 눈부신 창조적 상상력이 발현되곤 한다.

독일 시인 힐데 도민Hilde Domin은 무려 22년이 넘게 나치의 탄압을 피해 망명생활을 했다. 그녀는 언어도 문화도 낯선 땅 이탈리

아, 영국, 도미니카공화국에서 매번 새롭게 모든 것을 시작해야 했다. 망명 초기에는 작가인 남편을 도와 번역 일을 하며 생계를 꾸렸지만 망명생활 뒤에는 훌륭한 시인이 됐다. 그녀는 파란만장한 망명생활을 다음과 같은 멋진 문장으로 정리했다.

내 발을 허공에 딛었더니, 공기가 나를 받쳐주네.

아무것도 없을 거라고, 이제 모든 것이 끝이라고 생각했던 텅 빈 허공에 발을 디뎌야만, 우리는 허공조차 우리를 든든하게 받쳐주고 있음을 깨닫지 않을까. 어딜 가든 맨주먹으로 시작해야 했고 아무것도 그녀를 보호해주지 않았지만, 그 극한의 상황에서 그녀는 '공기가 나를 받쳐준다'고 고백한다.

누구도 빼앗아갈 수 없는 자유란 이런 것이 아닐까. 무엇이든 마음대로 척척 이뤄지는 것이 진짜 자유가 아니라 최악의 상황에서도 '공기만은 나를 받쳐주고 있다'고 느끼는 것, 따라서 '나는 충분히 괜찮다'고 여기는 것. 나는 외로울 때마다 이 구절을 떠올리며 '나를 받쳐주는 그 모든 것들'에 감사하곤 한다.

양애경 시인의 「바닥이 나를 받아주네」라는 시는 '바닥을 치는 삶'을 오히려 '바닥이 나를 보듬어주는 삶'으로 역전시킨다. 나는 여기가 인생의 바닥인가 싶을 때마다 이 시를 소리 내어 읊으며 위로받는다. 우리가 이 '바닥'을 그저 최악의 상황이 아닌 '나를 받쳐주는 절실한 마음의 토양'으로 바라볼 수 있는, 아주 작은 마음의 여유만 있다면. 힐데 도민의 첫 시집 제목처럼, '장미 한 송이를 받침대 삼아'서라도 우리가 부디 이 바닥 같은 절망을 이겨낼 수 있기를.

영혼의 체온을 유지하는
나만의 습관

　　　　　　　　　종이신문을 읽는 사람을 보면 마음이 왠지 푸근
하다. 요즘에는 인터넷으로 세상사는 이야기를 손쉽게 접할 수 있어서인지 몰라도,
종이신문만의 따뜻한 온기가 더욱 소중하게 느껴진다. 종이신문을 읽을 때는 천천
히 한 문장 한 문장에 마음이 머무른다. 내 마음을 비춰주는 책, 신문, 그림, 음악의
소중함을 느끼는 시간이 참 좋다.

어릴 때는 '열정적인 삶'이 좋은 것인 줄로 알았다. 자신이 사랑하는 일을 위해 모든 것을 태워버리는 삶. 가장 사랑하는 무엇이 있기에 다른 일들의 잘되고 못됨에 별다른 영향을 받지 않는 요지부동의 삶. 그런 삶이 나의 이상형이었다.

하지만 시간이 지날수록 '열정만 가득한 삶'에는 커다란 대가가 기다리고 있음을 알았다. 열정熱情은 마음속에 불을 품는 일이어서 만나는 모든 것들을 태워버리는 힘을 지니고 있었다.

열정의 잔해는 허무였다. 무엇이든 미친 듯이 열심히 몰입하고 나면, '도대체 왜 내가 이토록 모든 힘을 일에만 쏟았을까' 하는 후회가 밀려왔다. 그러는 동안 주변 사람들을 돌보지 못하고, 사랑하는 사람들을 섭섭하게 만들며, 일에만 미쳐 있는 사람 특유의 매몰찬 인상을 남기게 되는 것이다.

열정의 온도를 식히기 위해 때로는 냉정한 사유의 감각이 필요했다. 열정은 사실 끝 간 데 없는 이기심의 다른 표현이기도 하다. 타인을 돕는 좋은 일에 열정을 쏟을 수도 있지만 대부분의 사람들은 '자기 일' 이외의 것에 열정을 쏟기가 어렵기 때문이다. 열정은 볼록렌즈처럼 한 점으로 빛을 모아 종이조차 태워버리는 '몰입'의 힘이기에 그 대상이 주로 '자기만의 일'이 될 때가 많다.

열정이 인간관계로 집중될 때는 자녀나 연인처럼 '단 한 사람'에게 초점을 맞추게 된다. 내 아이만 소중하고 다른 아이의 소중함은 눈에 보이지 않는 부모들, 내 일만 중요하고 다른 사람의 감정은 아랑곳하지 않는 사람들, 연인의 안부는 걱정하면서 주변 사람들의 걱정에는 전혀 관심이 없는 커플들. 이런 지나친 열정은 때로 삶을 각박하게 만들고 세상을 더욱 삭막하게 만든다.

이 세상에서 열정은 과대평가되고, 냉정은 과소평가되곤 한다. 열정이 많은 사람들은 표현지향적이어서 끊임없이 자기를 드러내지만, 냉정함을 미덕으로 삼는 사람들은 성찰지향적이어서 그 지혜로움이 잘 드러나지 않을 때가 많다.

하지만 우리에게는 열정과 냉정의 온도를 맞춰 마음의 밸런스를 유지하려는 본능이 있다. 돌이켜보면 내 주변에는 '나보다 더 뜨거운 사람들'이 많지 않았다. 나는 나도 모르게 '나의 지나친 열정을 식혀줄 사람들'을 찾고 있었던 것 같다. 내 주변에 나보다 뜨거운 사람은 오직 우리 어머니뿐이다. 어머니는 매번 내게 '더 열심히, 더 탁월하게' 행동하기를 요구했고, 나는 그런 어머니의 활화산처럼 타오르는 마음의 온도를 맞출 수가 없었다.

내 친구는 "한 번만 더 생각해봐. 오늘 결정하려고 하지 말고 내일도 생각이 변하지 않는지 살펴봐"라고 말해주곤 했는데 그 얼음 같은 침착함이 나의 타오르는 신열身熱을 가라앉혀주었다.

냉정함은 냉혹함과는 다르다. 과잉된 열정이 빚어낼 수 있는 사고들을 미연에 방지해주는 차분함은 남 일 따위에는 관심도 없는 철저한 냉혹함과는 다르다. 내게는 냉정하면서도 침착한 사람, 재빨리 표현하기보다는 천천히 성찰하는 사람들의 혜안이 필요했던 것이다.

제인 오스틴Jane Austen의 『이성과 감성』에는 '이성 중심적인 인간' 엘리노어와 '열정 중심적인 인간' 마리엔 사이의 흥미로운 갈등이 펼쳐진다.

엘리노어는 아버지가 돌아가신 후 급격히 어려워진 가정의 살림을 책임져야 하는 상황이다. 에드워드를 사랑하면서도 '좋아한다'는 표현 한 번 제대로 하지 못한다. 엘리노어는 마치 '감정'이 없는 것처럼 행동할 때가 많다. 하지만 정말로 감정이 없어서가 아니라 가족을 향한 책임감 때문에 제 나이에 어울리는 순수한 열정조차 표현하지 못하고 살아가는 것이다.

이와 반대로 마리엔은 자신이 하고 싶은 것은 무엇이든 해치워버려야 직성이 풀린다. 그런 두 사람이 온갖 파란만장한 사건을 거치며 도달한 결론은 바로 '서로를 조금씩만이라도 닮아가는 것'이다.

열정만으로 선택한 남자 윌러비가 수많은 여인들을 울리고 매몰차게 버린 사기꾼이라는 것을 알게 된 마리엔은 언니의 냉철한 충고가 옳았음을 깨닫는다. 열정을 표현하지 못해 에드워드를 영원히 다른 여자의 남편으로 빼앗길 뻔한 엘리노어는 자기 마음속에도 마리엔을 닮은 열정이 꿈틀거리고 있음을 깨닫는다. 냉철한 엘리노어에게는 마리엔의 열정이, 낭만주의자 마리엔에게는 엘리노어의 차분한 이성이 필요했던 것이다.

  냉정과 열정 사이에서 '삶의 균형'을 어떻게 찾을 수 있을까. 특히 요즘에는 '냉정'보다 '열정'이 우선시되는 경우가 많다. 열정을 중시하는 사람들은 인기가 많고 눈에 잘 띄기 쉽지만 '냉철한 이성'을 중시하는 사람들은 모두 열정에 휩싸여 있을 때도 묵묵히 '해야 할 일'을 한다. 열정은 타인의 이목을 집중시키지만 실제로 일이 되어가는 데는 냉정한 자기 성찰이 더 필요하다.
  자기 삶의 온도를 조절하는 법, 그것은 '내 삶을 돌아보는 여유'가 있을 때만 누릴 수 있는 축복이다. 나는 '내 삶의 온도 조절법'으로 글을 쓰거나 책을 읽곤 한다. 일을 위한 글이 아니라 '나에게만 쓰는 편지' 같은 진솔하고 비밀스러운 글을 쓸 때 지나친 열정의 불꽃이 시원한 이성의 찬물로 가라앉는 것을 느낀다. 뚜렷한 목표를 위한 독서가 아니라 그저 삶을 돌아보는 자세로 마음을 비우는 독서가 영혼의 체온을 가라앉힌다.
  냉정만으로도 열정만으로도 살 수 없는 우리 인간에게는 매번 '열정의 심장'과 '냉정의 두뇌'로 우리 삶의 체온을 조절할 수 있는 제3의 눈, 지혜가 필요하다.

…외부의 소리와 내면의 소리,
그 균형을 위하여…

하루 종일 미디어의 자극에 노출된 날 밤에는 좀처럼 잠을 이루지 못한다. 인터넷이나 텔레비전에 나오는 정보를 과도하게 '섭취'한 날은 마치 소화불량처럼 머릿속에서 정보를 처리하는 데 애를 먹는다.

　잠들기 위해 누우면 머릿속에서 어떤 애절한 메시지가 들린다. '넌 도대체 뭐가 문제니? 오늘은 진짜 너 자신이 아니었어! 이젠 너 자신다운 일을 좀 해봐!'

　외부의 소리에 지나치게 노출된 시간은 '진정한 나'와 멀어지는 시간이다. 뉴스에 과민하게 반응하고, 문자 메시지나 SNS식 소통에 집중한 날은 마음 깊은 곳에서 들려오는 나 자신의 목소리가 잘 들리지 않는다. '멍 때리기 대회'라는 기상천외한 아이디어가 나오는 것도 우리의 집단 무의식이 '이제 외부의 소리가 아닌 내면의 소리에 귀를 기울일 때'라고 조언해주는 게 아닐까.

신기하게도 우리 마음속에는 '외부의 소리'와 '내면의 소리' 사이에 균형을 맞추려는 본능이 있다. 멍 때리기가 바로 그 증거다. 자신도 모르게 멍해지는 순간, 의식한 게 아닌데 자신도 모르게 몽상에 잠기는 시간이 있다. '멍해지는 순간'은 오히려 무의식이 의식을 끌어당기는 것 같다.

　외부의 수많은 자극에 지쳤을 때, 미디어의 소음에 과도하게 노출되어 내 마음의 소리가 들리지 않을 때, 우리의 무의식은 '신호'를 보내서 이제 부디 '네 마음의 소리를 들어보라'고 조언하는 게 아닐까.

　몽상은 의식과 무의식의 균형, 외부의 소리와 내면의 소리의 균형을 찾을 수 있는 훌륭한 방법이다. 오랫동안 몽상에 잠기다 보면 내가 그동안 무엇 때문에 힘들었는지, 나를 괴롭히는 문제가 무엇인지, 그동안 돌아보지 못했던 주변의 소중한 것들은 무엇인지 깨닫게 된다. 예술가들 또한 이런 자유로운 몽상을 통해 훌륭한 아이디어를 얻을 때가 많다. '내 마음의 소리'에 귀 기울일 때 진정 창조적인 영감이 떠오르기 때문이다.

　'어떻게 내면의 소리를 들어야 할지 모르겠다'는 고민에 빠진 사람이라면, 혼자 길을 걸어보는 '고독한 산책'부터 시작하라고 귀띔해주고 싶다. 걷다 보면 내 마음 깊은 곳의 소리가 조금씩 들리기 시작한다. 휴대전화에 신경 쓰지 않고 내 발이 땅을 딛는 감각에만 집중하다 보면 '생각의 무게'가 가벼워지기 시작한다. 장 자크 루소Jean Jacques Rousseau의 『고독한 산책자의 몽상』은 내면의 소리를 듣고 싶은 사람들에게 훌륭한 지침서가 되어준다. 루소는 산책 중독자였다. 그는 산책을 할 수 없으면 제대로 생각도 할 수 없다고 했다. 그는 고독한 산책을 계속하는 것이야말로 생각의 힘을 키우는 최고의 길임을 몸소 증명했다. 고독한 산책은 '외부의 자극'과 '내면의 소리'를 적절하게 배합할 수 있는 균형 잡힌 몸짓이 아닐까.

외부 세계와 소통하면서 자신의 마음속을 들여다볼 수 있는 또 하나의 방식은 바로 독서다. 화려한 동영상이 난무하는 텔레비전이나 인터넷과 달리 독서는 안정제 역할을 한다. 문장 하나하나를 읽어갈 때마다 들떠 있던 마음이 조금씩 가라앉는다.

좋은 책을 읽을 때마다 나는 나 자신으로 돌아가는 느낌이 든다. 나도 모르게 다른 사람을 바라볼 때 껴왔던 색안경을 내려놓게 되고, 마음에 가득 쌓인 세속의 때가 씻겨 내려간다. 예컨대 다음과 같은 문장을 읽을 때, 나는 '모든 것들이 제자리로 돌아오는 풍경'을 상상하며 마음이 평화로워진다.

설거지를 할 때에는 설거지만 해야 합니다. 설거지를 할 때에 자기가 설거지를 하고 있음을 알아차려야 한다는 말이에요. 처음에는 그런 단순한 일에 왜 그리 역점을 두는지 좀 이상해보일 것입니다. 그러나 바로 그게 요점이에요. 내가 여기 서서 그릇을 닦고 있다는 사실이 그대로 놀라운 현실입니다. 내 숨을 따라, 내가 여기 있다는 사실과 내 생각, 내 행동을 죄다 알아차림으로써 완전하게 나 자신으로 존재하는 거예요.

— 틱낫한Thich Nhat Hanh, 『틱낫한 명상』 중에서

나는 밥을 먹으면서 텔레비전을 보고, 글을 쓰면서도 음악을 듣고, 전화를 받으면서도 눈으로는 책을 읽으려 한다. 자꾸만 '멀티 플레이어'를 지향하는 나의 뇌는 그때마다 엄청난 피로를 느꼈을 것이다. 왜 설거지를 할 때는 설거지만 하고, 걸을 때는 걷기만 하고, 이야기를 할 때는 이야기에만 집중하지 못하게 된 걸까. 나의 몸짓 하나하나에 진정으로 집중하면서 '나'와 '세상'이 소통하는 순간의 희열을 느껴본 게 얼마나 오래된 일인지.

잠을 잘 때도 휴대전화를 꺼놓지 못하는 현대인은 항상 외부 세계를 향해 '온라인' 상태가 됨으로써 스스로를 '항시 대기 상태'로 만들어버린다. 그런 대기 상태는 결국 '외부의 자극에 일희일비하는' 수동적인 자아를 만든다. 혼자 있는 시간을 진정으로 즐기고, 혼자서도 잘 놀 수 있다면 휴대전화는 잠시 잊고 '나 자신의 마음'을 들여다보는 일의 행복을 깨달을 수 있을 것이다.

내 마음의 소리를 듣는 명상은 반드시 가부좌를 틀고 복식호흡을 해야만 가능한 것은 아니다. 나는 하루에 10분 이상 불을 끄고 소파에 누워 '아무 생각도 하지 않으려고 노력하는 시간'을 갖는다. 물론 잡생각이 떠오른다. 하지만 '아무 것도 하지 않는 시간'을 갖는 것만으로도 하루에 작은 '여백'을 만들 수 있다는 게 참 좋다.

조금 여유가 있으면 한 시간쯤 불을 끄고, 그저 '내 마음의 움직임을 따라가는 시간'을 가져본다. 그러면 나의 숨소리, 내 몸의 미세한 움직임, 주변의 미세한 소리들에 귀 기울이게 된다.

때로는 '외부의 자극'이 필요할 때도 있다. 몇 년 전에 글쓰기에 집중하기 위해 한 학기 강의를 쉰 적이 있었는데, 그때 '나도 모르는 나'에 대해 많이 알게 됐다. 쉬는 동안 '늘어난 시간'에 더 열심히 글을 쓸 줄 알았는데, 그게 아니었다. 집에만 있다 보니 나도 모르게 은둔형 외톨이와 비슷한 일상을 보내고 있었다. 밖으로 나가 사람들과 어울리고, 새로운 이야기도 듣고, 바쁜 가운데 어렵게 짬을 내 절박한 심정으로 글을 쓰는 게 나에게는 더 효과적인 작업 방식이었던 것이다.

외부의 자극이 너무 많은 날은 피로를 느끼고, 내면의 소리를 너무 많이 들은 날은 갑갑함을 느낀다. 그 사이의 균형을 추구하는 방법은, '나다움이란 무엇인가'를 끊임없이 질문하면서 조금씩 '진정한 나 자신으로 다가가는 길'을 찾아내는 것이다.

우리는 이렇게 '외부의 자극'과 '내면의 소리' 사이의 균형을 추구한다. 나는 오늘도 내 마음 밭에 생각의 씨앗 하나를 뿌린다. 그 씨앗이 싹을 틔워 언젠가는 아름드리나무로 자랄 때까지, 외부의 소리와 내면의 소리라는 영양분을 골고루 섭취해야 하지 않을까.

내 마음이 가는
방향을 볼 수 있다면

소녀의 눈 속에 티 없이 맑은 호수가 있었다. 그
거울처럼 맑은 눈에 내 모습을 비추니 갑자기 부끄러워졌다. 샬롯 브론테와 에밀리
브론테 자매의 흔적을 더듬어 가는 길, 하워스의 기차 안에서 '네 마음에 비친 내 모
습'을 만났다. 마음은 그냥 제멋대로 내버려두면 안 된다. 어디로 가는지, 어떤 빛깔
인지, 혹시 망가져버린 건 아닌지 자꾸만 비춰보고 매만져주어야 한다.

⋯이 세상에
'하찮은 감정'이란 없다⋯

"다시 열네 살로 돌아간다면, 열네 살의 자신에게 무슨 말을 해주고 싶나요." 여성들끼리 속 깊은 이야기를 나누는 미국의 한 토크쇼를 보다가 문득 이 질문이 가슴 깊숙이 파고들었다. 여성들은 '지금은 알지만 그때는 몰랐던 것들', 그래서 더 가슴 아프고, 그래서 더 짠한 과거의 자신을 향해 따뜻한 위로의 말을 전해주었다.

열네 살의 나에게, '넌 분명 잘해낼 거야, 이제 걱정과 두려움일랑 그만 접어둬!'라고 말하는 여성들의 표정 속에는, 겁많던 소녀 시절의 나약함에 대한 후회와 이제는 좀 더 씩씩해진 자신을 향한 자존감이 깊게 배어 있었다. 제인 폰다는 열네 살의 자신을 만날 수 있다면 이렇게 말해주고 싶다고 한다.

It's good to say 'No'.
'아니오'라고 말해도 괜찮아.

그녀는 무엇이든 '할 수 있다'고, 다 해낼 거라고 자신하며 살았지만 '단호하게 거절하는 용기'야말로 인생을 주체적으로 살아낼 수 있는 길이라는 것을 그제야 깨달았다는 것이다.

'아니오'라고 말해도 괜찮을까. 돌이켜보니 그것은 내 인생의 화두였다. 싫다고 말할 용기도 없었고 '예스'라고 말해야 좋은 사람으로 보일 것 같아, 싫으면서도 좋다고 하며 살았다. 그러다 보니 '내가 진짜로 원하는 것'을 남들은 모를 때가 많았다. 나는 어디에 있어도 이해받지 못하는 사람처럼 느껴졌다.

하기 싫은 일에 '노'라고 대답하지 못했기에, 오히려 진짜로 '예스'라고 대답하고 싶은 순간에는 이미 너무 지치고 피로했다. 싫은 일을 억지로 해내느라 하고 싶은 일을 할 시간이 점점 줄어들었다. 그런 위기감을 결정적으로 느꼈을 때가 바로 서른 즈음이다. 어쩌면 그때가 내 인생의 가장 큰 위기이자 인생의 과도기였던 것 같다. 나는 그 위기 속에서 '진정 나다운 나'를 하루에 1밀리미터씩, 그야말로 나무늘보와 같은 속도로 힘겹게 만들어갔다.

그런데 지금 생각해보니 힘겹고 지긋지긋했던 그 시절이 인생에서 나 자신을 가장 열렬하게 탐구할 수 있었던 시간인 것 같다. 감정적으로는 힘들었지만 대신 나에 대한 빛나는 깨달음을 가장 많이 얻었기 때문이다.

가장 힘겨운 시기에 우리는 비로소 진정으로 성숙해진다. 과도기의 특징은 '죽을 것 같이 힘들다는 느낌', '이러다 내 인생이 끝장날 것 같은 위기감'이다. 그런데 바로 그 과도기의 처절한 고통 속에서 아이러니하게도 새로운 자아가 탄생할 가능성이 열린다.

사랑하는 사람이 떠났을 때 그의 소중함을 처절하게 느끼듯이, 우리는 인생에서 큰 변화를 겪는 과도기에 '더 나다운 나'를 향한 본질적인 깨달음을 얻는다. '이렇게 살 순 없다'는 위기감 속에서, '이대로는 계속할 수 없다'는 절망감 속에서 새로운 문화나 아이디어를 향한 절박한 발걸음이 시작되는 것이다.

철학자 나탈리 크납Natalie Knapp은 『불확실한 날들의 철학』이라는 책에서 "불확실한 시기에 삶은 가장 강렬하게 다가온다"고 말한다. 삶 자체가 본질적으로 어렵고 힘든 것임을 온전히 받아들일 때, 끊임없이 실패할 가능성에 놓여 있음에도 내가 사랑하는 일이 있기에 괜찮다고 느낀다면 어떤 위기든 그 자체가 창조성의 엔진이 될 수 있다.

새로운 일을 시작할 수 있을까 하는 불안, 과연 이별의 슬픔에서 헤어날 수 있을까 하는 공포, 은퇴하고 나면 도대체 무엇이 남을까 하는 절망, 노년의 나는 과연 어떤 삶을 살고 있을까 하는 조바심이 오히려 위기를 극복하는 지혜로 전환되는 것이다.

이제야 대답할 수 있다. 다시 열네 살로 돌아간다면, 인생은 힘들고 무섭고 두려운 것이 아니라 참으로 아름답고 소중하고 빛나는 것이라고 말해주고 싶다. 인생의 아름다움 전에 인생의 무서움을 먼저 알아버린 열네 살의 나를 깊이 위로해주고 싶다.

미래를 막연히 두려워하는 마음으로는 인생을 제대로 살아갈 수 없다. 생존, 경쟁, 성공, 이런 단어들의 엄청난 위력과 너무 일찍 싸움을 시작했던 나에게, 그 이전의 삶, 더욱 원초적인 놀이와 생명의 세계가 지닌 가치를 알려주고 싶다.

어른들은 '인생은 아름답고 소중하고 빛나는 것'이라고 가르쳐주기 전에, '좋은 대학을 졸업하고 좋은 직장을 다녀야 남들에게 업신여김당하지 않는다'는 강박관념을 먼저 심어주는 경우가 많다. 그 결과 우리는 삶이 지닌 본래의 가능성, 세계가 지닌 원초적 아름다움을 제대로 배우지 못한다. 나는 서른 즈음이 되어서야 교육과 부모의 영향을 모조리 던져버리고 '진짜 내가 원하는 것'이 무엇인가를 처음으로 질문할 수 있었다.

삶이 아무리 힘겹더라도 누구에게나 인생 자체가 진정으로 아름답고 소중하다는 것, 힘들고 괴로운 순간까지도 지나고 보면 아름답고 눈부시다는 것을 이제야 알았다.

우리는 더 늦기 전에 스스로에게, 그리고 다음 세대에게 알려주어야 한다. 그 아이들이 어쩌면 이렇게 질문하기 전에. "왜 가르쳐주지 않았어? 인생이 이토록 아름답고 소중하다는 걸." 삶이란 무서운 것이고 세상은 위험하다고 말해주기 전에, "세상을 즐기고, 쓰다듬고, 사랑하라"고 가르쳐주기를. 단 한 번뿐인 인생을 눈부시게 살아가는 길, 그것은 내가 느끼는 모든 감정을 하나하나 소중히 여기는 것, 그것만큼이나 타인이 느끼는 감정 하나하나를 배려하는 길이 아닐까.

마흔의 문턱에서 나는 서른을 두려워하는 모든 젊은이들에게 속삭이고 싶다. 당신이 느끼는 모든 감정이 그 자체로 더없이 소중하다고. 그 감정을 한순간도 외면하지 말라고. 무언가를 절절히 느낄 수 있다는 것. 바로 거기서부터 우리의 사랑과 희망과 용기가 시작된다.

그때, 나에게 미처 하지 못한 말

1판 1쇄 발행 2017년 4월 20일
1판 6쇄 발행 2018년 10월 26일

지은이 정여울
사진 이승원
펴낸이 김영곤 박선영
펴낸곳 ㈜북이십일 아르테

출판사업본부장 정지은 **인문기획팀장** 장보라
책임편집 양으녕 **디자인** 형태와내용사이
마케팅본부장 이은정
마케팅본부 한충희 최성환 김수현 배상현 신혜진 나은경 송치헌 최명열 조인선
홍보기획팀 이혜연 최수아 박혜림 문소라 전효은 염진아 김선아
제작팀 이영민

출판등록 2000년 5월 6일 제406-2003-061호
주소 (10881) 경기도 파주시 회동길 201(문발동)
대표전화 031-955-2100 **팩스** 031-955-2151 **이메일** book21@book21.co.kr

(주)북이십일 경계를 허무는 콘텐츠 리더

21세기북스 채널에서 도서 정보와 다양한 영상자료, 이벤트를 만나세요!
페이스북 facebook.com/jiinpill21 **포스트** post.naver.com/21c_editors
인스타그램 instagram.com/jiinpill21 **홈페이지** www.book21.com
서울대 가지 않아도 들을 수 있는 명강의! 〈서가명강〉
네이버 오디오클립, 팟빵, 팟캐스트에서 '서가명강'을 검색해보세요!

ⓒ 정여울, 2017

ISBN 978-89-509-6967-7 03810

· 아르테는 (주)북이십일의 문학 브랜드입니다.
· 책값은 뒤표지에 있습니다.
· 이 책 내용의 일부 또는 전부를 재사용하려면 반드시 (주)북이십일의 동의를 얻어야 합니다.
· 잘못 만들어진 책은 구입하신 서점에서 교환해드립니다.